# 사막과 럭비

# 사막과 럭비

## 이경란 소설집

# 차 례

# 다정 모를 세계

엘리베이터에서 내리자 종이 상자가 먼저 보인다. 상자는 크기순으로 쌓여 테이프로 고정되어 있다. 상자마다 종류가 다른 물건이 한두 개씩 들어 있을 것이다. 과하다. 재활용이 가능한 종이 상자에 종이테이프를 붙여두었지만 이건 분명 과대 포장이다. 내용물의 부피를 감안하면 모든 물건이 맨 아래 상자 하나에 충분히 들어가고도 공간이 남을 텐데. 어떤 경로로, 어떤 방식으로 주문이 처리되고 물건이 포장되어 이런 이상한 형태의 종이 상자 탑이 현관 앞에 놓이는 걸까. 그게 궁금한가. 다정은 아주 잠깐 그것에 대해 생각한다. 정말 궁금한가.

도어록을 해제하고 상자 탑을 한 손으로 들어 집 안으로 들인다. 택배 상자를 들여놓지 않았다는 사실이 부재를 증명하지는 않는다. 준우는 그런 사람이다. 문밖에 택배 상자가 툭 놓이는 소리를 듣고도 자신과 전혀 상관없는 일로 여기는 사람. 상자 안의 식재료가 한 끼의 식사로 완성되어 식탁에 오르고 나서야 비로소 관심을 보이는 사람.

다녀왔습니다. 크지도 작지도 않은 목소리로 인사한 다정은 불과 일이 초 동안 긴장 속에서 기대감을 품는다. 대답이 없기를. 언제부터인가 다정과 준우는 형식적 대화에 존댓말을 쓰기 시작했다. 다녀왔습니다, 다녀오겠습니다. 이 두 마디가 형식적 대화의 대부분이었는데 다정은 그게 나쁘지 않았다. 예리한 칼로 끝을 잘라낸 듯 단호한 말투에 어딜 가는지, 어딜 다녀왔는지 묻지 말라는 봉쇄의 의도가 전달되는 느낌이어서였다. 누가 먼저 시작했는지 기억이 분명치 않다. 어쩌면 준우가 시작했을까. 최초의 기억은 없지만 아무래도 다정이 먼저였을 것이다. 준우는 그런 간접적인 내색조차 필요치 않았을 것이다. 봉쇄라면 아주 능숙한 사람이니까.

다정의 인사는 단정하고 대답은 없다. 굳이 따지자면 고요와 빈 소파가 대답이다. 다정에게는 가장 반가운 대답. 준우가 집에 있을 때 고요는 없다. 어떤 음악은 고요를 증폭시키기도 한다지만 준우가 틀어둔 음악에서 고요를 느껴본 적은 없다. 이웃에서 항의하기 모호한 정도의 볼륨이어서는 아닐 것이다. 준우의 부피, 준우의 온도가 섞인 음악은 다정의 독립된 영역을 지워버린다. 물리적 공간이 아니라 다정의 사고, 다정의 마음을 침해한다고 할까.

테이프를 뜯어내고 박스 안의 물건들을 꺼낸다. 냉기가 사라져 표면에 물방울이 맺힌 아이스팩과 물렁해지기 시작한 냉동만두를 냉동실에, 과일을 냉장실에 넣고, 샴푸와 주방세제를 욕실과 싱크대에 정리한다. 탑을 이루었던 종이 상자들은 납작하게 접혀 베란다로 옮겨진다. 외출복을 입은 채로 청소기를 꺼낸다. 다정이 꺼낸 무선청소기 옆에는 그보다 큰 유선청소기도 놓여 있다. 전선이 중간에서 잘려 나간 그것을 볼 때마다 버려야겠다고 생각하면서도 번번이 다음으로 미루어왔다. 새것이나 다름없는 청소기의 전선은 준우가 잘랐다. 소음에 음악 소리가 묻힌다는 게 이유였다. 하지 말라고 몇 번 말했다는데 다정은 듣지 못했다. 듣지 못했는지 듣고 싶지 않았는지 모르겠다. 다정도 물론 청소기의 소음을 좋아하진 않았다. 좋아하는 사람이 있을까. 지금은 있다. 적어도 한 명, 다정이.

청소기를 돌리는 게 얼마 만인지 모르겠다. 엎드린 자세로 거실 바닥을 걸레로 훔칠 때면 준우는 두 발을 들어 올렸고 다정은 팔을 뻗어 준우의 발이 놓였던 자리와 그 안쪽 소파 밑을 닦아냈다. 소파 밑 깊은 곳까지 팔을 뻗다가 준우의 발에 뒤통수가 부딪힌 날 다정은 걸레를 쓰레기봉투에 던져 넣고 집을 나섰다. 청소기를 소파 밑 벽까지 밀어 넣었다 빼자 흡입구에 먼지 뭉치가 매달려 나온다. 왜 다 빨려 들어가지 않나. 다정은 비닐장갑을 끼고 먼지 뭉치를 떼어낸다. 준우도 먼지 뭉치인가. 그의 흔적은 왜 흡입구로 빨려 들어가지 않나.

다시 청소기를 켜고 거실을 훑어나간다. 소파 반대편에 아폴로그 애니버서리가 버티고 있다. 세계에서 스물다섯 대만 생산, 판매했다는 스피커. 다정이 방금 해체한 종이 상자 탑과 비슷하게 생긴 스피커 탑은 벽에서 띄어져 양쪽에 대칭으로 자리 잡고 있다. 스피커의 앞면에서 구십 도 방향의 선을 그린다면 그 선은 정확하게 소파의 가운데, 준우가 늘 앉는 자리에서 만날 것이다. 다정은 청소기로 스피커를 툭툭 건드린다. 스피커 탑은 굳건해서 청소기 흡입구 따위에 흔들리지 않는다. 툭툭에서 쿵쿵으로, 다정은 자신의 몸이 지렛대가 된 듯 점점 더 큰 힘을 가한다. 팔꿈치가 찌릿하다. 육만오천 원짜리 청소기로 전달되는 통증을 육억오천만 원짜리 스피커를 공격하는 쾌감이 압도하는 순간이다.

팔베개를 한 왼팔이 점점 저려와 깨어났다. 실내는 어둑하다. 다정은 청소를 마치고 소파에 오도카니 앉아 차를 마시다 깜빡 잠이 들었다. 자정이 지난 시각. 준우는 돌아오지 않았고 소파 옆 탁자에는 마시다 만 캐모마일 티가 식어 있다. 전화를 해볼까. 다정은 잠시 망설인다. 이 정도는 해야 할까. 자

정이 지나도록 연락 없이 들어오지 않는 준우에게 전화 정도
는 해야 하는 걸까. 다정은 쉽게 결정하지 못한다.

언제였나, 전에, 준우가 새벽녘에 들어왔을 때, 무슨 말이
라도 해야 할 것 같은 의무감에 다정이 고른 말은 늦었네, 였
다. 평소라면 아무 말이 없거나, 어, 라고 한마디 하고 말았
을 준우가 이렇게 말했다. 이젠 전화도 하지 않잖아. 다정은
옷을 갈아입는 준우를 물끄러미 보다가 이불로 몸을 말고 웅
크렸다. 그래서 불만이란 뜻인가. 그래서 마음 편히 늦는다는
뜻인가. 다정은 준우의 말에 그런 의미가 들어 있긴 한 건가
짐작해보려다 다시 잠이 들었다.

그보다 더 전에, 그렇게 되기 전에, 다정은 매일 밤 준우에
게 전화를 하곤 했다. 자정이 넘고 한시, 두시, 세시가 되면,
다정이 보낸 메시지를 확인하지 않는 건지 혹은 못한 건지 알
수 없어서 전화를 했다. 그 시각까지 연락 없이 귀가하지 않
는 준우가 문제인지, 몇 번이고 메시지를 보내고 전화를 하
는 자신이 문제인지 다정은 몰랐다. 메시지를 무시하고 전화
를 받지 않을 때마다 다정에게서 무언가 빠져나간 것도 그때
는 몰랐다. 모래시계의 알갱이가 몇 개씩 일정한 속도로 흘러
내리듯 다정에게서도 무언가 지속적으로 빠져나갔다. 알갱이
가 한꺼번에 주르륵 쏟아져 내린 적도 있었다. 어쩌다 전화가
연결이 되고, 술잔 부딪는 소리, 떠드는 소리, 음악 소리가 전
화기 너머로 왁자하던 때가 아니라 아무런 소리도 들리지 않

는 백색의 침묵을 뚫고 준우의 말소리만 유난히 크게 울리던 때. 준우는 화장실이라고 말했다. 그렇게 조용한 술집 화장실이 있다고는 생각되지 않았다. 받지 말지. 받기를 바라고 한 전화였지만 끊고 나서 다정은 그렇게 혼잣말을 했었다.

다정은 모텔에서 어떤 전화도 받지 않는다. 메시지만 확인한다. 이건 다정이 정해둔 규칙에 불과하다. 실제로 다정이 모텔에 있을 때 전화가 걸려온 적은 없다. 다정에게는 전화가 거의 오지 않는다. 일주일 동안 스팸 전화를 제외하곤 단 한 번도 전화기가 울리지 않을 때도 있었다. 다정은 자신의 인생에서 여행지의 숙박용 호텔이 아닌 대실용 모텔을 출입할 일이 다시 생기리라고는 상상하지 못했다. 준우의 발에 뒤통수를 부딪히고 걸레를 버린 후 집을 나선 그날 이전까지. 그날 밤 너무 오래 걸어 지친 몸을 쉬려고 들어간 카페에서 혼자 맥주를 마시기 전까지는. 바의 한 자리 건너에 앉은 남자가 오래전 조금 알고 지내던 남자라는 걸 알게 되기 전까지 그랬다.

거짓말이지. 남자가 말했다. 그 말을 믿으란 거야? 지난 세기가 마지막이었다는 걸? 다정은 믿으라고 말하지 않았다. 다만 후회했다. 그런 말은 하는 게 아니었다. 남자가 오랜 기러기 생활 끝에 아내와 아이들을 영영 놓쳐버렸노라고 담담하게 말했을 때, 그 분위기 때문이었을까, 다정도 아무렇지 않게 했던 말을 남자는 담담하게 받아들이지 못했다. 남자가 믿지 않아 억울한 건 아니었다. 믿음의 공허함을 다정은 충분히 체험했으니까. 믿는다는 건 속는다는 것과 별로 다르지 않았다. 다정도 미래와 희망을 믿었고 준우를 믿었던 시절이 있었다. 그 시절에 다정은 그 모두에게 속았다. 준우는 속이려 애쓰지 않았다. 다만 침묵하고 회피했을 뿐. 믿고 그 믿음에 배반당한 것은 다정이었다. 결혼 생활은 2인극이 아닌 1인극이었고 다정이 배우라면 준우는 관객이었다. 준우의 1인극에 다정은 관객으로 입장하지도 못했다. 그런 느낌이었다. 결혼 생활의 고비마다 스스로 믿음을 키워 넘기곤 했던 건 다정 자신이었고 그런 과정에서 믿음은 형성되는 것이 아니라 만들어가는 것임을 체득했다. 그러고 싶지 않았지만 그 방법밖에는 몰라서, 믿고 싶어 하는 욕망과 믿겠다는 의지를 결합하고 그것이 해체되지 않도록 가드를 올린 복서처럼 방어했다.

아무래도 상관없었다. 남자가 그 말을 믿건 말건. 지난 세기의 어느 겨울밤 준우와의 마지막 정사는 밀린 숙제를 하듯 건성으로 치러졌고, 그전의 정사는 그 일 년 전쯤에, 또 그전에는 다시 일 년 전쯤. 그 무렵의 다정은 하루도 거르지 않고 샤워를 한 후 잠자리에 들었다. 엘리베이터 소리가 나면 가슴이 설렜고 현관문이 열리기 전 슬리퍼도 꿰지 못한 발로 뛰어가 열어주었다. 말없이 들어서던 준우의 모습만으로도 애정과 원망으로 가슴이 뻐근해지던 시절. 술에 절어 새벽에 들어온 준우가 등을 돌리고 자던 시절이었다. 돌아누운 준우의 등은 너무 넓었고 다정의 자궁에는 소용이 닿지 않는 루프가 들

어 있었다. 무지근한 통증과 간간이 비치던 혈흔으로만 존재
가 확인되던. 루프는 무용한 유효기간을 채운 후 제거되었다.
교체를 할 필요는 없었다. 그리고 더 이상은 루프조차 필요
없게 된 다정의 몸이 남았다.

  다정은 전화기의 키패드를 열어 2를 길게 누른다. 신호가
간다. 두번째 울리기 시작할 때 전화를 끊는다. 중요한 것은
통화 여부가 아니라 기록을 남기는 일이다. 전화를 했다는 사
실이 예의를 지켰다는 증거가 되니까. 배우자에 대한 예의라
기보다는 동일인을 자식으로 공유한 사람에 대한 예의. 생활
공동체 혹은 운명공동체의 일원으로서 지켜야 하는 의무 같
은 것. 어떤 관계는 그럴 수도 있다는 것을 다정은 알게 되었
다. 회복을 기대하지 않는 관계는 더 이상 불화하지 않는다는
것. 그것은 이미 '화'와는 다른 차원에 소속되어 물리적이거
나 금전적인 위해를 가하지 않는 한 어떤 언어나 행위도 불화
에 기여하지 않는다는 것. 그럼에도 지속되어야 하는 관계라
면 피상적인 배려나 예의로 충분하다는 것을.

  어떤 밤, 아직 그런 깨달음에 도달하지 못했던 그 밤, 다정
이 인내심의 바닥에 처박혀 거푸 한 전화를 받지 않던 준우
가 급기야 전원을 꺼둔 채 돌아오지 않던 밤에, 다정은 내일
을 위해 잠자리에 들었다. 아들을 깨워 학교에 보내고, 아들
의 학교에 시험 감독을 가고, 급식 당번을 가고, 단란한 가정
의 지표인 반들거리는 거주 공간과 균형 잡힌 식생활을 유지

하기 위해 자야 했다. 그것이 다정에게 주어진 몫이었다. 다정은 비유하자면 집을 옮기기 전에는 자리를 이탈하지 못하는 육중한 장롱이나 투 매트 침대였다. 옮겨간 곳에서도 한번 자리가 정해지면 의심의 여지없이 그 자리를 지킬 물건들.

다정은 안방으로 들어와 눕는다. 아침 시간에 요가 수업을 예약해두었다. 아들에게 할애하던 시간은 이제 자신의 것이 되었다. 아침과 오후, 그리고 밤과 새벽, 대부분의 시간이 오롯이 다정의 것이 된 지금, 아들이 빠져나간 자리는 예상보다 휑했으나 준우에게 닿지 않은 오랜 시간 느껴온 결핍에 비하면 견딜 만했고, 적어도 거기에는 아무런 억울함이나 원망이 남지 않았다. 아들의 독립에 대비해 다정은 차곡차곡 마음의 준비를 해왔다. 아들은 대학생이 되면서 기숙사로 들어갔는데 그 이후 농담으로라도 집으로 다시 들어오고 싶다는 말은 하지 않았다. 다정은 기숙사로 간 아들이 언젠가는, 졸업을 하고 취업을 하게 되면, 돌아오지 않을까 어렴풋이 기대했다. 기대는 어긋났으나 예측을 벗어나지는 않았다. 집에서 쓰던 방보다 훨씬 작은 원룸에서 아들은 잘 지냈다. 거창한 요리를 하지는 않는 눈치지만 형편없이 지저분하게 지내지는 않는 듯했다. 외로울까? 아마도. 어쩌면 분명히. 아들의 웃음에는 순전함이 들어 있지 않았다. 미세하게 느껴지는 우울과 권태가 웃고 있는 입꼬리를 잡아당기는 느낌이랄까. 마치 준우와 자신이 아들의 입술 양쪽에 매달려 있는 듯한 웃음이었다.

다정은 잠결에도 준우를 기다리지 않는 자신을 의식하면서 두 시간 간격으로 깨어나고 세번째에는 다시 잠들지 못한다. 한겨울을 제외하곤 창문을 조금 열어두고 자는 습관이 언제부터 굳어졌을까. 침대에 누운 채 창밖의 소리에 가만가만 귀를 기울인다. 도시의 아파트 단지에도 새가 둥지를 트나. 새들의 소리는 준우가 없을 때만 들을 수 있지. 단지 밖 도로에서부터 들려오는 희미한 차 소리도. 누군가 살갑게 통화하는 음성이 저 아래에서부터 올라온다. 출근길일까, 아침 산책길일까. 혹, 조금은 특별한 일로 외출하는 길일까. 다정은 그런 상상에 서툴다. 기복 없는 생활이 다정을 단조로운 인간으로 단련시킨 결과 상상력을 잃어버렸다. 상상력의 부재는 타인을 향한 이해의 폭을 형편없이 좁히고 말았고. 혼자 잠들고 혼자 일어나는 생활을 하다 보면 그렇게 될 수도 있다고 누가 말해주면 좋겠다.

거실이 있는 집을 장만하면서 준우는 잠자리를 거실로 옮겼는데 그보다 더 넓은 집에 살 수 있게 되면서는 아예 침실을 분리했다. 자신의 뜻은 아니었으나 다정은 만류하지 않았다. 할 수 없기 때문이었다. 다정의 의지로 결정할 수 있는 일은 아주 제한적이었다. 가사 노동과 관련된 모든 일은 다정의 결정이었으나 그 범주를 벗어나면 다정의 뜻대로 되지 않았다. 그런 일들은 다정 혼자 진행할 수 없었고 아들이나 준우의 협력이 필요한 가족 공동의 일이었기 때문이다. 이를테면 여행 계획 같은 일들.

여행을 간 건가. 잠깐 그런 의문이 들었지만 그다지 궁금하지는 않다. 중요한 것은 준우의 행방이 아니라 준우의 부재 자체이다. 그런 의문보다는 이불의 촉감에 더 집중하기로 한다. 시어서커 원단의 까슬한 침대보를 발바닥으로 문질러본다. 어제 갔던 모텔의 침대 시트는 스트레치 원단이었다. 종아리에 감기는 침대 시트의 매끈한 촉감 사이로 불쑥 끼어든 거친 질감에 다정은 순간적으로 움츠러들었다. 그 찰나의 변화를 남자는 알아차리지 못했을 것이다. 루틴을 벗어난 긴장을 쾌락의 연료로 바꾸는 예민함이나 성의는 남자에게도 다정에게도 없었고 무엇보다 그런 긴장은 발생하지 않았다. 각질로 거칠어진 뒤꿈치가 쾌락의 연료가 될 수 있을까. 만약 그렇다면 어떤 기분이 들까. 돌아누울 때 낙하하듯 늘어지는 젖무덤이나 배와 옆구리의 살처럼 성실하고 공평하게 먹어온 나이의 결과들은 쾌락과는 거리가 멀었다. 거친 뒤꿈치라면 더욱. 다정에게 쾌락이란 견고한 생활의 윤곽선을 잠깐 끊어주는 일 자체였다. 그런데 준우의 뒤꿈치에도 각질이 있을까. 준우의 뒤꿈치가 어떻게 생겼는지 도무지 알 수 없다. 다정의 기억 어디에도 그런 것은 남아 있지 않다.

몸을 일으켜 거실로 나간다. 준우의 음악 대신 햇살이 들어찬 거실의 창밖은 투명하다. 아무것도 보이지 않는 대기를 거쳐 우주의 끝까지 보일 듯한 허공 어딘가에 자신이 놓친 시간들이 부유하고 있을까. 이런 상념은 성립되지 않음을 안다. 필요와 효용이 없는 허튼 생각일 뿐이다. 혼자 소파를 차지하고 혀끝으로 느긋하게 느껴보는 커피 한 모금만 못하다. 다정은 핸드밀로 원두를 갈고 가늘고 긴 물줄기로 드리퍼의 원두 위에 원을 그린다. 커피 알갱이가 베이글처럼 부풀어 오른다. 커피를 들고 소파에 앉자 제대로 건사하지 못한 소파의 표면이 눈에 들어온다. 거뭇하게 때가 타고 얇아지고 늘어지기까지 한 가죽과 푹 꺼진 한 사람 분량의 면적.

소파를 살 때 다정은 논현동 가구거리를 며칠이나 훑고 다녔다. 한 올의 흰머리라도 놓칠세라 세심하게 염색약을 바르던 때처럼 한 곳도 허술하게 넘기지 않고 들어가서 육안으로 확인하고, 만져보고, 앉아보았다. 그렇게 들인 소파는 몇 년 동안 새것이나 다름없었다. 준우는 늘 심야에 귀가했고 아들은 학원에서 돌아오면 바로 방으로 들어갔다. 한쪽만 먼저 낡거나 꺼지지 않도록 다정은 소파에 앉을 때마다 자리를 옮겼다. 수시로 닦은 것도 물론이다. 언젠가 어느 휴일에 아들이 핫초콜릿을 흘린 적이 있었는데 그때 다정은 아들보다 소파를 먼저 닦았다. 아들은 초콜릿이 남은 컵을 식탁 위에 올려놓고 방으로 들어가 밤까지 나오지 않았다. 다정은 피자를 주문해 아들의 방에 넣어주었으나 다음 날 아들이 등교한 후 그 방 휴지통에서 손도 대지 않은 피자 조각들을 발견했다. 휴일마다 골프장에 가던 준우가 그날 집에 있었더라면 아들은 저녁 식탁에 앉았을까. 고기라도 함께 구워 먹다가 아들의 서운함과 자신의 미안함이 연기에 섞여 사라졌을까.

초콜릿을 흘릴 수도 있는 사내아이를 키우면서 아이보리색 소파를 들인 자신의 마음을 다정은 이해한다. 용납하지는 않는다. 그때 아들의 마음을 잘 헤아리지 못한 미숙했던 자신도 용납하지 않는다. 사춘기라는 편리한 단어 속에 아들을 몰아넣고 빗장을 질러버린 자신은 준우가 씌워버린 틀에서 벗어날 힘이 없는 것만큼이나 아들에게도 무력했다. 아닌가. 틀은 준우가 씌운 것이 아니라 스스로 뒤집어쓴 것이었나. 틀 같은 건 얄팍한 핑계일 뿐이었을까. 다정은 자신이 왜, 어떻게, 지금의 자신이 되었는지 아무래도 이상하다. 이상하지만 그것에 대해 누구도 관심이 없다. 심지어 다정 자신조차도 관심을 두지 않았다. 두지 않으려 애쓴 결과이다. 먹고살 만하니까. 그러나 먹고살 만하면 나머지는 아무 상관이 없어야 하나. 생활비와 노후가 보장되면 정말 어떤 불만도 허용되지 않는 건가. 그런 건가.

가죽 세정제는 베란다 수납장 구석진 곳에 들어 있었다. 세정제를 듬뿍 묻힌 걸레로 준우가 앉는 자리를 문지른다. 휘핑크림처럼 보얀 빛깔이었다가 이제는 폭우를 머금은 먹구름색이 되어버린 소파는 몇 번 문지르기도 전에 새까만 때가 묻어나온다. 소파의 색은 변함이 없다. 이 빛깔과 감촉이 되기 위해 얼마나 오랜 시간 더께에 더께를 겹쳐왔는데 그쯤이야,

라고 말하는 듯하다. 이것은 소파의 농담 혹은 조롱일까.

다정의 걸레질은 점점 더 속도가 오른다. 회전근개파열로 한동안 고생했던 어깨가 무거워지기 시작한다. 잠을 이루지 못할 통증으로 다정이 울음을 터뜨린 밤 준우는 병원에 가봐, 라고 말했다. 병원이라면 다섯 군데나 다녔지만 어느 곳에서도 통증을 제대로 잡지 못했다. 다정이 준우에게 원한 것은 병원에 가보라는 말이 아니라, 가보자는 말, 많이 아프냐는 말, 혹은 단 한 번 어깨에 닿는 손길이었다. 그것이 이루어지지 않아서 다정에게 통증은 지긋지긋하면서도 소중한 무엇이었다. 이를테면 드러내지 못하는 자신의 내면을 뚫고 나온 절규 같은 것. 통증을 떨쳐내고 싶으면서도 완전히 사라질까 봐 불안해하던 심정이 그때는 절박한 진심이었고 지금은 하찮은 과거가 되었다.

나가? 전날 오후 설거지를 끝낸 다정의 물음에 준우는 답이 없었다. 무응답은 준우의 오랜 응답 방식이다. 나가냐고. 발을 뻗고 등을 구부려 소파 등받이에 기댄 준우의 불룩한 배가 헐렁한 티셔츠 위로 드러났다. 음악에 맞춰 까딱거리는 손가락에 시선이 닿는 순간 다정은 조급증이 났다. 그럼 내가 나가야지. 그렇게 말했던가, 생각했던가. 다녀오겠습니다. 구두에 발을 넣으며 다정은 단정한 발음으로 인사했다. 최근 다정의 인사는 거의 기계음에 수렴하고 있었다. 반드시 준우를 겨냥한 것은 아니었다. 어쩌면 소파에, 어쩌면 그 위 벽에 걸린 액자에 대고 한, 어쩌면 그저 공간을 향해 흩어버린 인사였다. 저녁은? 침묵으로 일관하던 준우가 무거운 입술을 뗐다. 먹고 와. 다정은 조금 통쾌하기도 했다. 물음의 진짜 의미는 다정의 저녁이 아니라 자신의 저녁일 터였다. 저녁을 차리러 올 거냐는. 다정은 먹고 온다고 답함으로써 차려주지 않겠다는 의지를 전달한 셈이었다.

그래서 저녁을 먹으러 나간 길이었을까. 이틀이 더 흐른 지금 준우의 부재는 사흘째다. 다정은 그동안 하루에 두 번씩 전화를 했다. 오전과 밤. 메시지를 남겨두기도 했다. 메시지는 다음 날에야 읽음으로 표시되었다. 언제였던가, 준우가 이틀 동안 전화조차 불통인 상태로 들어오지 않던 날, 별다른 해명도 없이 까칠한 얼굴로 들어와 옷만 갈아입고 나간 날이 있었다. 함께 술을 마신 후 연락 두절이라며 준우의 친구가 집으로 전화했을 때 다정은 차분하게 대꾸했다. 병원이나 경찰에서 안 찾는 걸 보면 별일 없나 보죠. 뜨악해진 표정이 전화기 너머로 느껴졌다. 그는 억지로 한번 웃고는 서둘러 전화를 끊었다. 준우는 사흘째에 초췌한 몰골로 나타나 금세 사라졌다. 아무런 해명도 없었다. 그럴 일이 좀 있었다는 말밖에는. 후에 집으로 온 우편물에서 다정은 음주운전과 구류라는 낱말을 발견했다. 날짜는 그때와 일치했다. 다정이 엉뚱한 오해를 해도 준우는 상관없었던 걸까. 혹은 그런 식으로 하나씩 변명하고 해명하다 보면 원천 봉쇄가 불가능하다고 판단했던 걸까.

이번엔 그런 일은 아닐 것이다. 현관 옆 탁자에 자동차 열쇠가 얌전히 얹혀 있다. 준우도 다정도 운전을 거의 하지 않고 지낸다. 차에 설치된 블랙박스에 행선지가 남고 차 안에서 통화한 소리가 남고 그것을 지우면 지운 흔적이 남는다. 그런 것들이 불편하고 싫다. 어떤 흔적을 발견하거나 서로에게 들키는 일이, 무언가 알아낼 수 있다는 여지가 곧 고통임을 적어도 다정은 잘 알고 있다.

그렇다면 뭘까. 출근 부담이 사라졌으니 외박이 길어지는 걸까. 준우라면 그럴 수 있겠지. 어머니의 히스테리에 신혼의 다정을 남겨두고 가출하던 사람이니까. 결혼기념일에 저녁 약속을 깨고 나가서 들어오지 않던 사람, 외박한 다음 날 얘기 좀 하자고 들면 다시 주섬주섬 옷을 꿰입고 나가버리던 사람, 싫어, 한마디로 모든 의무와 약속에서 벗어나 달아나던 사람. 준우는 그런 사람이니까. 준우라면 그럴 수 있지. 다정은 어떤 일도 더 이상 놀랍지 않다. 야속함, 분노, 슬픔, 체념의 순서를 수없이 반복해서 지나온 지금 마침내 무관심이라는 좌절에 도달했고 적응했다. 준우가 도달한 곳은 어디일까. 준우의 시작점은 어디였을까. 준우는 왜 그런 준우가 되었을까. 이런 의문은 오직 다정의 것이다. 준우는 자신을 나쁜 배우자는 아니라고 여기는 듯하다. 생활비를 거르지 않고 입금했고 큰 사고를 친 적은 없다는 거겠지. 하지만 어째서일까. 준우는 이런 생활에서 평화를 누리는 것일까. 정말 그럴까. 그렇다면 좋아. 다정은 기꺼이 자신만의 평화를 누리기로 한다.

이토록 평화로운 시간을 요가에 내어줄 이유가 없다. 다정은 매일 아침 가던 요가 수업에 가지 않는다. 대신 천천히 자신만의 식탁을 준비한다. 일인분의 식사에 정성을 다한다. 한때 다정의 소박한 꿈은 찌개를 끓이며 준우를 기다리는 것이었다. 다 끓은 찌개가 식을까 조바심을 내며 시각을 확인하고 식은 찌개를 데우고, 다시 데우고, 그러는 사이사이 집 안 여기저기를 정돈하면서 준우의 차가 들어오나 가끔 베란다에 나가 아래를 내려다보기도 하면서. 그런 날들은 어느새 식은 찌개를 가스레인지 위에 올려둔 채 밥공기를 손에 들고 서서 해치우는 날들로 바뀌었다. 냄비에 든 음식이 된장찌개인지 순두부인지 준우는 결코 알지 못하던 날들.

식탁에 놓인 돌냄비를 무심결에 열어본 다정은 눈살을 찌푸린다. 방치된 김치찌개에 곰팡이가 슬어 있다. 준우의 것이다. 준우와 식사를 할 때 김치찌개는 언제나 두 가지. 다정의 것은 돼지고기가 듬뿍 들어간 쪽이다. 준우를 위한 김치찌개를 다정은 더 이상 끓이지 않는다. 이게 싫다면 직접 해. 말은 하지 않았지만 다정의 태도는 준우에게 전달되었고 준우는 돌냄비에 물과 매실청만을 넣어 끓인 김치찌개를 먹었다. 돌냄비의 가장자리에 붉은 물감의 농담이 만들어낸 실루엣처럼 찌개 국물이 말라붙어 있다. 보관에 실패하여 퇴색하고 우그러진 수묵화 같다. 먹고 남은 찌개에 김치를 보충하고, 물을 더 붓고, 매실청을 더하고, 끼니때마다 그런 식으로 다시 끓인 탓이다. 언젠가 다정은 준우의 찌개에 입을 댔다가 구역질을 했다. 세상의 맛 중에 불결한 맛이란 게 존재한다면 그런 맛이 아닐까. 밥을 먹다 말고 화장실에 다녀온 다정이 말했다. 버리고 새로 끓이지. 준우가 말했다. 싫어. 장어 소스도 아니고…… 다정은 그렇게만 말하고 식탁에 다시 앉지 않았다.

아들이 초등학생이었을 때, 가족 여행으로 일본을 갔었다. 교토의 오래된 초밥집에서 먹은 장어초밥은 유난히 맛있었다. 아들은 장어초밥만 잔뜩 먹었다. 그 집에서는 개업 이래 수십 년째 매일 새벽 장어 소스를 끓인다고 했다. 날마다 새 재료를 기존의 소스에 추가해 끓이면 아무리 오래되어도 최초의 소스가 미량 남아 있는 거라고 요리사가 자부심 넘치는 말투로 설명했다. 최초의 소스라고? 1퍼센트? 0.1퍼센트? 0.001퍼센트? 그러고도 최초의 맛이 남아 있다고 할 수 있는지 다정은 의아했다.

찌개를 먹을 때 준우는 숟가락 바닥을 냄비 가장자리에 긁어낸 후 후루룩 소리를 내며 먹었다. 그러고는 입안에 든 밥알과 함께 소리를 내며 씹었다. 입술을 벌린 채로. 입가에 큼직한 고춧가루가 자주 묻었다. 저 남자에게는 처음 만났을 때의 그 남자가 얼마나 남아 있을까. 어떤 재료를 얼마나 넣어 끓이면 그 남자가 저 남자가 되는 걸까. 레시피는 몰라도 끓인 기간만큼은 분명히 알고 있다. 삼십일 년. 준우를 처음 만난 지 삼십일 년째니까. 다정은 해사하고 담백했던 준우가 장어 소스처럼 칙칙하고 걸쭉한 남자로 변한 사실이 그다지 놀랍지 않다. 어느 날 갑자기 변한 게 아니라 삼십일 년 동안 꾸준히 칙칙해지고 걸쭉해졌기 때문이다. 녹음을 시작한 건 작년 어느 날이었다. 이미 충분한 수준에 도달한 준우가 더 칙칙하고 걸쭉해질 수는 없겠다는 생각이 든 날.

 이상했다. 거슬리는 소리는 어째서 음악 소리를 뚫는 걸까. 준우가 내는 생활 소음들은 음악보다 힘이 셌다. 신문을 부스럭거리는 소리, 변기 물을 내리는 소리, 소파 가죽이 맨살에 밀리는 소리, 코 고는 소리, 소리, 소리, 소리들…… 그중에서 가장 견디기 힘든 건 먹는 소리였다. 쩝쩝거리는 소리가 다정의 식도로 꾸역꾸역 밀고 들어오는 느낌이었는데, 어떤 불결함과 천박함을 구체화한 소리가 세상에 존재한다면 바로 이 소리가 아닐까 할 정도였다. 그 생각이 어떻게 떠올랐는지는 모른다. 식사가 반쯤 진행되었을 때 다정은 옆 의자에 놓인 스마트폰의 녹음 버튼을 눌렀다. 시간을 측정하는 숫자가 빠르게 바뀌고 그래프가 춤을 추기 시작하자 다정의 침샘에서 왕성하게 침이 분비되었다. 마지못해 넘기던 밥알에서 찰기가 돌았다. 이제 소리는 식도를 메우는 게 아니라 기계 속으로 흡수되는 것 같았다. 비로소 편안해지던 그 느낌을 다정은 아직도 정확하게 기억한다.

녹음 파일이 몇 개더라. 한 번도 재생해보지 않았다. 녹음의 효용은 녹음 행위에 있었으니까. 녹음 자체가 하나의 발명이었으므로 녹음이 제대로 되었는지, 볼륨은 적당한지, 잡음은 얼마나 섞여 있는지에 다정은 관심이 없다. 파일은 아마 대여섯 개 정도. 그 숫자는 그날부터 준우와 한 식탁에 앉은 횟수를 의미한다. 다시 말해 준우와의 식사를 피하는 데 그만큼 실패했다는 뜻이다.

다정은 곰팡이가 잡힌 김치찌개를 개수대에 쏟으며 숨을 멈추고 얼굴을 찡그린다. 비로소 식사를 할 준비가 되었다. 식탁에 앉자 소파가 눈에 들어온다. 소파는 이제야 원래의 색을 찾는 중이다. 사흘 동안 가죽 세정제를 두 통 쓴 결과다. 밝아진 색과 달리 늘어진 가죽과 꺼진 쿠션은 회복되지 않는다. 다정은 안다. 아무리 닦아내고 애를 써도 회복되지 않는 것이 있음을. 소파가 굳이 가르쳐주지 않아도 잘 알고 있다. 지난 사흘, 다정은 별다른 불안 없이 혼자만의 시간과 공간을 누렸다. 여전히 연락 없는 준우에게 전화를 걸었다가 신호가 두번째 울릴 때 끊는 이유는 받지 않는 전화를 오래 잡고 있을 필요가 없는데다 한편으론 받을까 봐 조바심이 나서이다. 무슨 말을 할 것인가. 다정은 적당한 말을 찾지 못했다.

그때도 그랬다. 다정의 말을 기다리는 의사 앞에 앉아 도무지 무슨 말부터 해야 할지, 어떤 단어를 골라서 어떻게 말해야 자신의 느낌을 정확하게 설명할 수 있을지 몰라 준우로 인해 느낀 깊은 무력감을 그 앞에서 다시 느껴야 했다. 말을 고르고 고르느라 절망하던 중 들은 조언은 명징했다. 안 바뀝니다. 본인이 바뀌어야죠. 이혼이 답이 될 수 있습니다. 다정은 울었다. 처음 보는 의사 앞에서 운 것이 수치스럽고 참담해서 울음이 그치지 않았다. 병원 문을 나서면서 그런 모욕감을 안겨준 준우를 원망했다가 흐느낌이 잦아들 즈음해서는 더 이상 미워하지 말자고 결심했다. 결혼 전 다정은 다이어리에 그날 알게 된 이런저런 문장을 끄적이는 습관이 있었는데 어느 날은 사랑의 반대말은 미움이 아니라 무관심이라는 문장을 적어 넣었다. 그때는 유치하다고 생각하지 않았다. 다정도 사랑 때문에 휘청거릴 때가 많았고 그건 주로 가볍고 짧은 동요였지만 그럼에도 위안은 필요했기 때문에 그런 종류의 문장들을 써보곤 했다. 유치함은 강하다. 강해서 오래간다. 수십 년이 지난 후 의사 앞에서 펑펑 울다가 불현듯 생각날 정도로.

남자에게는 적당한 말이 쉽게 떠올랐다. 같이 살까? 만날 때마다 묻는 말에는 어디서? 라고 받았고, 아바나 같은 데서, 라고 말하면 그러지 뭐, 라고 대답했다. 대화는 그쯤에서 끝났다. 하나도 어렵지 않았다. 남자가 언제? 라고 묻지 않았기 때문이었고 시기를 언급하지 않은 이상 거짓말이 되지는 않을 거니까. 미래는 꿈꾸지 않는 것이 좋았다. 미래라면 준우와 열렬히 꿈꾸던 때가 있었으나 그 미래가 이런 현재는 아니었다. 미래는 미래로 남아 있을 때만 아름다울 수 있음을 다정은 깨달았다. 이룰 수 있는 미래의 꿈은 더 이상 남아 있지 않다.

별로 넓지도 않네. 다정이 중얼거린다. 준우와 마주 앉았을 때는 한없이 견고하고 광활한 식탁이었다. 얼마나 광활했냐면 맞은편의 준우가 아득히 멀어 영원히 닿을 수 없을 것 같았다. 식탁 상판에 섬세한 마블링이 번져 있다. 마블링은 볼 때마다 무늬가 달라진다. 어떤 때는 나뭇가지로 보이고 어떤 땐 구름, 또 어떤 때는 날갯짓하는 한 마리의 새로 보이기도 한다. 오늘의 마블링은 뭐랄까, 한 번도 가보지 못한 이국의 어느 숲 같기도 하다. 다정은 잠깐 호젓한 기분에 젖는다. 오솔길을 따라 숲의 가장 깊은 곳까지 다다르는 듯한 이 기분은 준우가 있었더라면 불가능할 일이다. 오솔길 어딘가에 찌개 국물이 얼룩져 있었을 테니까. 나뭇잎이 무성할 자리에는 휴지 조각이 던져져 있었을 테지. 다정은 휴지 조각을 조용히 집어 들어 소파 옆 테이블에 가져다 두곤 했다.

빈 의자 위에 둔 스마트폰을 집어 든다. 잠금 화면의 패턴을 풀고 메시지 알림을 체크한다. 온라인 마켓의 할인 쿠폰 발급 안내, 금융기관에서 보낸 광고 사이에 남자의 메시지가 여러 개 와 있음을 발견한다. 남자는 어제도, 그제도 메시지를 보냈다. 다정은 답하지 않았다. 지금의 평온을 흔드는 것이라면 그것이 무엇이든 피하고 싶다. 답을 해야 할까. 무어라 답해야 할지 다정은 잘 모르겠다. 굳이 해야 하는지도 모르겠지만 언제까지 침묵할 수는 없겠다고 생각하다, 다시, 그럼 좀 어떠냐고 마음이 바뀐 다정의 입에서 아, 하고 짧은 감탄사가 흘러나온다. 준우의 마음이 이런 것이었나. 정말 그런 것이었나. 아내를 방치하고 외면하면서, 그것을 알면서도, 그럼 좀 어떠냐고 합리화한 것이었나.

준우를 잘 안다고 착각한 적이 있었다. 만난 지 일 년이 되고 삼 년이 될 무렵 그런 착각을 했다. 그때는 착각인 줄 몰랐다. 햇수를 거듭할수록 준우는 점점 알 수 없는 사람이 되었고, 애초에 누군가를 제대로 안다는 것은 불가능한 일임을 다정은 조금씩 실감해왔다. 남자는 다정을 오해하고 있을까. 적어도 다정이 자신에 대해 궁금한 것도, 어떤 그리움도 없다는 사실을 남자는 알고 있을까. 그런데 다정은 정말 준우의 마음을 알게 된 건가. 다정은 그림을 그리듯 대리석 식탁의 마블링을 손끝으로 더듬어본다. 갑자기 모든 형태가 그저 얼룩에 불과해 보인다. 도무지 알 수 없는 모양일 뿐이다. 애초에 특정한 무언가를 표상하지 않은 무늬일 뿐이므로 당연한 일이겠지만. 다정은 남자가 보낸 메시지를 물끄러미 들여다본다.

밥을 한술 떠서 입에 넣은 다정은 천천히 오래 씹으며 으깨지는 밥알을 음미한다. 은근한 단맛. 이 맛을 너무 오래 잊고 지냈다. 입술을 꼭 다물고 단맛의 기억을 더듬어본다. 언제였을까, 이 맛을 마지막으로 느껴본 때가. 다정은 밥알을 씹으며 스마트폰에 저장된 녹음 파일을 불러온다. 음성01, 음성

02, 음성03…… 자동으로 생성된 파일명이 우습다. 그것을 음성이라고 이름 붙이다니. 다정은 화면에 시선을 고정한 채, 충분히 씹어 단맛조차 빠진 밥을 삼키고 생각한다. 음성은 아니지 않나. 그렇다면 그것을 무어라 해야 마땅한가. 꼭 이름을 붙여야만 할까. 생각에 잠긴 다정은 파일 목록을 하나씩 길게 눌러 모두 선택한다. 하단의 바에 표시된 삭제 버튼을 누르려다 말고 다정은 희미한 미소를 짓는다. 마침내 오랜 의문이 해소되었다는 듯, 어쩌면 의문은 더 이상 효용이 없다는 듯, 키패드를 띄워 파일명을 바꾸기 시작한다.

아바나01, 아바나02, 아바나03……

다정은 다시 밥을 한술 떠서 입에 넣고 느릿느릿 씹으며 아바나 파일 전체를 선택한 뒤 가볍게 하단의 공유 버튼을 터치한다. 간단하다.

# 크리놀린

여인은 금방이라도 울음을 터뜨릴 것 같은 표정이었다. 여인의 옷차림은 그다지 초라하지 않았으나, 스커트 끝자락에 흙이 묻어 있었고 앞섶에는 끝이 해진 레이스가 늘어져 있었다. 그녀가 곤경에 처해 있다는 사실을 알아차린 사람은 많지 않았다. 대부분의 행인들이 무심히 지나쳤고 간혹 나이 들어 보이는 부인들이 잠깐씩 걸음을 멈출 뿐이었다. 그들 중 어떤 이는 저런, 머리가 다 헝클어졌군, 점잖지 못하게, 라고 혼잣말처럼 중얼거렸으나 행인들에게 또렷이 들릴 정도로 목소리가 카랑카랑했다. 정작 여인과 여인이 바라보고 있는 신사만 듣지 못한 것 같았다.

신사는 말쑥한 차림새였다. 도톰한 홈스펀 소재의 재킷을 입었고, 몸을 움직일 때마다 재킷 안쪽의 서스펜더가 슬쩍 보였다. 서스펜더는 무두질이 잘 된 갈색 가죽으로 만들어진 것이었다. 신사는 가끔 주머니에서 금시계를 꺼내 들여다보고는 미간을 찌푸리거나 헛기침을 했다.

두 사람이 귀퉁이를 차지하고 있는 광장의 바닥에는 박석이 단단하게 박혀 있었다. 그 위를 비둘기들이 뒤뚱거리며 종종걸음을 치기도 하고 낮게 날아오르기도 했다. 몇몇 사람들이 빵 부스러기를 던지곤 몰려드는 비둘기들을 바라보며 흐뭇한 미소를 지었다. 여인과 신사를 제외하면 광장의 평화는 완벽해 보였다.

"제발 돌려줘요. 돌려달라고요."

여인은 신사에게 무언가 돌려달라고 사정하는 중이었다. 신사는 모자를 움켜쥐고 있었는데 그것은 누가 봐도 여성용이었다. 모자의 챙은 심이 들어가 있어 제법 빳빳해 보였고, 톱 부분에는 찌그러지긴 했으되 코르사주도 달려 있었으며, 진짜인지 알 수 없지만 반짝이는 보석도 박혀 있었다. 무엇보다도 그 모자는 여인이 입고 있는 드레스와 같은 소재와 빛깔이어서 여인의 모자가 아니라고 의심할 여지가 없어 보였다.

신사는 여인의 애원을 못 들은 척 광장 바닥의 거친 표면에 구두 밑창을 문지르기 시작했다. 돌의 튀어나온 부분에 누르스름한 흔적이 점점 짙어졌다. 짙어진 흔적을 확인한 신사는 그 옆으로 발을 옮겨 구두 밑창을 계속 문질렀다.

"여보! 숙녀를 난처하게 만들다니, 몹쓸 사람이로구먼. 그게 무엇이든 돌려주시오!"

톱이 높은 실크해트를 쓰고 지팡이를 짚은 노신사가 낮지만 단호한 음성으로 말했다. 노신사는 그들 앞을 지나 몇 걸음 가다 여인의 울먹이는 소리에 되돌아온 참이었다. 여인은 노신사를 존경의 눈빛으로 바라보았다. 마치 노신사가 지닌 근엄함이라면 자신을 곤경에서 구해줄지도 모른다고 기대하는 듯했다. 신사는 그를 힐긋 쳐다보고는 이내 구두 밑창을 문지르는 일에 열중했다. 노신사는 밀랍을 발라 뾰족해진 콧수염을 엄지와 검지로 매만져 더 뾰족하게 만들곤 흠, 흠, 잔기침을 남기고 총총 멀어져 갔다. 잠깐 걸음을 멈추었던 행인들도 순식간에 흩어져 버리고 여인만이 노신사의 뒷모습에서 안타까운 눈길을 거두지 못했다.

광장 반대편이 술렁거리기 시작했다. 경관 몇 명이 무어라 고함을 지르면서 팔을 내저었다. 그들 중 한 명은 말을 타고 있었고 나머지는 걸어왔는데, 둘은 곤봉을 움켜잡고 있었고 한 명은 그물을 둘둘 말아서 들고 있었다.

"위험합니다! 위험해요! 모두들 어서 집으로 돌아가시오!"

행인들이 멈춰 서서 그들을 주목했다. 뭐라는 거요? 경관들이에요. 그들이 왜 몰려다니는 거요? 글쎄요. 저들은 늘 위험하다고 하니까요. 경관들은 광장 한복판에 다다르자 큰 소리로 외쳤다.

"위험합니다! 위험해요! 성성(猩猩)이들이 탈출했소!"

행인들이 어리둥절해했다. 말도 안 돼요. 성성이라니. 성성이가 어디서 나타났다는 말인가요? 증기기관차가 다니는 세상이라고요. 더군다나 성성이는 저 멀리 야만의 더운 땅에서나 사는 동물 아닌가요? 그들은 믿기지 않는다는 표정으로 서로의 얼굴을 바라보았다. 바구니를 든 젊은 여자가 비둘기 사이를 아장거리던 아이를 번쩍 안아 올렸다. 아이는 비둘기들이 모여 있는 쪽으로 팔을 뻗으며 울음을 터뜨렸다. 젊은 여자는 겁먹은 표정으로 두리번거리더니 조급한 걸음으로 멀어져 갔다.

한 배불뚝이 남자가 경관들 쪽으로 다가가 물었다.

"성성이라고 했소? 이상하군."

"믿지 못하겠다는 거요?"

경관이 들고 있던 그물을 매만지며 퉁명스럽게 말했다.

"서커스가 열린다는 소문은 어디서도 듣지 못했소만."

남자가 허리에 손을 얹고 고개를 갸웃했다.

"누군가 신고를 했소. 먼 곳에서 탈출하여 이곳까지 흘러들어온 걸지도 모르잖소."

경관이 남자의 뒤편을 향해 다시 소리쳤다.

"모두 돌아들 가시오! 위험합니다! 위험해요! 집으로 들어가 문을 잠그시오! 덧문까지 걸어 잠가요!"

"성성이라니. 사자라면 모를까, 이렇게까지 호들갑을 떨 필요가 무어야."

남자가 빈정거리는 말투로 구시렁거렸다. 모여선 사람들은 한동안 웅성거리다가 일부는 다급하게 걸음을 옮겼고 일부는 느릿하게 광장을 가로질러 갔다. 광장 귀퉁이의 여인과 신사는 경관의 고함을 못 들었는지, 들었으면서도 큰일이 아니라고 여겼는지, 아까의 자세에서 조금도 흐트러지지 않은 모습이었다.

한 경관이 곤봉을 휘두르며 두 사람 가까이로 왔다.

"이봐요! 지금 한 말 못 들었소? 어서 돌아가시오!"

신사가 자리에서 일어나 자신의 모자에 손을 댔다가 떼고는 다시 앉았다. 신사의 자리는 어느 건물의 현관으로 올라가는 계단참이었다. 양쪽에서 대칭으로 시작된 계단은 곡선으로 우아하게 휘어져 현관 앞에서 만나는 구조였다. 계단의 양옆으로 폭이 넓은 난간이 있었는데 신사의 자리란 그 난간이 시작되는 편평한 부분이었고 그 자리는 의자처럼 그에게 맞춤한 높이였다.

"그런데…… 대체 무슨 일이요?"

"성성이가 나타났소. 집으로 돌아가시오!"

신사가 어깨를 으쓱하더니 말했다.

"하지만 여기가 내 자리요. 난 이 자리를 지켜야 하오."

"오, 제발…… 그것을 돌려주고 집으로 돌아가요. 성성이가 나타났다잖아요."

여인이 다시 애원하고 경관을 간절한 눈빛으로 쳐다봤다.

"무슨 일입니까? 이자가 무언가 강탈했소?"

경관의 눈이 호기심으로 반짝 빛났다. 그물을 든 치가 어느새 곁에 바싹 붙어서며 거들었다.

"흐음, 뭔가 재미있는 일이 벌어지고 있군, 응?"

그는 앞으로 안고 있던 그물을 옆구리로 옮겨 끼고 한 손으로 허리춤의 곤봉을 단단히 쥐었다.

"강탈이라고 했소? 내가 여자의 물건을 강탈하는 비열한 자로 보이오?"

신사는 경관을 정면으로 응시했다. 경관은 곤봉 끝을 손바닥에 탁탁 부딪치면서 뭔가 의심스럽다는 표정을 지었다. 여인이 두 손을 가슴께에 모으면서 경관에게 말했다.

"경관님, 그런 일은 아니랍니다. 그보다 성성이는요? 성성이가 나타난 게 사실인가요?"

경관은 그물을 추스르며 위엄을 갖추어 대답했다.

"어쨌든 신고가 들어왔소. 조심한다고 나쁠 건 없지 않겠소. 부인도 어서 집으로 가시오!"

"하지만 이대로 돌아갈 수는 없어요……"

여인이 가늘게 한숨을 쉬며 신사 쪽으로 눈길을 돌렸다. 신사는 구겨진 모자를 움켜쥔 채 여인의 눈길을 외면했다. 경관은 가늘게 뜬 눈으로 두 사람을 탐색했다.

"이봐, 우린 바쁜 사람들이라고! 어서 한 바퀴를 돌아야 해!"

말을 탄 경관이 재촉했다. 곤봉을 탁탁 치던 경관은 아쉬움을 숨기지 못하고 스읍, 침을 삼키며 돌아섰다.

여인은 이제 아까보다 더 초조해진 모습이었다. 가만히 있지 못하고 제자리에서 몇 발짝씩 앞뒤, 양옆으로 쉬지 않고 움직였다. 두 손을 맞잡고 비비기도 하고 치맛단을 움켜잡고 미세하게 떨기도 했다. 신사는 경관 때문에 잠시 멈추었던 행동을 계속했다. 구두 바닥을 돌 위에 문지르던 그는 발을 들어 바닥을 세심하게 살피다가 각도를 바꾸어 구두 밑창의 바깥쪽 측면을 문질렀다. 여인이 멈춰 서더니 별안간 신사가 쥔 모자를 겨냥하고 달려들었다. 신사는 재빨리 모자를 뒤로 빼서 엉덩이 아래로 숨겼다. 여인이 신사의 가슴팍을 밀었지만 신사는 조각상처럼 단단하게 버텼다. 여인은 계단을 몇 칸 올라가 신사의 어깨를 뒤에서 밀었다.

"소용없소."

신사가 여인의 손목을 잡아 어렵지 않게 끌어내렸다. 여인은 숨을 몰아쉬며 자신의 자리로 돌아와 발을 굴렀다.

"위스키가 필요하겠군."

신사의 목소리는 지나치게 낮고 작았지만 여인은 놓치지 않았다.

"위스키라니요? 하아, 지금 위스키가 필요하다고 했나요? 지긋지긋하군요. 위스키라면 하아, 어제도 마시지 않았어요?"

여인은 울상이 되어 숨을 고르며 물었다.

"성성이 말이오. 술이 필요하거든."

신사는 엉덩이 아래에서 모자를 꺼내 한 손으로 움켜쥐었다.

행인들의 수가 눈에 띄게 줄었다. 그사이 광장을 가로질러 건너편에 도착한 경관들은 극장 옆으로 난 좁은 길로 사라졌다. 비둘기들이 바닥에 떨어진 빵 부스러기를 먹느라 종종거리기도 하고 행인들의 기척에 놀라 잠깐 날아오르기도 했다. 광장은 평화를 되찾았다.

경관들이 사라진 좁은 길에서 노파가 절룩거리며 나타났다. 걸음이 너무 급해서 자칫하면 균형을 잃고 넘어질 것처럼 보였다. 노파는 무어라 소리치며 팔을 휘저었다. 신사가 먼저 노파를 발견하곤 달갑잖은 얼굴로 팔짱을 꼈다. 노파가 점차 가까워져서 마침내 외침이 들리게 되자 여인이 뒤돌아보았다. 노파는 얼룩이 잔뜩 진 에이프런을 두른 채였다. 머리에는 구식의 하얀 보닛을 쓰고 있었는데 턱 아래에서 묶게 되어 있는 끈이 풀려 걸음을 옮길 때마다 뒤로 미끄러졌다. 노파는 허둥지둥하면서도 미끄러진 보닛을 몇 차례나 고쳐 썼다.

"애야, 가자!"

노파가 여인의 팔을 끌어당겼다.

"어쩐 일이셔요?"

여인이 노파의 손을 풀면서 말했다.

"여태 여기 있으면 안 된다. 안 되고말고. 가자꾸나!"

"저는 못 간답니다. 저것을 돌려받아야 해요."

여인의 눈빛은 단호하면서도 간절했다. 노파가 연민을 담은 눈으로 여인을 한동안 응시한 후 천천히 말했다.

"물론 돌려받으면 좋겠지. 하지만 말이다. 돌려받으면 또 뭐가 달라지겠니?"

"그건 그다음 문제예요. 게다가 오롯이 제 문제랍니다."

여인이 슬픈 눈을 하고 두 손을 맞잡았다. 노파는 깊은숨을 내쉬고 신사의 손에 쥐인 모자를 보았다. 여인이 노파의 눈길을 따라 신사 쪽으로 고개를 돌렸다.

"여보게, 그걸 갖고 무얼 할 셈인가?"

노파가 눈을 가느스름하게 뜨고 신사에게 물었다. 노파의 이마에는 허옇게 센 머리칼이 몇 가닥 늘어져 있었다. 이마에는 머리칼보다 굵고 깊은 주름이 패어 있었고, 주름 아래에서부터 솟아오른 코는 녹아 흘러내리는 파라핀처럼 보였다. 그 밑으로 칼자국 같은 입술이 있었는데 입술 양쪽으로는 몇 겹의 주름이 대칭으로 잡혀 있었다. 광대는 튀어나왔고 뺨은 마치 입안에서부터 힘을 주어 빨아 당긴 것처럼 홀쭉해서 뼈가 피부를 뚫고 나올 것 같았다. 노파의 얼굴은 고갱이까지 오래전에 말라붙은 나무를 연상케 했다. 그것은 몸도 마찬가지였다. 등은 굽어서 꼽추만큼이나 불룩했고 스커트에 가려 보이지 않는 다리는 소매 밖으로 드러난 앙상한 팔목으로 볼 때 상상하기 어렵지 않았다. 신사는 멀뚱멀뚱 눈알만 굴릴 뿐이었다. 노파는 신사의 입술에서 눈을 떼지 않았지만 신사는 주머니에서 시계를 꺼내 보곤 다시 넣는 것으로 대답을 피했다.

"자네에게는 필요 없는 물건 아닌가? 돌려주게나."

노파의 명령에 신사는 천천히 고개를 들고 말했다.

"필요…… 라고 했습니까? 필요란 말이지요. 필요……"

"반드시 그 물건이 있어야 하는 건 아니지 않나, 그 말일세."

신사가 어깨를 으쓱했다.

"그것이 자네에게 어울리지도 않잖나."

신사가 한 번 더 어깨를 으쓱하고는 우그러진 모자의 챙을 신중하게 바로잡았다. 챙의 형태가 어느 정도 살아나자 망가진 코르사주를 조심스럽게 매만져 모양을 내려고 애썼다. 아무리 해도 그것은 원형대로 살아나지 않았다. 신사는 손끝으로 보석을 어루만졌다. 모자의 천과 꽃은 본래의 빛을 잃은 걸로 보였지만 보석만은 아직 반짝거렸다.

"하지만 이 보석 말입니다. 이건, 명백히, 제 것, 이지요."

신사가 보석이 보이도록 모자를 내밀며 또박또박 말했다.

"어떻게! 그 보석은 제 것이에요. 그 모자는 제 것이니까요. 꽃도, 보석도 모두 제 것이라고요!"

여인이 모자를 향해 손을 뻗으며 다급하게 말했다.

"아닐세, 아니야. 그 모자는 오래전에 내가 만든 것이네. 물론 이 아이를 위해서였지, 암."

노파가 고개를 천천히 가로저은 다음 주억거렸다.

"이 보석을 자세히 보세요. 이 초록빛 에메랄드는 제 눈동자와 같은 색입니다. 그녀의 눈동자는…… 그러고 보니 두 분은 눈동자가 같은 색이군요. 당연한 일이겠지만 말입니다. 잿빛 눈동자에 어울리는 보석이 없다고 울먹거린 기억 잊으셨군요."

"잊다니. 어떻게 잊겠나. 5월이었지. 교회 정원에 피어난 장미보다 이 아이가 몇 배는 더 아름다웠지. 어떤 하객의 보석도 이 아이보다 빛나지는 않았네. 자네야말로 누구보다 잘 알고 있었을 텐데. 그렇고말고. 그러니 사람들 앞에서 굳게 맹세했겠지."

노파의 말소리는 쥐어짠 빨래 같았다. 높낮이도 감정도 전혀 들어 있지 않았다. 말을 마친 노파는 여인의 팔을 쓰다듬었다. 노파의 눈동자는 늘어진 눈꺼풀 안으로 깊숙이 묻혀 있어 표정이 잘 드러나지 않았다. 여인은 무언가 말하려고 입술을 달싹였으나 결국 아무 말도 하지 않고 아랫입술을 꼭 깨물었다. 세 사람은 한동안 침묵했다.

광장을 오가는 사람들은 시나브로 그 수가 줄어들었다. 비둘기들은 한적한 광장 바닥을 종종거리거나 건너편의 교회 종탑까지 날아갔다가 한참 후 되돌아오거나 했다. 신사가 자리에서 일어나 허리를 쭉 편 다음 바지 주름을 매만지고 다시 앉았다.

"그런데…… 조금 시장하군."

신사가 여인을 바라보며 툭 내뱉었다. 여인이 노파를 보았다. 노파는 얼굴을 돌렸다. 여인이 포기하지 않고 집요하게 시선을 보내자 노파는 한숨을 내쉬더니 에이프런에 손을 닦았다.

"원 참, 고집하고는."

노파가 돌아서면서 한마디를 던지고 느릿느릿 멀어져 갔다.

노파가 광장을 가로질러 아까의 골목길로 접어들 때까지 여인은 그쪽으로 몸을 돌리고 서 있었다. 신사가 문득 생각난 듯이 주머니의 시계를 꺼내어 보곤 다시 집어넣었다. 신사는 발을 들어 구두 밑창의 바깥쪽 측면을 살핀 후 각도를 바꾸어 안쪽 측면을 문지르기 시작했다. 여인은 물끄러미 신사의 발을 보았다. 신사의 동작이 반복됨에 따라 여인의 호흡도 그 리듬을 따라갔다.

"이런!"

신사가 갑자기 발을 멈추고 고개를 번쩍 들었다.

"이런, 이런. 위스키를 잊었군."

여인이 깊게 한숨을 쉬었다.

"제발이지, 위스키는 그만두어요."

"아니오. 성성이 말이오. 위스키가 있어야 한다고. 경관들은 죄다 바보들이지. 흥, 늘 그렇지만."

"성성이에게 위스키가 필요하다니, 무슨 말인지 통 모르겠군요. 성성이는 경관들이 그물로 잡을 텐데요."

"그 멍청이들이 그물로 잡는다고? 그 둔한 몸으로? 아까보지 않았소? 그물을 안고 선 꼬락서니하고는. 그 곤봉을 못 보았소? 사람들을 위협하려고 들고 다니지. 성성이가 곤봉 따위에 겁을 먹을 것 같소? 어림없는 소리! 암, 어림없는 소리고말고!"

신사의 목소리가 점점 커졌다. 여인은 검지를 세워 입술에 대고 주변을 둘러보았다.

"쉿, 제발 소리를 낮춰요. 그들이 듣겠어요."

"그들이라니! 쳇, 그들이 어디 있단 말이오. 그들은 사라진 지 오래요."

여인의 걱정에 신사는 도리어 코웃음을 쳤다.

"그깟 곤봉이나 휘두르면서. 그 그물만 해도 그렇지, 휘감기지나 않으면 다행일 게요. 그들은 늘 그런 식이지. 잔뜩 젠체하지만 뭐 하나 제대로 하는 게 있소?"

여인은 다시 한번 주변을 경계하며 조심스럽게 말했다.

"하지만 방심할 수 없어요. 느닷없이 나타나기도 하니까요. 전에 우리 이웃이 곤욕을 치른 일 잊었나요? 함부로 떠벌리다 붙잡혀 가서는 치도곤을 당했다고요. 결국 시골 농장으로 요양을 갔지만 침대에서 일어나 앉지도 못한다지 않던가요."

"흥! 멍청이들!"

신사는 손바닥으로 뺨을 쓰다듬으며, 말투와는 달리 긴장된 눈초리로 광장 건너편까지 재빨리 훑었다.

광장은 이제 텅 비다시피 했다. 여인이 허리를 손바닥으로 누르며 낮게 신음했다. 신사가 흠, 흠, 헛기침을 하곤 옆으로 조금 비켜 앉는 시늉을 했다. 여인은 다가가서 높이를 가늠해 보다가 자기 자리로 돌아왔다. 여인의 키가 신사의 그것보다 훨씬 작은데다 스커트 때문에 올라앉기가 여의치 않았다. 여인은 몸을 좌우로 살짝 굽혀보곤 조심스레 바닥에 쭈그리고 앉았다. 돔형의 스커트가 몸통 주변으로 불룩 올라와서 우스꽝스런 모양이 되었다. 고무 후프가 유행하고 있었지만 여인의 스커트 안에는 강철 테를 연결시켜 만든 새장 모양의 구식 크리놀린이 들어 있었다. 둥근 스커트 안에 오도카니 앉은 여인의 몸집은 상대적으로 작아져 초라해 보이기조차 했다. 양 옆으로 늘어뜨린 몇 가닥의 소시지 컬 머리도 헝클어질 대로 헝클어져 있었다. 몸을 몇 번 움찔거려 자세를 잡은 여인은 신사를 따라 광장 쪽을 하염없이 바라보았다. 팔과 다리를 휘저으며 광장의 양 끝을 왕복하는 사내 한 명이 광장을 독차지하고 있었다. 그가 우르르 달려갈 때마다 날아오른 비둘기들이 그가 지나가기를 기다려 곧바로 땅으로 내려왔다. 사내는 한 손에 병을 들고서 방향을 바꿀 때면 멈춰 서서 한 모금씩 들이켰다. 신사가 사내의 오가는 양을 지켜보다가 고개를 설레설레 저었다.

"또 취했군."

사내가 위스키 병을 휘두르며 그들 쪽으로 다가왔다. 사내의 재킷은 도련이 뜯어져 너덜거렸고 땟국이 흘렀다. 짝이 맞지 않는 구두의 한쪽은 커서 덜그럭거리고 다른 쪽은 작아서 뒤가 구겨져 있었다. 구두 때문인지 사내는 비틀거릴 뿐 아니라 절뚝거리면서 걸었다. 사내가 가까워질수록 고약한 냄새가 진해졌다.

"어이, 이게 누구신가."

사내가 허리를 뒤로 한껏 젖히며 알은체를 하자 신사는 마지못한 목소리로 안녕하시오, 라고 인사했다. 여인이 손바닥으로 코를 가리며 고개를 돌렸다.

"숙녀를 바닥에 앉게 하다니 이런 무례한 사람을 봤나."

사내는 거푸 딸꾹질을 하곤 병에 든 위스키를 한 모금 삼켰다.

"그래, 무슨 일로 여태 여기 남아 있는 건가? 경관들이 다녀가지 않았나?"

사내가 의문에 찬 눈초리로 신사와 여인의 얼굴을 번갈아 보았다.

"다녀갔소만."

신사가 짤막하게 대답했다.

"그런데?"

사내가 다시 물었다. 신사는 대답하는 대신 새끼손가락으로 귀를 후볐다.

"뭔가 대책이라도 있나, 그냥 겁이 없는 겐가?"

사내가 은근한 말투로 물었다. 사내가 상반신을 굽히며 거리를 좁힌 탓에 여인은 흠칫하면서 앉은 채로 조금 물러났다. 스커트를 들어서 옮기는 모습을 본 사내가 낄낄거렸다.

"꼭 새장에 갇힌 새 같군. 덩치가 좀 크지만 말야."

여인의 얼굴이 빨갛게 물들었다. 여인이 신사를 원망스런 눈으로 올려다보았다. 신사는 뭔가 말하려고 입술을 달싹이다 말고 광장 건너편으로 눈길을 주었다.

"새장에 갇힌 새는 말이야. 문을 열어두어도 날아가지 않더군. 날아갈 새는 말이지. 문을 꼭꼭 닫아두어도 어떻게든 탈출하는 법이지. 가령 모이를 주기 위해 잠깐 문을 열고 손을 들이밀 때 손등을 쪼고 날아가버린단 말이야. 제길."

사내가 다시 위스키를 한 모금 들이켜고 먼 하늘을 바라봤다. 하늘에는 비둘기들이 유유히 선회하고 있었다.

"애초에 날개를 꺾었어야지. 한심하긴."

그렇게 말하고 신사는 조끼 주머니에서 다시 시계를 꺼냈다.

"날개를 꺾다니! 그건 비열한 짓이라고! 새를 가둘 때는 그 새가 소중해서가 아닌가!"

사내가 버럭 화를 냈다.

"그럼요! 가둔 것만으로도 충분히 잔인한 일이에요!"

여인이 사내의 말에 고개를 끄덕이며 덧붙였다. 신사가 여인을 바라보며 눈썹을 한껏 치켜올렸다. 여인이 입술을 샐쭉하게 내밀고 시선을 내리깔았다.

"일단 가두고 나면 잊어버리죠. 더 이상 귀하게 여기지 않아요."

여인이 풀죽은 소리로 말하자 사내가 이마에 주름을 잡으며 여인을 내려다보았다. 두 사람의 대화를 마땅찮은 표정으로 듣던 신사가 여인을 향해 말했다.

"시장하군."

여인은 금세 안절부절못하는 표정이 되었다.

"왜 여기 이러고 있나? 어서 가서 따뜻한 수프라도 먹지 않고."

사내가 여인을 힐끗 보더니 비아냥댔다.

"하긴, 집에 따뜻한 수프가 마련되어 있지는 않겠군. 자네도 나와 별다르지 않구먼."

"한심하군."

신사가 누구에게랄 것 없이 말했다. 여인이 신사에게 한숨 섞인 소리로 애원했다.

"이제, 제발 돌려줘요. 더 이상 여기 있고 싶지 않다고요."

신사는 못 들은 척 다시 구두를 바닥에 문지르기 시작했다. 사내가 어디 보자는 식으로 여인을 훑어보았다.

"흐음, 뭘 뺏기셨나, 그래?"

사내는 여인의 대답을 기다리지 않고 신사를 향해 몸을 확 돌렸다.

"마음이라도 빼앗았나?"

사내가 킬킬거렸다. 과장된 몸짓으로 허리를 젖히며 점점 더 크게 킬킬댔다. 한동안 웃음을 그치지 않던 그는 갑자기 기침을 터뜨렸다. 기침이 좀처럼 멎지 않자 허리를 꺾고 주저 앉았다. 여인이 몸을 움츠리며 사내로부터 조금 더 떨어져 앉았다. 신사도 사내의 기침을 피해 옆으로 옮겨 앉았다. 기침이 어느 정도 진정되자 사내는 위스키를 홀짝이고 숨을 골랐다. 사내의 기침이 멎자 광장에는 정적이 두텁게 깔렸다.

이제 인적은 끊어지고 비둘기들만이 평화로이 먹이를 찾아 바닥을 쪼거나 날아오르거나 했다. 해는 교회 종탑 옆으로 기울어가고 있었다. 멀리 아까의 골목길에서 노파가 불쑥 나타났다. 노파는 한 손에 바구니를 들고 절룩거리며 다가왔다. 노파의 등장에 여인이 가늘게 한숨을 쉬었다. 신사는 입맛을 다시며 손바닥을 썩썩 비볐다.

"죄송해요."

여인이 스커트 자락을 건사하며 자리에서 일어나 바구니를 받았다.

"어쩌겠니."

노파가 못마땅한 말투로 한마디 하곤 공연히 에이프런에 손을 닦았다. 여인이 바구니에서 샌드위치를 꺼내어 건네자 신사는 쥐고 있던 모자를 바지 주머니에 쑤셔 넣고 받았다. 아까까지 구부러진 챙을 만지작거려 그나마 웬만큼 살려놓은 형태가 순식간에 다시 찌그러졌다. 여인의 표정도 덩달아 찌그러졌다. 신사는 노파에게 감사하다고 짧게 말하고 호밀빵으로 만든 샌드위치를 한입 베어 물었다. 사내가 여인이 들고 있는 바구니를 넌지시 넘겨다보았다. 여인은 입술을 비죽거리며 사내가 넘보지 못하게 바구니를 슬쩍 뒤로 감췄다.

"홍! 필요 없어. 난 어차피 이것만 있으면 되니까."

사내가 위스키를 한 모금 들이켰다. 술은 이제 거의 바닥나 있었다. 신사가 우물거리며 말했다.

"위스키. 위스키가 있어야 한다고. 성성이가 나타나면 술이 필요하지."

사내가 술병을 눈앞에 들어 올려 남은 양을 가늠했다.

"쳇, 그 정도론 어림없지. 두어 모금 삼키면 비겠는데."

신사가 비웃었다.

"상관없어. 성성이 따위 알 게 뭐야. 설마 경관의 말을 다 믿는 건 아니겠지. 진짜 무서운 게 뭔지 모르는군."

사내가 갑자기 정색을 하고 신사를 뚫어져라 쳐다봤다. 신사는 눈길을 피하며 샌드위치를 한입 더 베어 물었다.

"위스키가 필요하대요."

여인이 노파에게 미안해하는 표정을 지었다. 노파는 어이쿠, 하고 무릎을 붙잡으며 자리에 털썩 주저앉았다. 그런 다음 흰 보닛을 벗어서 판판하게 접은 다음 부채 삼아 부쳤다.

"힘들다. 무릎이 무화과처럼 부었다."

여인이 노파 옆에 나란히 앉았다. 새장 하나가 여인의 몸통 둘레에 생겼다.

신사는 여전히 계단참에 앉아 있었고 두 여자는 그 앞에 앉아 비둘기들을 눈으로 좇았다. 사내는 바닥난 위스키 병을 거꾸로 들고, 내민 혀에 주둥이를 톡톡 쳤다. 해는 교회 종탑에서 한결 멀어져 공원의 나무 뒤로 넘어가려는 참이었다. 아무도 입을 열지 않았다. 광장은 다시 정적에 싸였다. 마지막 한 입을 씹어 삼킨 신사가 주머니에서 시계를 꺼내 시각을 확인하고 집어넣었다. 노파가 동그랗게 부풀어 오른 무릎을 손바닥으로 어루만졌다. 여인이 눈을 감고 검지와 중지를 모아 관자놀이를 꾹꾹 눌렀다.

"에잇!"

사내가 빈 병을 어깨 너머로 휙 던졌다. 병이 요란한 소리를 내며 깨지자 그 소리가 신호라도 되는 것처럼 여인이 벌떡 일어났다.

"아무래도 안 되겠어요. 제발 그것을 돌려주어요."

여인이 신사의 불룩한 바지 주머니를 손으로 가리켰다. 사내가 눈을 번득이며 상반신을 신사 쪽으로 기울였다.

"뭔가? 겨우 그 모자였나?"

사내가 킬킬거렸다. 신사가 사내를 잠깐 노려본 후 구두를 바닥에 문질렀다.

"모자 따위, 없어도 그만 아니오? 아니면 새것을 마련해도 되고 말이지. 여자들은 어떨 때 보면 도무지 이해할 수 없거든."

사내가 노파와 여인을 향해 빈정거렸다.

"없어도 된다고요? 새것을 마련한다고요? 오, 안 될 말이에요. 저 모자는 어머니가 만들어주신 거예요. 아무리 낡았어도 제 것이에요. 당신들은 왜 그런 사실을 모르는 거죠?"

여인이 따져 물었다. 신사는 잊을 뻔했다는 듯 주머니에서 모자를 꺼내어 구겨진 모양을 바로잡기 시작했다. 우그러진 모자챙이 다시 살아나도록 매만지고 코르사주의 꽃잎을 하나하나 펼쳐 형태를 잡아나갔다.

"하지만 이보시오, 부인. 저치가 모자를 어디 함부로 내돌리거나 하지는 않을 것 아니오. 저렇게 정성을 들이고 있는데."

사내는 어느새 진지한 얼굴을 하고 있었다. 여인이 긴 한숨을 내쉬었다.

"그런 문제가 아니랍니다. 저것은 제게 속한 것이라고요. 저 또한 저 모자에 속한 셈이……"

여인의 말을 자르고 신사가 끼어들었다. 신사는 사내를 턱으로 가리키며 말했다.

"뭘 좀 아는 사람이로군. 대체 왜 이 모자를 꼭 당신이 갖고 있어야 하는 건지 모르겠소. 내가 잘 보관하고 있으면 그것으로 된 것 아닌가. 내가 이 모자를 갖고 어떻게 했소? 함부로 팽개쳤소? 아니오. 당신이 갖고 있을 때보다 더 소중히 다루고 있지 않소? 게다가 이 보석 말이오. 이것은 원래부터 내 것이오. 사실 이 모자에서 가장 값나가는 부분은 바로 이 보석이란 말이오."

신사의 말은 막힘이 없었다. 신사는 이어서, 그렇지 않은가? 하고 사내에게 동의를 구한 뒤, 그가 고개를 끄덕이자 바로, 제 말이 틀렸습니까? 하고는 노파의 대답을 기다렸다. 노파는 여인의 소매를 끌어당기면서 작은 소리로 말했다.

"애야, 돌아가자. 언제까지 이러고 있을 작정이냐."

"저도 돌아가고 싶어요. 그런데 제 꼴을 좀 보셔요. 모자도 없이, 머리는 다 헝클어지고 납작 눌려서 이 꼴이 대체 뭐란 말이어요. 어머니가 제게 주신 저 모자, 저 모자는 벌써 빛이 다 바래버렸지만 그렇다고 저것을 두고 돌아갈 수는 없는 일이에요. 이제 와서 새 모자를 주시겠어요? 안 될 노릇이에요. 그게 도대체 가능하기나 한 일인가요. 어머니의 그 보닛을 보셔요. 그 낡아빠진 보닛은 어머니에게 속해 있지요. 해도 못 가려 부신 눈에서 진물이 흘러도 어머니는 꼭 그것만을 고집하지 않나요?"

여인의 하소연은 거의 울음에 가까웠다.

"위험하다잖니. 바깥은 위험해. 언제 성성이가 나타날지 모른다."

노파가 끙, 하며 무릎을 짚고 힘겹게 일어섰다.

"위스키!"

신사가 여인에게 명령조로 말했다. 여인이 노파를 보았다. 노파는 바구니를 챙겨 들고 여인을 잡아끌었다.

"같이 가자."

여인이 노파의 손을 뿌리쳤다. 신사가 어렴풋하게 미소를 지었다. 그것을 본 노파는 어깨를 내려뜨리고 발을 뗐다. 몇 걸음 못 가 뒤돌아선 노파를 향해 여인은 손을 내저었다. 노파는 광장을 가로질러 멀어져갔다. 절룩거리는 발을 멈추고 몇 번이나 뒤돌아보았지만 세 사람은 꿈쩍도 않았다. 신사는 자신이 앉은 자리를, 여인은 신사를, 사내는 두 사람 곁을 지켰다. 길게 자라난 세 사람의 그림자가 바닥에 견고하게 붙어 움직이지 않았다.

어디선가 말발굽 소리가 났다. 소리는 희미하게 시작되어 차차 선명해지더니 노파가 사라진 골목 어귀에서 아까의 경관들이 모습을 드러냈다. 세 경관은 자기들끼리 무언가 이야기하며 웃음을 터뜨리는 중이었다. 한바탕 웃고 난 그들은 그제야 광장 건너편의 세 사람을 발견했는지 웃음을 멈추고 곤봉을 고쳐 잡았다.

"이거, 귀찮게 됐군."

사내가 광장 바닥에 침을 찍 뱉었다. 경관들은 서두르지 않았다. 까각깍까각깍 침착한 말발굽 소리가 텅 빈 광장을 메웠다. 그들이 광장 한가운데에 다다랐을 때 비둘기들이 일제히 날아올랐다. 비둘기들이 점점이 흩어진 하늘은 무척 평화로운 모습이었다. 세 사람은 고개를 들어 그 풍경을 응시했다. 이윽고 경관들이 가까워졌다.

"당신들, 여태 이러고 있으면 곤란하오."

경관의 말에 신사가 모자에 손을 댔다 떼면서 인사를 차렸다. 여인은 스커트 자락을 추스르며 자리에서 일어났다.

"곤란한 건 자기들이겠지."

사내가 반대편으로 고개를 숙이며 혼잣말을 했다.

"무슨 일이오? 왜 돌아가지 않는 거요?"

셋 중 아무도 대답하지 않자 경관들이 옷매무새를 가다듬은 다음 헛기침을 하고 가슴을 내밀었다. 그것으로 어느 정도 위엄을 차렸다고 생각했는지 곧은 자세로 세 사람 앞에서 버티었다. 여인이 손바닥을 스커트 자락에 문지르며 머뭇거리다가 마침내 결심한 듯 대답했다.

"모자 때문이에요."

"모자라고 했소?"

"그래요. 모자를 돌려받아야 해요."

여인이 신사가 쥐고 있는 모자를 눈짓으로 가리켰다. 경관이 곤봉을 옆구리에 차고는 팔짱을 꼈다.

"부인, 우리는 그렇게 한가하지 않소. 그까짓 낡아빠진 모자 하나에 세금을 축낸다는 소리를 들을 수는 없소. 하지만 자, 어디 한번 들어봅시다. 그 모자의 주인은 누구요? 분명히 말하시오. 거짓말을 하면 안 된다는 것쯤은 알고 있겠지요?"

경관은 짜증과 호기심을 섞어 말했다. 그물을 들고 있던 경관은 이제 그것을 바닥에 내려놓았다.

"모자는…… 분명히 제 것이에요. 제 것이었지요. 아니, 지금도 제 것이에요. 그건 확실히 말할 수 있어요."

"좋소. 그렇다면 이 신사 양반은 누구요?"

"저 사람이 누구냐고요? 저 사람은…… 그래요. 누군지 알 수 없군요. 누구보다 잘 안다고 생각했었는데 말이에요. 이제 보니 저 사람이 누군지 전혀 모르겠군요."

부인은 아아, 하고 탄식한 다음 손으로 머리를 감쌌다. 신사가 어깨를 한번 으쓱하고는 모자를 물끄러미 내려다보았다.

"이제, 당신이 이야기할 차례인 것 같소만."

경관이 신사 앞으로 한 발짝 다가섰다. 신사가 천천히 고개를 들어 세 명의 경관과 여인과 사내를 둘러본 뒤 입을 열었다.

"이 모자는…… 처음엔 그녀의 것이었소. 아니, 그녀가 내게 속하기 위해 준비한 것이었소. 그러니 모자가 온전히 그녀의 소유라고 할 수는 없지 않겠소? 게다가 이 모자에 달린 보석은 애초부터 내 것이오. 그리고 이 꽃은, 물론 지금은 꽃으로 보이지 않겠지만, 처음에는 분명 꽃이었소. 내가 갖고 있던 것이오. 그러나 시들고 말았소. 잘 돌본다 하더라도 꽃은 언젠가는 시드는 법이오. 꽃이란 건 말이오. 한번 시들면 끝장난 거요. 시든 꽃을 되살리는 법을 아시오? 도대체 이미 시든 꽃을 두고 뭘 어떻게 할 수 있겠소."

여인이 두 손을 가슴께에 모으고 깍지를 꼈다. 그 모습은 마치 기도를 올리는 것처럼 절박해 보였다.

"아, 제발. 그런 말은 옳지 않아요. 그렇게 모진 말은 하지 말아요."

여인이 눈물을 글썽였다.

"이 모자도 전에는 보석이 꽤나 어울린다고 여겼소. 이제는
어떻소? 잘 보시오. 이렇게 빛이 바래고 형태마저 일그러진
모자에 빛나는 보석이라니. 이건 마치 저 늠름한 말의 발굽에
서 뽑아낸 편자를 아무 데서나 흘레붙는 더러운 개의 발에 박
아주는 것보다 더 가치 없는 일이오. 그런 건 누구라도 알 수
있는 사실이오. 보석은 그에 어울리는 모자가 필요한 것, 그
것이 보석의 운명 아니겠소. 사실 이 모자에서 보석을 떼어내
지 않는 것만 해도 나로서는 크게 베푸는 셈이오."

말을 마친 신사는 다시 한번 세 경관과 여인과 사내를 둘러
보았다. 여인이 기어코 흐느끼기 시작했다. 말을 탄 경관이
처음으로 입을 열었다.

"이것 참, 골치 아픈 자들이로군. 자, 자, 모두들 돌아가시
오. 낡아빠진 모자야 누구의 소유든 무슨 상관이겠소. 우리는
우리대로 맡은 책임이 있으니 이런 일로 어정거릴 수는 없소.
주변을 둘러보시오. 이제 아무도 남지 않았소. 당신들은 어쩔
셈인지 모르겠군."

경관이 고개를 절레절레 흔들었다.

"흥, 저들이 걱정하는 건 우리가 아닐걸."

사내가 경관들을 피해 몸을 돌리고 중얼거렸다. 목소리는
아주 작았지만 광장이 너무 고요해서 경관의 귀에 들어가지

않을 수 없었다. 말 위의 경관이 턱을 쳐들고 한심하다는 투로 말했다.

"당신은 돌아갈 곳이라도 있소? 보아하니 그런 것 같지 않군. 아무튼 이제 알아서들 하시오. 우린 더 이상 시간을 허비할 수 없소."

경관이 말머리를 돌리자 다른 경관들도 그 뒤를 따랐다. 그들은 다시 까각까각 멀어져갔다. 그들의 뒷모습을 바라보던 사내가 카악, 가래침을 끌어올려 뱉었다.

"위스키가 있어야 하는데……"

신사의 말에 사내가 킬킬거리며 덧붙였다.

"나막신도 필요하지. 취하면 그걸 신고 비틀거리거든."

"비틀거리도록 하는 게 목적이라면 그 짝이 안 맞는 당신 구두로도 충분하겠군."

신사가 빈정거리자 사내는 자신의 신발을 내려다보며 웃음을 터뜨리곤 기침이 나려고 하는지 가슴을 다독거렸다.

"그렇지, 암. 이것도 소용이 닿겠는데."

사내가 구두를 벗어 나란히 놓았다. 사내의 맨발은 형편없이 더러웠고 발가락 두 개는 발톱 없이 뭉툭했다. 여인과 신사가 동시에 눈살을 찌푸렸다.

"취해서 기분이 좋아지면 틀림없이 구두를 신을 거야. 되똑거릴 때 잡아야 하지. 하지만 그때 경관이 잽싸게 그물을 들고 뛰어올까 의심스럽군. 그게 걱정인걸."

"그보다 위스키가 문제지. 어떻게 된 거요?"

신사가 사내의 말을 받은 다음 여인에게 물었다. 여인은 대답하지 않고 다시 자리에 앉았다. 새장 모양의 스커트가 여인의 몸을 감쌌다.

"내 중요한 걸 하나 알려줄까?"

사내가 신사에게 귀엣말을 했다.

"놈이 인간의 얼굴을 하고 있는 건 알고 있나? 모자를 탐낼지도 모르지. 조심하라고."

신사가 의심스런 눈으로 사내의 얼굴을 보다가 모자를 슬그머니 바지 주머니에 집어넣었다. 사내는 한바탕 킬킬거리더니 이번에는 여인을 보며 비밀스럽게 말했다.

"놈이 이름을 부를 거요. 절대 대답해선 안 되오."

여인이 제자리에 앉은 채로 사내 쪽으로 몸을 돌렸다. 새장 같은 스커트가 빙글 돌았다. 여인은 놀라움이 가득한 눈으로 사내를 올려다보며 물었다.

"대답이라고요? 이름을 부른다는 말인가요? 정말…… 그럴까요? 잃어버린 지 오래인걸요."

"대답을 하면 잡아먹을 거요. 그러니 절대 안 되지. 알겠소?"

사내가 두 눈을 부릅뜨고 다짐을 놓았다. 여인의 눈동자가 잠시 빛났다가 금세 흐려졌다.

"이런, 이런. 불리기를 기다리는 거요? 잡아먹힐 텐데도? 이런 어리석은 여인 같으니."

사내가 고개를 흔들며 혀를 찼다.

"이름…… 이름이라니. 이제 아무도 불러주지 않는걸요. 오, 내 이름…… 뭐였지요? 당신, 내 이름을 기억하나요?"

여인이 두 손으로 머리를 감싸고 다시 울먹이기 시작했다.

"꼭…… 이름이 필요한 건 아니잖소. 이제 와서 이름이 생각나지 않는다고 달라질 게 뭐람."

신사는 퉁명스럽게 말하곤 잊고 있었다는 듯 구두 밑창을 바닥에 문질렀다. 훌쩍이며 신사가 하는 양을 보고 있던 여인이 벌떡 일어났다.

"당신은 성성이만도 못하군요. 성성이는 적어도 이름을 불러준다고 하니까요. 나는 대답하겠어요. 대답하고말고요. 아무도 불러주지 않는 이름인걸요."

"하지만 이것 하나는 알아야 하오. 이름을 원한다면 그 이름에 책임을 져야 하는 법이오. 그래도 꼭 이름을 찾아야겠소? 이름을 잊은 것이 더 다행한 일 아니겠소. 가령 성성이가 나타나더라도 말이오."

신사의 말투가 한결 누그러졌다. 여인은 신사의 설득에 눈빛이 잠시 흔들렸으나 곧 결의에 찬 태도로 말했다.

"아니, 그렇지 않아요."

"잊었다면서!"

사내가 끼어들었다. 여인이 하얗게 눈을 흘기자 머쓱해진 사내는 손바닥으로 얼굴을 문질렀다. 여인이 신사 쪽으로 몸

을 틀었다. 신사가 신중한 자세로 고개를 끄덕했다. 여인은
원망 가득한 눈으로 신사를 한참 동안 쏘아보다가 힘없이 주
저앉았다. 스커트가 새장처럼 몸을 감쌌다. 여인은 쓸쓸한 얼
굴을 하고 먼 데 하늘을 바라보았다. 해는 뉘엿뉘엿 넘어가
붉은 하늘이 어둑해졌고 세 사람은 각자의 자리에서 움직이
지 않았다.

　광장의 건너편 골목에서부터 바람이 밀려왔다. 비둘기들이
푸드덕거리며 한꺼번에 날아올랐다. 잿빛 비둘기 한 마리가
공중을 한 바퀴 돌고 난 다음 여인 앞에 내려와 앉았다. 비둘
기는 부리로 바닥을 찍어가며 신사의 발 아래쪽으로 다가갔
다. 그곳에는 샌드위치를 먹다 흘린 올리브 조각과 빵 부스러
기가 떨어져 있었다. 비둘기가 올리브 조각을 부리로 쪼자 신
사가 쫓으려고 발을 굴렀다. 비둘기는 날아오르는 대신 목을
깃털 사이로 묻었다가 민첩하게 올리브 조각을 찍어 올렸다.
신사가 다시 한번 비둘기를 위협했으나 비둘기는 더 이상 신
사를 겁내지 않았다. 올리브 조각을 삼킨 비둘기는 이리저리
목을 돌려가며 바닥을 탐색하고 흩어진 빵 부스러기를 차지
했다. 여인이 비둘기를 향해 손을 내밀었다. 꼬리에 손이 닿
으려는 순간 비둘기가 침착하게 날아올랐다. 허공을 향해 팔
을 뻗으며 급한 몸짓으로 일어서던 여인은 엉킨 크리놀린 때
문에 바닥에 넘어졌다. 비둘기가 허공에 커다란 원을 그렸다.
여인은 유유히 선회하는 비둘기를 눈으로 좇았다. 비둘기는

몇 개의 원을 남긴 후 마침내 푸른 우듬지와 교회의 종탑을 넘어 멀어져갔다.

긴 잠에서 깨어난 사람처럼 여인이 비틀거리며 일어났다. 신사는 모자를 쥔 채, 사내는 아무렇게나 앉은 채 여인을 측은하게 바라봤다. 여인은 스커트 속으로 손을 넣어 거친 몸짓으로 크리놀린을 벗었다. 왜 이런 걸…… 도대체 누가…… 분에 찬 혼잣말 끝에 여인은 그것을 팽개쳤다. 바닥에 나동그라진 크리놀린은 마치 화석처럼 보였다. 신사가 자리에서 벌떡 일어서고 사내의 입술이 벌어졌다. 여인은 천천히 발을 뗐다. 힘겨운 걸음이 거듭되면서 그것은 미미하나마 분명한 흐름을 띠었다. 여인의 얼굴은 점차 단단해져, 극장의 조각상만큼이나 견결해 보였고 걸음걸이는 어느새 곧은 자세의 병정 같았다. 신사가 모자를 쥔 손을 내밀며 여인 쪽으로 주춤거리며 다가갔다.

"이봐……"

여인은 신사 쪽으로 잠깐 눈길을 주었으나 입술은 굳게 다물어져 있었다. 사내가 크리놀린을 주워들고 신사에게 들어 보이며 물었다.

"그럼 이건 누구 건가?"

신사가 눈썹을 사납게 치켜떴다. 사내는 깜짝 놀란 척을 하며 한 발짝 뒤로 물러서서 킬킬거리기 시작했다. 여인은 두 남자를 향해 고개를 내젓고는 광장의 끝을 향해 나아갔다. 시선은 광장 저편에서 어른거리는 검은 그림자에 꽂혀 있었다.

"이봐, 에, 엘라…… 엘라! 엘라!"

여인은 신사의 호명에 대답하듯 어깨를 한껏 젖혔다. 턱을 들고 허리를 꼿꼿이 세운 자세로 망설임 없이 나아갔다. 광장에는 신사의 일그러진 표정과 사내의 웃음소리만 남았다.

# 마을 밖에는 꽃과 노래

자갈말에서 사막으로 가려면 대숲을 통과해야 했다. 대숲으로 들어가는 길은 단 한 갈래뿐이었고 그 길의 끝에 결코 문을 닫지 않는 가게가 있었다. 가게에서 파는 것은 모두 오래된 물건들로, 그것들을 사는 사람은 나그네였으나 나그네들은 가뭄이 시작된 후 더 이상 눈에 띄지 않았다. 비가 퍼붓던 계절에도 사정은 비슷했다. 아주 간혹 가게를 얼쩡거리는 사람들이 퀴퀴하고 어둑한 실내를 들여다보고는 눈살을 찌푸렸다. 목재로 만들어진 작은 탁자 너머에 여자애가 앉아 있었다. 여자애는 이른 아침에도 그 자리에 있었고, 해가 기울고 나서도 여전히 자리를 지켰다. 깊은 밤이나 새벽에도 여자애를 봤다는 마을 사람이 있었으나 그가 누구인지는 밝혀지지 않았다.

애야, 학교는 안 가니?

다 배웠어요.

무슨 말이냐?

내가 알아야 할 모든 것은 유치원에서 배웠다고 누가 그랬대요. 나는 유치원은 안 다녔지만 나이는 그보다 많으니까요.

몇 살이냐?

열 살이었는데 지금은 천 살 되었을 거예요.

어른은 어디 가셨니?

내가 어른이에요.

남자가 어딘가 선선하지 않은 태도로 가게의 안과 밖을 살폈다. 안쪽에서 가래 끓는 소리가 나자 남자가 움찔하며 한 걸음 물러났다. 남자의 놀란 눈길이 닿은 어둑한 구석에 노인이 앉아 있었다. 노인은 연신 눈을 깜빡거렸다. 감았을 때나 떴을 때나 기능상으로는 다르지 않아 보이는 눈알이 어둠 속에서 번들거리며 이리저리 굴렀다.

다음에 오마.

남자는 움켜쥐었던 밀짚모자를 공연히 탁탁 털고는 머리에 썼다. 남자가 멀어져 갈 때 자그락자그락 자갈 밟히는 소리도 함께 멀어져 갔다. 남자는 무언가 아쉬운 듯 몇 번 뒤돌아보았으나 마침내 언덕을 넘었다. 언덕 꼭대기에 올랐던 남자의 발이, 다리가, 허리와 가슴과 머리가 차례로 사라졌다.

언덕 위에서 바람이 쓸려 내려왔다. 바람은 어디선가 머금은 부연 먼지를 품은 채로 마을을 휘감은 다음 사막으로 건너갈 것이었다. 인사를 하듯 가게 앞에서 작은 회오리를 한번 일으킨 다음 통째로 뽑아 가져갈 기세로 대숲을 뒤흔드는 것으로 미련을 털어낼 것이었다.

여자애는 재빨리 가게 앞으로 나갔다. 바람이 바야흐로 거세어져 아이의 옷자락을 핥듯이 펄럭였다. 옷자락은 의자에 앉으면 바닥에 끌렸고 일어서면 종아리를 가렸다. 색과 질감과 두께가 각기 다른 몇 개의 누더기가 이어져 하나의 옷자락을 이루고 있어서 누구라도 그것이 애초에 하나의 옷으로 만들어지지 않았음을 알아차릴 수 있었다.

아이는 커다란 구두를 신은 발로 자갈을 밟아 비틀었다. 짜각. 짜각. 자갈돌끼리 부딪히고 쓸리는 소리가 났다. 발을 들어 올리자 토막 난 전갈이 자갈돌 사이에서 꿈틀거렸다. 갈고리 모양의 독침과 몸통 몇 마디가 떨어져 나간 전갈이 달아나지 못하도록 다시 지그시 눌렀다. 구두 옆으로 집게발이 삐져나와 꿈틀댔다. 아이는 인내심을 갖고 적절한 압력을 유지했다. 바람이 치렁거리는 옷자락을 들어 올렸다 내려놓았다. 옷자락은 바람을 따라가기라도 할 기세로 맹렬하게 한쪽으로 쏠렸다가 좌절한 깃발처럼 아래를 향했다. 아이는 옷자락이 들리고 쏠릴 때마다 바람에 몸을 맡겼다. 노래하듯 흔들리는 몸과는 달리 발은 땅속 깊이 박혀 있는 나무뿌리처럼 굳건했고 눈길은 대숲 너머의 하늘을 더듬고 있었다. 집게발은 바람에 날리는 옷자락보다 더 맹렬하게 요동치다 이윽고 잠잠해졌다.

죽었니?

아이가 구둣발을 들고 내려다보며 전갈을 툭 건드렸다. 전갈은 움직이지 않았다. 아이는 언덕을 향해 몇 발짝 걸어간 다음 멈췄다. 고개를 들어 멀리 언덕을 바라보았다. 거기에는 아무것도 없었다. 그늘을 드리운 나무 한 그루라도 있었더라면 아이는 하루에도 몇 번씩 언덕길을 올랐을지 모른다. 아이는 그런 풍경을 본 적이 있다. 거대한 둥치 위로 뻗어나간 무수한 가지들과 그 가지들에 매달린 초록 잎들을 본 적이 있다. 잎들은 햇빛을 받아 뽐내듯 반짝였고 바람을 맞아 노래했다. 잎이 흔들릴 때마다 잘강거리는 소리가 쏟아졌다. 아이는 그 그늘에 누워 나무의 노래를 들었다. 그것이 몇 살 때였는지 노인은 가르쳐주지 않았다.

병을 가져다 줘!

아이가 가게 안으로 목을 뽑아 소리쳤다. 노인의 눈알이 잠깐 번득이는가 싶더니 이내 어두워졌고 더는 움직이지 않았다. 아이가 노인의 뒤쪽 선반으로 다가가 유리병을 내렸다. 병 안에는 전갈이 한 마리 더 들어 있었다.

이제 끓이거라.

노인이 눈을 깜박이며 말했다. 노인의 목에서는 구정물 끓는 소리가 났다.

하나 다오.

아이는 병에 든 전갈을 꺼내 방금 잡은 것과 함께 양철통에 넣고 화덕에 불을 붙였다.

소금을 넣었느냐?

없어.

노인이 불편한 신음 소리를 내고 말했다.

하나 달라고 했지 않느냐.

아이가 선반의 맨 끝에 놓인 대바구니에 손을 넣어 뒤적였다. 아이의 손에 바짝 마른 전갈이 달려 나왔다.

이건 소금물에 끓인 거야.

함전갈이로구나.

응, 맹물은 담전갈.

노인이 마른 전갈을 손톱만큼 부러뜨렸다. 노인이 입을 벌리자 그 안에서 어둠이 쏟아져 나왔다. 어둠 속에서 침 묻은 치아 몇 개가 반들거렸다. 노인은 딱딱한 조각을 입안에 넣고 천천히 정성을 들여 굴리고 씹었다. 그러는 동안 아이는 노인의 목울대를 보았다. 울대가 꿀렁이며 위로 솟구쳤다 가라앉았다.

또 찾아올 게다.

누구?

아까 왔던 놈 말이다.

왜?

올 거다.

뭘 사려고?

뭐든. 시늉일 게다. 조심해라.

뭘 조심해?

뭐든.

왜?

조심해.

노인이 전갈을 부러뜨려 조각 하나를 더 입에 넣었다.

무슨 맛이야?

전갈 맛.

전갈 맛이 무슨 맛이야?

사막 맛.

모래 맛이야?

모래 맛을 아느냐?

자갈 맛을 알아.

무슨 맛이냐?

자갈 맛.

노인이 희미한 웃음을 지었다.

다 끓으면 볕에 말리거라.

팔아야겠어.

안 된다.

왜?

마을에서 사람들이 올 거다.

사러? 그럼 좋잖아?

너는 나이를 더 먹어야 한다.

얼마나? 난 나이가 많아.

더 많아야 한다.

쳇.

아이는 다시 선반 위 대바구니에 손을 넣었다. 이번에는 감자였다.

줄까?

노인이 고개를 저었다. 아이가 목재로 된 작은 탁자로 돌아가 자리에 앉았다. 감자를 돌려가며 손톱으로 껍질을 벗겼다. 손톱은 길게 자라 있었고 손톱과 피부 사이에 그믐달 모양의 때가 까맣게 끼어 있었다. 아이가 감자를 삼키는 소리와 노인이 전갈 조각을 부수고 우물거리는 소리가 가게 안을 오래 떠다녔다.


대숲 쪽으로 해가 넘어가면 나무들이 뾰족뾰족한 그림자를 길게 드리웠다. 어둠이 오는 속도는 지루하도록 느렸으나 한번 내린 어둠은 더할 수 없이 충실했다.

가게의 가장 안쪽, 병과 대바구니가 놓인 선반 옆으로 드나들게 되어 있는 작은 방은 꼭 노인의 관 같았다. 노인은 폭이 좁은 장방형의 방 안에 누워 잠이 들었다. 아이는 노인의 옆에 누워 자랐고 지금은 가게 한쪽 구석에 만들어둔 대나무 평상에 몸을 뉘었다. 쪼개지 않은 대나무를 엮고 그 위에 끝이 나달거리는 카펫을 깐 잠자리에 몸을 펴고 누우면 발목이 평상 가장자리에 걸쳐졌다. 아이는 모로 누워 무릎을 구부렸다. 대나무의 요철을 고스란히 느끼며 누웠다가 노인의 숨소리가 골라지고 나자 그림자처럼 일어섰다.

언덕길 위로 붉은 달이 떴고 바람은 잠잠해졌다. 대숲은 더이상 수런거리는 소리를 내지 않았고 사위는 무섭도록 적막했다. 아이는 달을 향해 걸었다. 발밑에서 자갈이 저들끼리 긁히는 소리를 냈다. 다른 어떤 소리도 없는 밤에 자갈 소리만이 그곳이 자갈밭임을 웅변했다. 달은 둥실 떠올라, 흐릿한 윤곽으로 깎인 체면을 상쇄하듯 평소보다 부푼 몸집을 과시했다. 밤에도 대기의 부연 먼지는 사라지지 않았고, 그것을 확인할 방법은 하늘을 보는 것뿐이었다. 달의 테두리가 뭉개지고 별은 단 하나도 빛나지 않았다.

아이는 자신이 별을 본 적이 있는지 자신할 수 없었다. 별이란 것이 어떻게 빛났는지, 얼마나 많은 별이 하늘에서 빛났는지 하는 따위를 생각해보았지만 알 길이 없었다. 아이의 기억에는 부연 밤하늘과 가장자리가 명확하지 않은 달, 혹은 가장자리가 명확한 태양 같은 것이 선명했다.

먼 데서 자갈 밟는 소리가 들려왔다. 자각거리는 소리는 잠시 멈췄다가 다시 시작되었고 차츰 가까워졌다. 아이는 돌아서서 발을 옮겼다. 소리의 간격이 점차 빨라졌다. 아이는 걸음을 서둘렀으나 소리는 비웃기라도 하듯 더 가까워졌다. 점점 커지는 소리와 자신의 발소리가 뒤섞여 어느 순간 소리는 하나뿐인 것처럼 들렸다. 뒤를 돌아보았을 때 언덕의 반대편에서부터 커다란 모자챙이, 어깨가, 허리가, 다리와 발이 솟아올랐다. 아이는 더욱 재게 몸을 움직였지만 잠깐 사이 기다란 그림자가 널름거리며 아이의 등을 덮쳤다.

태양이 완전히 솟구치기 전부터 자갈은 달아올랐다. 붉은 하늘빛을 머금어 자갈도 붉게 반짝였다. 길에는 그늘 한 점 없었고 각각의 자갈에 부딪혀 흩어진 빛이 가게 안으로 스며들었다. 빛은 가게의 물건들을 어루만지며 가장 안쪽 벽까지 희미하게 밝혀놓았다. 노인의 얼굴과 하얗게 센 머리칼 그리고 아무렇게나 자라난 수염조차 붉은 기가 돌았고 깜박일 때마다 사라졌다 다시 번들거리는 안구의 표면도 붉게 빛났다.
노인은 여느 때와 달리 아직 평상에 누워 있는 아이를 지켜보듯 그쪽을 향해 앉아 있었다.
모로 누운 아이가 이마를 찡그리자 맺혀 있던 땀방울이 움찔거리는 근육을 지나 머리칼 사이로 흘러 들어갔다. 아이는 이마를 손바닥으로 쓸었다. 노인이 항아리를 더듬어 물을 떠왔다.

마시렴.

노인의 말에 끙끙대던 아이가 일어났다. 땀에 전 머리칼이 이마와 뺨에 찰싹 붙어 있었다. 노인이 내민 컵을 받아 단숨에 들이켜고 기지개를 켜던 아이의 얼굴이 순간 일그러졌다. 아이는 채 반도 들어 올리지 못한 팔을 내리고는 양쪽 엉덩이를 번갈아 들었다 내리며 자세를 바꾸었다. 아이의 얼굴은 몸 어딘가에서 시작된 통증을 정직하게 드러냈다. 노인이 손을 내밀어 아이의 팔꿈치를 잡았다. 아이의 팔꿈치는 작게 소용돌이치는 피부로 감싸여 있었고 노인은 엄지 끝으로 조밀한 여러 개의 곡선을 따라 부드럽게 원을 그렸다. 그러면서 이마를 찡그려 눈꺼풀을 한껏 들어 올리며 아이의 눈을 가만히 들여다보았다. 흐릿한 막에 덮인 노인의 눈동자가 아이의 눈동자를 더듬자 아이는 슬그머니 눈길을 돌렸다.

팔이 뜨겁구나.

아이가 노인의 손을 뿌리치고 일어나 목재 테이블로 향했다.

더워. 땀이 나.

아플 때도 땀이 나는 법이다.

아이의 걸음은 춤동작같이 가벼웠던 여느 때와 사뭇 달랐다. 가능하다면 발을 바닥에서 떼지 않으려는 듯 아주 천천히, 얼음을 지치는 것처럼 끌어 옮겼다.

무언가를 감출 때도 땀이 나는 법이고.

아무것도 훔치지 않아.

감추는 것과 훔치는 것은 다르다.

훔치려고 감추는 거 아니야? 감춘 걸 안 내놓으면 훔치는 거지.

아이가 이마를 손등으로 훔치며 항변했다. 노인은 슬며시 웃음을 지었다가 이내 딱딱하게 굳은 표정이 되었다.

거짓말도 감추는 거다.

무슨 말이야?

진실을 감추는 거란다.

거짓말 따위 하지 않아.

말하지 않는 것도 거짓말이다.

거짓말.

아이가 혀를 쏙 내밀었다.

감자를 먹으렴.

지겨워.

뭘 먹겠느냐?

노인이 선반 위에 놓인 바구니들을 뒤적였다. 말린 고기가 나왔다. 선홍색이었던 고기는 마르고 말라 검붉었다. 노인은 고기 조각을 가운데서 꺾은 다음 반대 방향으로 다시 꺾었다. 고기는 꺾일 뿐 나뉘지 않았다. 노인의 인내심은 고기보다 질겼다. 손바닥만 한 고기 조각을 내밀자 아이가 느릿한 걸음으로 다가와 받았다. 노인은 아이가 고기를 씹기를 기다렸다.

아이는 목재 테이블에 꼬리뼈를 걸치고, 앉았다기보다 선

것에 가까운 자세로 몸을 고정했다. 마른 고기의 가장자리를 이로 물고 결대로 찢자 말려놓은 실뱀이 꿈틀거리는 것 같았다. 아이는 뱀 꼬리를 잡고 들어 올리듯 손을 높이 올리고 목을 젖혀 끝부터 씹었다.

대꽃이 피었는지 보러 가지 않으련?

노인이 말린 고기를 만지작거리며 말했다.

어떻게 생겼는데?

보면 알 수 있을 게다.

본 적이 없는걸.

나도 본 적은 없다. 백 년에 한 번 핀다고 하니까.

할아버지가 몇 살이야? 나는 천 살인데.

꽃을 봐야 백 살이다. 꽃이 피지 않았으면 죽순이 솟았을 게다.

알아. 맛있는 거야.

아이가 말린 고기를 씹으며 선반의 바구니 중 하나를 내렸다. 바구니 안에 칼이 들어 있었다. 칼날은 거무스름했고 칼자루에는 헝겊 조각이 두텁게 감겨 있었다.

자갈길로 나선 아이가 언덕의 반대 방향으로 길을 잡았다. 의자에서 일어난 노인이 가게 문까지 나가 아이가 멀어져가는 소리에 귀를 기울였다.

꽃이 피었으면 꺾어 오너라.

죽순을 캐 올 거야.

사막으로는 가지 마라.

안 가.

사람을 보면 돌아오너라.

사람은 없어. 낙타도 없고.

아이의 소리가 아주 멀어지자 노인은 탁자 안쪽의 의자에 앉아 말린 고기를 질겅거렸다. 어느새 해가 더 높아졌다. 탁한 허공을 관통하는 해의 형태가 두렷했으나 노인이 그것을 볼 수 있을는지는 노인만이 알았다.

깜빡 잠에 들었다 자갈 밟는 소리에 소스라쳐 깨어난 노인 앞에 낯선 사내가 다가와 섰다.

살 만한 것이 있습니까?

노인은 가게 안을 둘러보라는 뜻으로 고갯짓을 했다. 사내는 가게 안쪽으로 성큼 다가들면서 얼마 되지 않는 물건들을 건성으로 살폈다. 노인은 무심한 듯 눈을 깜박이며 간혹 가래 끓는 소리를 냈다. 사내가 어둑한 안쪽까지 살피는 시늉을 하고는 노인에게로 와서 상체를 기울이며 물었다.

그건 어디에 있습니까?

낮고 빠른 목소리였다.

무어 말이오?

꼭 필요합니다.

노인은 말없이 무연한 표정을 바꾸지 않았다. 가게 안에는 사내와 노인의 숨소리만이 존재하는 듯했다. 두 소리는 교차했다 멀어지고 다시 좁혀드는 두 가닥의 팽팽한 밧줄 같았다.

큰 게 걸려 있습니다.

사내는 여전히 낮은 목소리로, 그러나 아까보다는 조금 더 호소를 실은 목소리로 말했다.

값은 제대로 쳐드리겠습니다.

사내가 허리춤을 툭툭 치고는 묵직한 주머니를 꺼내어 노인에게 보여주었다.

이왕 알고 오셨겠소만······

노인은 말을 멈추고 일어나 가게 안쪽의 관 같은 방으로 들어갔다. 잠시 후 노인이 들고 나온 것은 아가리를 동여맨 자루였다. 사내가 손바닥을 마주 비비며 기대에 찬 표정을 지었다.

하나씩 꺼내시오.

노인이 사내의 손 하나가 겨우 통과할 정도로 자루를 열어 내밀었다. 사내가 손을 쑥 집어넣어 한참 뒤적였다.

운명은 어차피 정해져 있는 거요.

노인의 재촉에 사내가 의심스러운 눈초리로 노인을 살피며 하나를 꺼냈다. 모서리가 부드럽게 갈려 나간 정육면체의 돌멩이였다. 돌은 검정에 가까운 빛이었고 표면이 매끄러웠다. 사내가 돌을 이리저리 뒤집어 보았다. 한쪽 면만 허여스름한 색이었다. 사내는 다시 자루에서 돌을 꺼냈다. 이번에도 한 면만 흰빛을 띠었다. 칠을 한 것도 아니고 이어붙인 것도 아니었으나 돌들은 한쪽 면만 색이 달랐다. 사내가 골라낸 돌은 모두 네 개였고 넷 다 그렇게 생긴 것들이었다. 사내가 다시 자루에 손을 넣으려 하자 노인이 자루를 거두었다.

다섯이 정해진 개수 아닙니까?

노인이 고개를 끄덕이며 말했다.

당신의 심장이 다섯번째 돌이라오.

무슨 말입니까?

돌들이 결정해준다고 믿으시오?

여기서 파는 돌들은 정확하다는 말을 듣고 왔습니다. 제게는 중요한 일입니다.

그 일이 무엇인지 들어볼 생각은 없소. 당신도 말하고 싶지 않을 거요. 그렇지 않다면 여기까지 오지 않았겠지.

노인장은 대체 이 돌들을 왜 파는 겁니까? 효험을 본 자들이 있는데 왜 부정하는 겁니까?

효험이라…… 이 돌들은 오래전 내가 주운 것들이오. 그때는 모든 것이 맑았다오. 시간을 견디는 법을 아시오? 나는 끌과 줄로 이것들을 다듬으며 늙어왔다오. 그러나 돌의 흰빛은 나도 모르는 일이오.

노인이 사내를 향해 눈을 깜박거리며 손을 내밀었다.

돌을 던져보면 내 말을 알게 될 것이오. 원하는 답을 자신이 이미 알고 있다는 사실을.

하지만 원하는 대로 이루어질지 아닐지 돌이 알려준다고

하더군요. 아니, 돌이 이루어준다고 하더란 말입니다. 이곳에서 파는 돌들은 언제나 흰 면을 위로 하고 멈춘다고요.

언제나 흰 면이 바닥으로 숨는다고는 하지 않던가?

사내가 난감한 기색을 보였다.

이미 당신 것이니 가져가시오. 무슨 말을 더 듣고 싶으신 겐가?

노인이 내민 손을 사내의 배에 닿을 정도로 더 내밀었다. 사내가 허리춤에서 묵직한 주머니를 꺼내어 잠시 머뭇거렸다. 노인은 조급해하지 않고 기다렸다. 사내는 노인이 알아차리지 못하도록 주의하면서 주머니의 은화를 반 정도 덜어 옷 안에 감추었다. 노인이 웃음을 터뜨렸다. 사내는 순식간에 귀밑까지 빨갛게 달아올랐다. 감춘 은화를 다시 꺼낼지 말지 망설이던 사내가 우물쭈물하는 사이 노인이 자루를 잡아채며 말했다.

그럼 안녕히 가시오.

사내는 주춤거리며 뒷걸음질 치다가 가게를 벗어나자 휑하니 돌아서서 언덕을 향해 걸음을 재촉했다. 다붙은 자갈 소리가 제법 컸으나 노인의 웃음소리가 그보다 더 컸다.


아이가 들고 온 바구니에 죽순은 몇 개 되지 않았다. 대신 작달막한 대나무가 하나 함께 왔다. 아이의 걸음은 나설 때보다 한결 안정되어 있었다. 발을 질질 끌지도 않았고 얼굴을 찡그리지도 않았다.

지팡이 줄까?

아이가 대나무를 노인에게 내밀었다.

꽃이 피었더냐?

노인은 지팡이라는 말을 못 들은 양 물었다.

모르겠어. 이건 어떡하지?

아이는 대나무를 쥔 채 가게 안을 한 바퀴 돌아보았다.

춤이라도 추려무나.

노래를 불러줘.

노인이 낮은 소리로 노래를 부르기 시작했다.


가만히 느껴보렴 가만히 들어보렴

바람을 타고 다가오는 저 소리

저 바람은 가지 끝에 가지는 바람 끝에

시작은 끝이고 끝은 시작이란다

두 눈을 들어보렴 두 귀를 열어보렴

봉우리에 걸린 구름 태양을 가리고

빛나던 모든 것들 흩어져 사라졌네

끝은 시작이고 시작은 끝이란다


아이가 대나무를 치켜들고 가게 안을 빙빙 돌고는 땅을 찍
으며 제자리에서 빙글 돌았다. 노인의 노랫소리는 어둠처럼

내려앉았고 바람처럼 휘몰아쳤다. 아이의 춤은 동일한 형태로 재현될 수 없는 세상 하나뿐인 동작이었다. 규칙도 균형도 존재하지 않았고 중력과 시간마저 벗어난 듯했다. 아이가 춤에 어떤 감정을 섞어 넣었는지 드러나지 않는 것처럼 노인이 자신의 노래에 어떤 기억을 실었는지 아이는 알 수 없었다.

노인의 노래가 끝나는 순간 아이의 춤도 끝났다. 마지막 동작은 치켜든 대나무를 땅에 쿡 박아 넣는 것이었는데 그 위치는 가게의 문 밖 한쪽 옆이었다.


아이는 아침마다 항아리의 물을 떠서 대나무가 꽂힌 곳에 부었다. 올 때 지팡이였던 대나무는 끝이 아득할 정도로 높이 자라났다. 아침이면 대나무가 자신의 팔만큼 자라난 걸 확인할 수 있었고 탁자에 턱을 괴고 멍하니 바라보노라면 생장하는 소리가 들리는 듯했다. 며칠이 지나자 매끈했던 마디 몇 개에 새로 잎이 돋았다.

깃발을 매달자.

아이가 적당한 천 조각을 찾아 가게 안을 뒤졌다. 애당초 몇 가지 갖춰지지 않은 가게에서는 깃발이 될 만한 섬유 조각이 나오지 않았다. 아이는 치렁거리는 옷자락을 조금 잘라냈다. 두 조각의 옷감을 높이 매달자 바람이 선명하게 보였다. 붉고 흰 깃발이 날개를 펼치듯 바람을 따라 성실하게 흔들렸다. 아이는 대나무 주변을 몇 바퀴 돌았다.

펄럭이는 소리가 들려?

아이가 노인에게 물었다.

마을 사람들이 몰려올 게다.

왜?

고개를 끄덕여주어라.

이렇게?

아이가 정확하게 두 번 턱을 가슴 쪽으로 당겼다 놓았다. 노인이 보일 듯 말 듯 웃었다.

마을에서 사람이 찾아온 건 며칠 후였다. 그 며칠 사이 가게에 찾아온 사람은 아무도 없었고 아이와 노인은 행인도 발견하지 못했다.

첫번째 손님은 바구니를 든 노파였다. 노파는 짓무른 눈을 하고 눈물을 질금거리며 들어섰다.

네가 그 아이냐?

탁자 너머의 아이에게 노파가 묻자 아이가 고개를 끄덕였다.

네가 무엇이든 본다는 말이 사실이냐?

아이는 이번에도 고개를 끄덕였다. 노파는 가게의 구석진 곳에 정물처럼 앉은 노인을 미심쩍은 눈으로 보았다. 노인이 보일 듯 말 듯 고개를 한 번 끄덕였다. 노파는 미세한 표정 하나도 놓치지 않으려는 듯 아이를 뜯어보며 물었다.

내 아들이 떠난 지 오래되었다. 아마 네가 태어나기도 전이었을 게다. 살아 있겠니?

아이가 말없이 고개를 끄덕였다. 노파가 떨리는 손가락으로 눈가를 문질렀다.

돌아올까?

이번에도 아이는 잠자코 끄덕.

노파가 입가를 일그러뜨리며 흐느끼기 시작했다. 아이는 무심한 얼굴을 하고 기다렸다. 어깨를 들썩이며 한바탕 울음을 쏟아낸 노파가 간신히 흐느낌을 멈추고 떨리는 목소리로 물었다.

내가 죽기 전에?

아이가 가슴팍으로 당긴 고개를 미처 들어올리기도 전에 노파가 아이의 손을 덥석 잡았다. 노파의 얼굴은 아까보다 더 일그러졌다. 아이는 그토록 쭈글쭈글한 얼굴도 더 일그러질 수 있다는 게 신기하다는 생각을 했으나 그런 말은 하지 않았다.

고맙습니다. 고마워. 이 은혜를 어떻게 갚아야 할지. 고맙습니다.

노파가 울음을 추스르며 바닥에 내려두었던 바구니를 탁자 위에 올려놓았다. 바구니 안에는 달걀 몇 개와 우유 한 병, 푸성귀 한 줌이 들어 있었다.

노파는 돌아가고 가게 안에는 다시 두 사람 분의 침묵이 떠돌았다. 앉은 자세로 잠시 졸던 아이가 무언가에 놀란 듯 깨어났다. 노인은 늘 그렇듯 침묵 속에 붙박인 채 초상화의 주인공처럼 움직이지 않았다. 아이가 바구니를 노인에게 내밀었다. 마디가 불거진 노인의 손가락이 바구니 안을 더듬어 달걀을 집었다. 노인은 몇 남지 않은 치아로 달걀 끝을 톡 깨뜨려 아이에게 건네고 자신의 것도 하나 깨뜨려 목을 젖히고 빨아 먹었다. 아이도 노인이 하는 대로 따라 했다. 달걀을 입에서 떼자 알끈이 늘어져 턱에 붙었다. 노인은 손바닥으로 알끈을 닦아냈고 아이 역시 그렇게 했다.

아이가 우유를 컵에 따라 노인에게 건네고 자신도 마셨다. 비리고도 고소한 우유 냄새가 입에 감돌았다. 아이가 한 컵 더 따라 꿀럭거리는 소리를 내며 마시자 어두웠던 노인의 얼굴이 우유만큼 부드러워졌다.

맛있느냐?

노파가 또 오면 좋겠어.

노인이 천천히 고개를 저었다.

이제 곧 다른 사람들이 찾아올 게다.

누가?

누구든.

또 고개를 끄덕여?

이번에는 고개를 저어주어라.

이렇게?

아이는 분명한 동작으로 고개를 두 번 저었다.


자갈에 쓸리면서 언덕길을 내달린 바람 몇 줄기가 깃발을 흔들고 지나갔다. 깃발은 변함없이 애초에 매단 자리에 묶여 있었으나 나날이 자라나는 대나무 때문에 이제 훌쩍 더 높은 곳에서 펄럭거렸다.

아이는 밤마다 가게 앞 자갈길에서 서성였다. 언덕을 향해 걷다가 이내 발길을 돌려 대숲을 향해 달렸다. 대숲은 밤에도 쉽 없이 수런거렸고 그 소리는 밤에 더 크게 들렸다. 대숲이 가까워지면 다시 뒤돌아 언덕을 향했다. 그러는 동안 아이의 얼굴은 달떠 발그레해졌다. 그 모습은 무언가 기다리는 것 같기도 했고, 참을 수 없는 어떤 것을 참으려 애쓰는 것 같기도 했다. 노인이 잠든 것을 확인하고 나선 길이었으나 돌아가보면 노인은 끄응 돌아누우며 아이가 들어온 것에 알은척을 했다.

해가 저물 무렵 찾아온 여자는 아이보다 불과 몇 살 많아 보였다. 옷은 헐렁해서 한쪽이 어깨 아래로 처져 있었는데 치렁거리는 머리칼이 바람에 날리며 하얀 어깨를 드러냈다. 여자는 머리를 틀어 올리고 손부채를 만들어 열기를 식혔다. 머리칼 몇 올이 목을 타고 흘러 아이의 눈길을 붙잡았다.

누구에게도 말하면 안 돼요.

여자가 검은 눈동자를 반짝이며 다짐을 놓았다.

아이는 고개를 저었다.

여자가 그럴 줄 알았다는 듯 미소를 띠었다.

마을을 떠날 거야. 어디로 갈지는 정하지 못했어.

여자가 속삭이듯 가라앉은 목소리로 말했다.

오늘 밤 달이 뜨면 사막 입구에서 만나기로 했어.

여자는 그렇게 말하고 가게 밖을 흘깃 내다본 다음 안쪽 깊은 곳의 노인을 힐끔거렸다. 아이는 여자를 가만히 올려다보았다. 여자의 눈은 아이를 향하고 있었으나 그 너머 아득히 먼 곳을 응시하는 것처럼 느슨했다.

다 거짓말이겠지.

여자가 가늘게 한숨을 내쉬었다. 아이가 고개를 옆으로 돌려 구석의 노인을 보았다. 노인은 아주 천천히 고개를 좌우로 움직이고 있었다. 아이가 여자에게로 얼굴을 돌리자 여자가 다시 말했다.

아니라고? 그이 말로는 행복할 거라지만 난 그딴 거 믿지 않아.

여자가 픽 웃었다.

하지만 말야. 여기는 아무것도 없어. 너무 아무것도 없어서 죽을 것만 같아. 그래도 떠나지 말아야 할까?

아이가 가만히 고개를 저었다. 이번에는 노인 쪽을 보지 않고서였다.

어딜 간들 여기보다 나쁘기야 할까?

이번에도 아이는 고개를 저었다. 여자가 웃음을 터뜨렸다.

네가 뭘 알겠니. 사랑도 모르고 사랑 아닌 건 더 모를 텐데. 응?

아이는 이번에도 역시 고개를 저었다.

그래도 말야. 너한테라도 말하고 나니까 왠지 할 일을 한 것 같아. 고마워.

말을 마친 여자는 주머니에서 반짝이는 것을 꺼내 아이에게 내밀었다. 아이가 그것을 물끄러미 보았다. 초록 구슬이 촘촘하게 박힌 머리핀이었다. 여자가 아이의 머리칼을 쓸어 올려 꽂아주었다.

예쁘다. 잘 있어.

여자가 긴 머리를 나풀거리며 몸을 돌렸다. 아이는 가게 밖으로 한 발을 내밀고 뛰다시피 빠른 속도로 멀어져가는 여자의 뒷모습을 바라보았다. 언덕을 넘어 여자의 다리와 허리와 어깨와 머리칼이 완전히 사라질 때까지. 여자가 더 이상 보이지 않게 되자 아이는 머리핀을 빼서 이리저리 살펴보다 옷자락으로 몇 번 문지르곤 다시 머리에 꽂았다.


가게 앞 대나무는 어느 정도 자라난 후 더는 자라지 않았다. 노인은 몇 남지 않은 이빨로 전갈 조각을 우물거리며 삼켰다. 꽃이 피었느냐고 노인은 아이에게 종종 물었고 그때마다 아이는 모르겠다고 답했다. 아이는 정말 몰랐기 때문에 그렇게 답했고 꽃이 핀 걸 본 적 없어서 눈여겨보지도 않았다. 대숲에 들 때는 오로지 죽순을 캐는 것이 목적이었으므로 아이의 시선은 위쪽이 아니라 땅 위를 훑었다. 거무스름하게 날이 선 무쇠 칼로 죽순을 캐내어 반으로 쪼개고 껍질을 벗겨

끓는 물에 데치는 동안 노인은 낮게 깔리는 음성으로 노래를 부르곤 했다.

하나도 없어.

태양의 윤곽이 한층 선명했던 날, 대숲에서 돌아온 아이가 말했다.

잘 살펴보았느냐?

없어.

아이가 빈 바구니를 노인의 손에 쥐여주었다. 마디와 실핏줄이 돋은 손으로 노인이 바구니를 받아들고 안을 더듬었다. 바구니는 텅 비어 있었고 자그마한 잎이 몇 장 잡혔다.

이건…… 댓잎이 아니로구나.

응. 바람에 날려. 바닥이 푹신해.

꽃이다.

이게? 빨갛지도 않은데?

이제 대숲엔 그만 가거라.

왜? 오늘도 허탕이었는데?

죽을 일만 남았다.

노인은 나지막한 소리로 말하고 나서 아이에게 들릴 듯 말 듯한 소리로 덧붙였다.

나도.


잊을 만하면 마을에서 사람이 왔다. 그들은 모두 아이에게

답을 달라고 했으나 아이는 아무 말 없이 고개를 끄덕여주거나 가로저었다. 그들은 대체로 고마워했다. 때로 울기도 했고 아주 가끔 웃기도 했다. 답 아닌 답을 듣고 난 그들 모두는 무언가 꺼내놓고 돌아갔다. 그것들은 먹을거리이기도 했고, 입을 것이기도 했고, 어디에도 소용이 닿지 않는 물건이기도 했다. 가령 그림이나 도자기, 또는 인형 같은 것들. 그럴 때면 아이는 감자나 계란이 낫겠다고 노인에게 푸념했다. 아이와 노인에게 필요 없는 물건들은 가게에 진열이 되었다. 이제 가게에는 팔리지 않는 물건이 더 늘어났다. 그 모든 일들은 느릿느릿 일어나고 갈무리되었다.

대숲에 더는 가지 말라고 한 노인의 당부를 아이는 듣지 않았다. 노인에게 말하지 않고 몇 번이고 대숲에 들었다. 댓잎이 누렇게 변해가는 동안 바닥은 점점 더 푹신해졌다. 푹신했던 바닥은 차차로 바스락거리는 소리를 내기 시작했다.

아이는 낮이면 대숲에 들어가 바스락 소리를 들으며 걸어다녔고, 밤이면 자갈이 밟히고 쓸리는 소리를 들으며 언덕까지 올라갔다 돌아왔다. 바람이 불었고 달이 부옇게 빛났다. 아이가 입은 옷의 앞자락이 조금씩 들리기 시작했다.

가게 앞에 높이 자란 대나무 꼭대기의 천 조각은 빛이 바랬다. 붉은 조각은 갈색이, 흰 조각은 누런색이 되었다. 이제 두 개의 깃발은 애초에 농담을 달리한 같은 빛깔의 천 조각으로 보였다. 아이의 옷이 다시 차분히 내려뜨려졌을 즈음 깃발처럼 펄럭이던 천 조각은 찢어지고 날려서 사라졌다. 대신 그 자리에 튼튼하게 묶인 밧줄이 가게의 바람벽에 박힌 큰 쇠못까지 이어졌는데 거기에는 기저귀 몇 장이 종일 바람에 날리었다.

아이는 걸음을 곧잘 떼는 사내아이를 앞세워 대숲으로 갔다. 다시 자라기 시작한 죽순을 캐고 바구니가 그득해지면 노래를 불렀다.

저 바람은 가지 끝에 가지는 바람 끝에
끝은 시작이고 시작은 끝이란다

사내아이는 금방이라도 넘어질 듯 위태롭게 숲속을 뛰어다녔다. 댓잎을 흔들며 빙글 돌거나 제자리에서 뜀을 뛰며 까르륵거렸다. 봉긋한 모양의, 이제는 제법 단단해진 흙더미 주변을 몇 바퀴씩 돌며 어설프게 제 어미의 노래를 따라 불렀다.

시작은 끝이고 끝은 시작이란다

# 해(害)

흠칫 놀라며 현실로 돌아오자 한층 거세진 빗소리가 귀에 들어왔다. 혹은 빗소리 때문에 멍한 상태에서 깨어났는지도 모른다. 세상은 빗방울의 파열음이 충실하게 메우고 있었다. 다른 소리들은 모조리 사라져 마치 처음부터 그랬던 것처럼 존재하지 않았다. 미우는 어둑해진 실내를 둘러보았다. 밥솥의 액정과 냉장고 문의 불빛이 사라져 있었다. 전자레인지에 떠 있던 숫자 0도. 거실의 조명이 언제 꺼졌는지 미우는 알아차리지 못했다. 거실의 조명을 켜기는 했던가, 그조차 기억나지 않았다.

창밖으로 시선을 돌렸다. 앞 동의 창은 모두 납빛으로 변해 있었다. 이런 비는 본 적이 없었다. 미우가 나고 자란 곳은 지리 시간에 소우지 몇 지역을 암기할 때 맨 앞을 차지한 도시였다. 비도 눈도 인색한 도시는 혹서로 이름 높은 곳이었고 물난리는 노인들의 과거에나 존재하는 단어였다. 그러나 이곳의 비는 압도적이고 전면적이다.

비는 어제도 내렸고 그제도 내렸다. 그제 단지 바깥에 있는 편의점에 다녀온 후 미우는 집 안에만 머물렀다. 비 때문이 아니었다. 뒤집힌 우산을 바로잡으려다 보도블록에 걸려 넘어지면서 발목이 접질렸다. 통증이 점점 심해져 삼층에서부터는 두 손으로 난간을 잡고서야 간신히 올라올 수 있었다. 계단한 칸마다 비명이 터졌지만 소리를 지르지는 않았다. 텅 빈 계단을 울리는 자신의 비명보다는 통증을 참는 게 더 쉬웠다.

파스나 진통제가 어디 있지 않을까, 찾아보려다 그만두었다. 남의 집이어서였다. 관리비만 부담하며 당분간 머물기로 한 아파트는 동아리 선배의 친구의 형 집이라고 했는데, 친구들을 끌어들여 술판을 벌이지 않는다는 조건이 월세 대신이었다. 한 달 전쯤 일종의 면접처럼 집을 방문하여 인사를 나눈 것이 절차의 전부였다. 제주도라고 했던가, 집주인—전세라고 했으니 세입자라고 해야겠지—은 몇 달간 파견 근무를 간다고 했다.

집은 퇴락해가는 전세아파트의 특징을 고스란히 보여주었다. 세입자의 생활공간으로보다 소유주의 재산 증식 수단으로 더 크게 기능할 집답게 곳곳이 낡고 허술해져 있었다. 물이 새는 샤워기 호스와 헤드의 연결부라든가, 제대로 맞물리지 않은 방충망 문틈에 붙여놓은 투명 테이프, 페인트 조각이 떨어져 나간 베란다 천장 같은 것들은 집의 연식을 정직하게 드러냈다. 게다가 벽지에는 아마도 아이들이 그려놓았을, 종이 명확하지 않은 공룡과 납작한 꽃들이 흩어져 있었다. 공룡은 작은방 이층 침대 시트에도 큼직하게 프린트되어 있었는데 시트 위에는 뭉쳐진 이불과 옷가지 몇 개, 장난감 몇 개가 정돈되지 않은 상태로 널려 있었다. 집주인, 아니 세입자의 언질이 없었더라도 미우의 잠자리는 이층 침대 중 하나가 되는 것이 마땅했다. 안방은 잠가두고 갈 거예요. 그게 서로 편하겠죠. 면접 혹은 인사를 끝내고 현관을 나서면서 마지막으로 들은 당부였다. 그 말은 당부가 맞았다. 함부로 내 집처럼 굴지 말라는.

미우는 부은 발목을 손가락으로 조심스레 눌러보았다. 어제보다 좀 가라앉은 것 같기도 했다. 시험 삼아 발목을 까딱거려보기도 했지만 통증 때문에 제대로 움직일 수 없었다. 발목만 아니었다면 어제쯤 맥주 네 캔을 더 사 왔을 것이고, 도시락이나 컵라면도 사두었을 텐데. 발목만 아니라면 오늘 그것들을 사러 가도 되니까 굳이 미리 사두지 않아도 괜찮았겠지만, 결국 일은 꼬이고 말았다. 아니다. 발목 때문이 아니라 자신의 부주의함 때문이다. 미우는 무서운 기세로 창을 때리는 빗줄기를 보면서 그런 생각을 하고 있던 참이었다. 사실은 줄곧 그 생각을 하지는 않았다. 정전을 바로 알아차리지 못할 정도로 골몰해 있던 생각은 다른 것이었다.

미우는 한 가지 일에 대해 집요하게 이런저런 가정들을 세우고 그 결과들을 상상해보곤 했다. 오랜 습관이었다. 그때 이랬더라면, 혹은 그러지 않았더라면 어떻게 되었을까, 지금 같은 최악의 상황은 피할 수 있지 않았을까, 하고 복기해보는 것. 그러니까 이를테면 그 밤, 경제가 보낸 메시지를 읽지 않고 내버려두었더라면, 그래서 전철역까지 나왔다가 학교로 되짚어가지 않았더라면, 벤치 아래의 바닥에 주저앉아 우는 경제를 버려두고 돌아서지 않았더라면, 아니, 그게 아니라, 그 며칠 전 밤에 경제와 유린을 남겨두고 먼저 일어나지 않았더라면 어떻게 되었을까, 하는 식으로. 지금이 최악인지 아닌지는 미우도 잘 모른다. 나쁜 일은 더 나쁜 일을 데리고 오기도 했다. 이 일이 데려올 더 나쁜 일이 있을까. 있다면 어떤 일일까.

미우는 냉장고 안을 점검했다. 냉기가 빠져나갈까 봐 잠깐 주저되었지만 그건 기우였다. 알뜰하게 비우고 간 냉동실에는 얼음과 고춧가루, 뭉텅이로 욱여넣어진, 정체가 불분명한 가루가 든 비닐봉지 몇 개가 전부였고 냉장실은 아예 텅 비다시피 했다. 이 집에 온 후 일주일간 추가된 내용물은 일 리터짜리 우유 한 팩과 콜라 한 병, 그리고 만 원에 열 개들이 마스크 시트뿐이었다.

싱크대 상부장과 하부장을 하나하나 열고 살폈다. 상부장 안쪽 구석에 개봉하지 않은 술 상자가 보였다. 찻잎이 조금 든 유리병도 있었다. 미우는 머그컵에 찻잎을 몇 개 떨궈놓고 우두커니 서 있었다. 전기주전자에 든 물을 데울 수 없어서였다. 맞닥뜨린 모든 상황에 가볍게 굴복하는 심정이 되어 작은 냄비를 꺼내 수돗물을 틀었다. 물을 쏟아내야 할 수도꼭지는 어젯밤 흘린 눈물만큼도 내놓지 않았다. 전기주전자의 물을 냄비에 붓고 화구에 올렸다. 점화 스위치를 거푸 돌려도 반응이 없었다. 가스오븐레인지 옆 콘센트에 플러그가 꽂혀 있었다. 가스만으로는 불이 붙지 않는다는 사실에 저항감이 들었다. 엄청나게 억울한 기분이었다. 이 정도면 충분하다. 할 수 있는 건 다 했어. 그런데 왜! 이런 억울함. 억울함을 억누르거나 때로 아닌 척하며 단련시켜온 인내심을 조금 덜어내듯 컵에 물을 따랐다. 검은색에 가까운 꼬부라진 찻잎이 물에 떴다. 향과 맛을 호락호락 내놓지 않겠다는 듯 찻잎은 단단하게 웅크렸다. 절대 곁을 주지 말자고 온 세상이 연맹을 맺은 것 같았다.

내일이면 모든 것이 해결되어 있을까. 그런 기대를 해도 될까. 이대로 잠들어버리면 밤사이 비가 그치고 물이 나오고 전기가 들어올까. 아니면 지금 뭔가를 해야 할까. 그렇다면 무엇을? 미우는 바닥에 앉아 소파에 등을 기대고, 뻗은 두 다리를 물끄러미 보면서 차를 한 모금 머금었다. 미지근한 물에서는 별맛이 느껴지지 않았고, 깔끄러운 찻잎이 혀에 남았다. 미우는 턱을 들고 풍선을 불듯 후, 하고 찻잎을 뱉었다. 찻잎은 어디로 날아갔는지 보이지 않았다. 다시 한 모금을 머금고 찻잎을 뱉었다. 투둑, 하는 미세한 소리와 함께 티브이 화면에 찻잎이 붙었다 바닥에 떨어졌다. 미우는 컵에서 찻잎을 건져내 하나씩 손가락으로 튕겨냈다. 어둑한 실내의 여기저기를 과녁 삼아 튕긴 찻잎은 벽이나 천장, 혹은 가구나 가전제품을 맞히곤 하나같이 싱겁게 바닥으로 떨어졌다. 미우는 찻잎의 종착점을 놓치지 않기 위해 이마를 찡그려 눈을 크게 떴다. 몇은 발견했고 몇은 놓쳤다. 어둡기도 했지만 손끝으로 튕겨낸 찻잎이 아주 엉뚱한 방향으로 날아가기도 했기 때문이다.

시시하게. 미우는 혼잣말을 했다. 모든 것이 시시하게 느껴졌다. 찻잎으로 열없는 장난질을 한 것도 시시했고, 경제의 일로 괴로워하는 것도 시시했다. 시시하지 않은 것은 세차게 내리는 비였고 물과 전기가 끊긴 물리적 환경이었다. 빗소리의 위세는 더욱 강해졌다. 소리와 습기에 점령당한 공기가 갈수록 팽팽해지고 있었다. 느슨한 것은 미우의 의식과 몸일 뿐이어서 의식은 옅어지고 소파에 기댄 등은 아래로 스르르 미끄러졌다.

빗소리는 맑아졌다 흐려지고 다시 맑아지는 의식 사이로 또렷해졌다가는 썰물처럼 후퇴하고 해일처럼 전진했다. 그리고 언젠가부터 낯선 소음이 끼어들었다. 소음은 점점 다급해졌다. 미우는 금방이라도 물에 잠길 것 같은 급박함에 쫓겨서 일어나 앉았으나 한동안 그대로 가만히 있었다. 자신이 처한 시간과 공간, 소음의 정체, 심지어 자기 자신까지 낯설게 느껴졌다. 소음은 끊겼다 이어지면서 그 간격이 밭아졌다. 철문을 두드리는 소리였다.

학생! 학생!

미우는 반사적으로 학생이란 호칭이 적절한지 의구심이 들었다. 앞머리에 '휴'자를 붙여야 하지 않을까. 더 정확하게는 '장기'라는 단어도 덧붙여야 한다. 장기휴학생에서 복학생으로 가는 길은 끝이 보이지 않는 터널인데 '학생'이라는 호칭에 선뜻 대답해도 괜찮은 걸까. 문밖의 인기척은 그런 한가한 고민 따위는 밀쳐두고 어서 대답할 것을 종용하고 있었다. 발을 끌며 현관으로 다가갔다. 바닥으로 내려서자 날카로운 통증이 발목을 찔렀다. 입술을 꽉 다물었다. 더운 콧김이 인중을 훑었다. 급작스러운 불쾌감은 어디서 비롯된 것일까. 콧김일까, 습기일까, 아니면 현관문 너머의 소란한 기척일까.

학생! 문 좀 열어봐요, 열어봐!

없나?

자나 봐. 캄캄하니까 알 수가 없어.

아무 소리 안 나?

모르겠어.

미우는 현관문에 귀를 갖다 댔다가 밖에서 다시 문을 두드리는 바람에 움찔 물러났다. 경제가 찾아온 게 아니었나. 너무나 명확한 상황을 두고 왜 그런 엉뚱한 상상을 했는지, 더구나 이 미묘한 실망이라니. 경제가 아니라면 누구라도 상관없다는 식의 실망감이 짜증을 불러일으켰다.

누구…… 세요?

목소리는 짜증이 말끔하게 제어된 상태였다. 뿐만 아니라 낯선 사람, 낯선 상황에 대한 일말의 불안을 섬세하게 걷어낸 건조한 톤이었다. 학습에 의해 본능이 된 효과적인 방어의 자세.

있었네. 있으면서 그렇게. 학생! 학생, 문 좀 열어봐요!

누구신데요?

열어보면 알아요. 문 좀 열어봐요!

손으로 더듬어 눈을 갖다 댄 렌즈 저쪽은 검정뿐이었다. 실내의 검정과는 비교조차 되지 않는 압도적 검정이었다.


남자는 거실의 이인용 소파 중앙에 앉았다. 어중간하게 자리를 차지한 남자 때문에 미우는 식탁 의자에 앉을 수밖에 없었다. 설령 남자가 한쪽에 앉았더라도 그와 소파에 나란히 앉지는 않았을 것이다. 여자에게는 남자의 태도가 당연한 일이었을까. 남의 집 소파에 그렇게. 남의 아이들 침대에 거리낌 없이 자신의 아이들을 누이고. 침대 중 하나는 지금은 미우의 것이었다. 그들은 대체 미우가 어디에서 잔다고 생각했을까.

이런 불만은 오직 미우에게만 해당되는 것이었다. 여자는 지나칠 정도로 자연스럽게 식탁 주변에 부려놓은 가방과 커다란 장바구니, 비닐봉지 등을 살피느라 여념이 없었다.

그런데.

여자가 말했다.

왜 전화도 안 되나 몰라. 신호가 안 잡혀.

여자는 남자가 아니라 미우를 향해 말했다. 미우는 모르고 있었다. 얼마 남지 않은 배터리 용량만 걱정하던 터였다. 확인해보니 휴대폰 액정에 통신 불가 표시가 떠 있었다. 혹시 경제가 전화를 했을까. 메시지를 보냈을까. 이런 경우에는 상대방에게 어떻게 안내가 나가게 될까. 어느새 이런 생각까지 하고 있는 자신이 한심해서 미우는 다시 혼잣말을 했다. 시시하게.

하기야 학생이 어떻게 알겠어. 근데 나 본 적 없어요? 난 봤는데. 일층에 살면 다 보이거든.

미우는 일층 베란다 앞을 지나칠 때 의식적으로 땅을 보거나 반대쪽으로 고개를 돌리곤 했다. 남의 집을 엿보는 사람 취급을 받고 싶지는 않았다. 그건 안에서 바깥을 줄곧 내다보는 행위와는 본질적으로 다르다고 여겼다. 하지만 창으로 내다본 것만으로 일주일 만에 미우를 알아볼 수 있다는 건 적극적 관찰의 결과가 아닐까. 여자는 그랬다는 말을 아무렇지 않게 하고 있는 걸까. 미우는 자주 드나들지도 않았다. 기껏해야 하루에 한 번 정도 외출했을 뿐이다. 더욱이 그제 들어온 후로는 집 안에만 머물렀고. 그동안 관찰당해왔다는 사실을 어떻게 받아들여야 하는 걸까.

급하게 꾸린 짐을 두서없이 뒤지던 여자가 꺼낸 건 비닐봉지에 감싸인 초였다. 숫자 모양의 작은 초와 이쑤시개만큼 가느다란 케이크 초들. 가늘고 긴 초는 백 개도 넘어 보였다.

이거 안 버린다고 궁상맞다고 했지? 봐봐, 없었으면 진짜 궁상맞을 뻔했잖아? 학생, 좀 들고 있어봐요.

미우는 얼떨결에 초를 받아 들었다. 초를 저만큼 모으기까지 여자는, 이 가족은 케이크를 몇 개나 먹어 치웠을까. 촛불 하나의 위력은 크지 않았지만 어둠을 희석시키는 데에는 확실히 효과가 있었다. 실내의 모든 존재가 촛불의 위력에 굴복하며 각기 그림자를 드리웠다. 그림자 중 여자의 것만 위태롭게 출렁거렸다. 여자는 쉼 없이 몸을 움직였다. 짐을 뒤적거리다 말고 냉장고를 열었다. 남의 집 냉장고를 여는 행위에 어쩌면 그렇게 아무 망설임이 없는지, 미우는 여자가 하는 모든 행동이 놀라울 따름이었다. 게다가 그 속도. 여자의 모든 동작은 굉장한 속도로 이루어졌고 속도는 말투에도 동일하게 적용되었다.

물이 없네.

여자는 미우의 손에 들린 초를 낚아채다시피 해서 베란다와 다용도실을 살폈다. 여자가 식탁으로 돌아오기 직전 촛불이 꺼졌다.

이러면 성냥이 모자라. 빨리 이어 붙였어야지.

여자가 툴툴거렸다. 그 대상이 여자의 남편인지, 미우인지, 여자 자신인지 불분명했다. 만약 미우라면 그건 심하게 부당하다는 반발심이 들었다. 그리고 너무 궁상맞았다.

비는 계속 쏟아졌다. 늦은 밤인데다 아파트 전체가 정전이어서 빗줄기는 보이지 않았고, 비가 잦아들 기미가 없다는 사실만 소리로 감지되었다. 빗소리 사이로 여자가 말하는 소리와 여자가 움직이는 소리, 여자의 움직임에 뒤따르는 물건들 소리만 들렸다. 남자는 숨소리조차 심드렁했다.

다 잠겼어. 우리 차 어떡해. 보험 돼? 천재지변은 안 돼? 냉장고랑 김치냉장고는 고장 났을 거야. 세탁기도. 가구는 다 어떡해. 티브이는 괜찮겠지? 아냐, 오빠, 그거 계단에 좀 옮겨놓고 와.

남자는 못 들은 건지 못 들은 척하는 건지 묵묵했다.

안 되겠어. 같이 가. 학생, 초는 켜지 말고. 성냥이.

여자가 남자의 어깨를 툭 치자 남자는 비로소 일어섰는데 그 모습이 마치 스위치를 켠 가전제품 같았다. 조심스러우면서 투박한 발소리가 계단을 울리며 멀어졌다. 곧이어 여자의 재재거리는 소리가 아래에서부터 울려왔다. 잠시 후, 무거운 물건을 내려놓는 소리, 문이 쾅 닫혔다 다시 열리는 소리 따위가 올라왔다. 무겁고 느린 발소리가 가까워지고 문을 두드리는 소리가 났다. 도어록은 그들이 나가면서 저절로 잠긴 터였다.

남자가 생수 팩을, 여자가 기저귀 팩을 집 안으로 들였다. 문밖에 큰 비닐 장바구니가 두 개 더 있었다. 여자가 장바구니를 끌어 안으로 들이는 사이 남자는 다시 소파에 가서 앉았다. 두 사람의 종아리가 물기로 번들거렸다. 여자가 생수병을 따서 컵에 따라 마셨다. 그 직전, 여자는 초에 불을 켜 미우에게 건넸다. 미우를 촛대 정도로 여긴 것일까. 미우는 촛농에 손가락이 데지 않도록 포일이 감싸진 부분을 잡았다. 케이크 크림의 기름기가 남은 포일은 미끄덩했다. 꼭 지렁이를 쥐고 있는 것 같아 미우는 진저리를 쳤다.

머릿속으로 냄비에 남은 물을 가늠했다. 얼마나 버틸 수 있을까. 그들이 가져온 물을 마셔도 될까. 그걸 마신다는 건 그들의 질서 안으로 편입된다는 의미일 것 같아 미우는 생수 팩 쪽을 보지 않으려 고개를 돌렸다. 그들의 질서라고? 그들에게는 질서라는 개념이 애당초 존재하지 않는 듯했다. 남자는 소파를 차지해 편안하게 앉아 있었고, 여자는 부산하게 짐들을 뒤적여 끊임없이 무언가 꺼내놓으며 그것들을 어지럽게 흩어놓았다. 그런 행위들이 어떤 질서에 기반하고 있는지 미우는 알 수 없었을 뿐만 아니라, 그런 상황이 납득되지 않았다. 그들이 형성하는 질서가 있다면 그것은 그들 가족의 안위만이 다른 모든 가치 위에 군림해야 한다는 막무가내일 것이었다. 어둠 속에서도 여자는 아주 능숙하고 당당해 보였다. 자기 집도 아니면서 척척. 자신의 판단과 행위에 확신이 있는 자만이 하게 되는 동작이었다.

촛불이 꺼지기 전 여자가 초 하나를 꺼내 내밀면서 양초 봉지를 미우 쪽으로 밀어놓았다. 이제 미우는 자신이 자동으로 초를 갈아 끼우는 촛대가 된 것 같았다. 새 초에 불을 옮겨 붙였다. 불꽃이 흔들림에 따라 여자의 그림자가 벽과 천장에 일렁였다. 현기증이 일었다. 그 밤 경제를 두고 온 것도 현기증 때문이었다. 현기증 때문이라고 정리하는 중이었다. 그것이 아니라면 왜 벤치에서 일어났을 때 비틀거리며 다시 주저앉았을까. 주저앉아 이마를 짚어야 했을까.

사실을 말해.

미우야, 진실은 그게 아니야. 소문을 믿지 마.

소문은 믿지 않아. 난 사실을 믿을 거니까.

진실은 사실과 달라.

변하지 않는 건 사실뿐이야.

내가 아는 건 진실이지 사실이 아니야.

사실은 누가 알아?

유린이라고, 경제는 말하지 못했다. 유린은 사실 혹은 거짓을 자신이 원하는 진실로 만들어 버렸다. 그것을 경제도 미우도 알게 되었지만, 그리고 그 진실은 두 사람의 진실과 전혀 다른 의미라는 사실을 알고 있었지만, 그렇다고 해서 유린이

원하는 진실이 무화되지는 않았다. 유린은 엉터리 진실을 통해 무엇을 하려는 걸까.

미우는 그 밤의 기억을 더듬으며 타오르는 불꽃에 시선을 고정하고 포일 바로 위까지 녹은 초의 불을 새것에 옮겨 붙였다. 가느다란 초는 세워두기도 어딘가에 꽂아두기도 마땅치 않았다. 미우는 초를 쥔 손을 바꿔가며 손가락에 묻은 기름기를 반바지에 문질렀다. 다시 멍하니 생각에 잠기다 식탁 유리에 떨어진 촛농을 발견했다. 유리에는 갖가지 빛깔의 촛농이 잭슨 폴록 회화의 일부처럼 떨어져 있었다. 미우는 초 하나를 더 꺼내 불을 붙이고 흩어진 점들을 촛농으로 이어나갔다. 점들이 이어져 선이 되고 면이 되려면 초가 몇 개 필요할까. 미우는 양손에 초를 두 개씩 들고 촛농과 촛농 사이 공간을 메꿔나갔다. 갑작스럽게 높아진 조도에 그들의 그림자가 더 깊어졌다.

초를! 학생, 좀 아껴요!

부산하게 움직이던 여자가 동작을 멈추고 미우에게 짜증을 냈다. 여자는 도대체 무엇 때문에 그렇게 부산스러울까. 남의 집에서, 전기와 물이 끊어진 상황에, 여자가 바삐 해결해야 할 일들은 무엇일까. 여자에게 가장 긴요할 빛이 오히려 자신에게만 불필요해 보일 정도로 여자는 집 안의 기물과 그 사이를 오가는 동선에 익숙했다. 미우는 촛불을 껐다. 경제의 지난 생일에 밝혔던 초는 한 개였다. 하나는 니 거, 하나는 내

거. 미우가 꽂아준 두 개의 초 중 하나를 경제가 뽑아냈다. 우리 거 하나면 충분해. 조각 케이크에는 두 개의 초도 많게 느껴졌다. 손바닥보다 작은 삼각형 케이크에는 단 하나가 더 어울렸다.

참, 나……

여자가 식탁 위를 더듬어 다시 초를 켰다.

세상에! 식탁에다 지금!

자기 살림이라도 되는 것처럼 여자는 소리를 지르며 미우를 노려보았다. 미우는 촛농을 문지르던 손을 슬며시 식탁 밑으로 내려 뜨겁고 매끈거리는 검지를 반바지에 닦았다. 촛농 따위가 뭐라고. 일층 자기네 집은 온통 흙탕물이 들어차 있을 텐데. 이까짓 촛농이, 그래, 촛농이. 미우는 그새 굳은 촛농 위를 다시 문질렀다. 촛농은 더 이상 얇게 펴지지 않았다. 조금 전까지만 해도 뚝뚝 떨어지는 액체였던 것이 어느새 고체로 몸을 바꾸고 처음부터 그랬던 것처럼 시치미를 뗐다. 어쩌면 그것이야말로 경제가 취해야 할 자세였을 것이다.

손톱으로는 어림없어요. 칼로 긁어내야 돼. 애도 아니고, 참……

여자는 쯧, 하고 혀를 차고는 종이 기저귀와 우유병을 들고 아이들이 자고 있는 방을 향했다. 여자의 거대한 그림자가 벽을 훑다가 어둠과 합쳐지고 이내 아이를 건사하는 소리가 들려왔다. 이제 초를 계속 밝힐지 말지 결정해야 하는 순간이었으나 포일 바로 위까지 타내려온 불꽃은 제풀에 꺼졌다. 남자는 어느새 옆으로 비스듬히 누워서 고른 숨소리를 내고 있었다. 이제 무엇을 해야 할지, 무엇을 할 수 있을지, 어디서 어떻게 밤을 넘겨야 할지 정하는 일만 남았다.

싱크대 깊은 곳에 그것이 있었지. 미우는 위치를 선명하게 기억했다. 상자를 내렸다. 생각보다 훨씬 무거운 상자는 어떻게 개봉하는지 도무지 알 수가 없었다. 이리저리 시도해본 끝에 상자 뚜껑을 옆으로 밀어 가까스로 열고, 반쯤 녹은 얼음을 꺼내 술을 따랐다. 술은 혀와 목젖, 식도를 거쳐 배 속에, 그리고 몸 전체에 불을 지폈다. 연결하면 지구를 두 바퀴 돌고도 남는다는 모세혈관이 단 하나도 빠짐없이 그것에 반응했다. 정직한 알코올과 순순한 육체. 경제도 그랬을까. 알코올에 저항하지 않는 것처럼 유린에게 저항하지 않는 육체를 순순하게 따랐을까. 혹은 그 반대였을까. 혹시 저항의 의지 따위는 처음부터 존재하지 않았던 것일까. 유린에게는 의도가, 경제에게는 충동만이 존재했던 것일까. 진실은, 그리고 사실은, 어쩌면 유린만 아는 것이 아니라 누구보다도 경제가 분명하게 알고 있는 것은 아닐까. 그런데, 그 밤, 유린의 의도라는 것이 있기는 했을까.

코냑이군.

갑작스런 남자의 목소리에 미우는 흠칫 놀랐다. 잠시 남자의 존재를 잊고 있었다. 남자는 그렇게 말하고 나서 코냑 향을 깊이 들이마셨다. 잊었던 남자의 존재가 부엌 겸 거실을 장악했다. 남자는, 적어도 미우에게는, 그 순간 거대하고 압도적인 존재로 느껴졌다. 마르고 긴 실루엣이 그림자처럼 일어서더니 다가왔다. 어둠 때문인지 어떤 여유 때문인지 동작은 매우 느렸다. 남자는 실체 없이 다만 그림자로만 존재하는 듯했다. 단지 몇 초에 불과했을 짧은 시간에 미우는 긴장과 불안, 공포에 사로잡혔다. 남자는 식탁 위에 세워진 술병을 더듬었다.

헤네시. 독주를 좋아하나?

맥주를 좋아한다고, 미우는 착한 목소리로 대답할 뻔했다. 남자는 개수대 위를 더듬어 컵을 찾아냈다. 똑같은 구조의 소형 아파트에서 기물을 배치하는 데에는 약속과 유사한 측면이 있겠다고 그 순간 미우는 깨달았다. 여자가 자기 집처럼 자연스럽고 능숙하게 움직였을 때에는 미처 깨닫지 못한 지점이었다.

남자는 술을 따른 컵을 들고 미우의 대각선 방향 의자에 앉았다. 식탁은 그다지 크지 않아서 어둠을 건너오는 남자의 숨결이 그대로 느껴졌다. 남자는 술을 조금씩 머금었다가 천천히 삼켰다. 두 사람 모두 말이 없고 움직이지 않아서인지, 미우는 그 소리가 거슬리면서도 이상하게 남자에게 집중하게 되었다. 아니다. 이상할 것은 전혀 없었다. 그 상황, 그 공간에서 남자가 아닌 무엇에 집중했어야 하나. 미우는 남자에게서 미미하게라도 위험이 감지되지 않는지에 대해, 그리고 자신이 취해야 할 마땅한 태도에 대해 집중했는데, 그것은 결국 남자를 향한 집중이었다.

미우는 두 손으로 술잔을 만지작거렸다. 미끈거리는 초의 촉감이 유리컵의 감촉과 충돌했다. 남자는 금방 일어날 것 같지 않았다. 느린 속도로, 그러나 규칙적인 간격을 두고 한 모금씩 꾸준히 마신 그는 다시 한 잔을 따랐다. 미우는 자신이 소파로 옮겨 앉아야 할까 고민했다. 그와 마주 앉아 술을 나눠 마시는 행위가 부도덕하거나 부적절하지는 않은가, 그리고 이 집에 대한, 이 공간에 대한 선점 권리는 관리비를 부담하며 머물고 있는 자신에게 있는가, 친밀한—적어도 그렇게 보이는—이웃에게 있는가, 따위를 짚어보면서. 답은 쉽게 구해지지 않았고 술은 홀짝거리는 것만으로도 제 기능을 충실히 수행했다. 이층 침대가 있는 아이들 방에서 여자가 가늘게 코를 고는 소리가 들려왔다. 방문이 열려 있었다. 미우는 소파로 옮겨 앉는 행위를 다시 고려해보았다. 남자에 대한 불신 또는 면전에서의 무례 혹은 여자에 대한 예의나 배려, 이런 명분들을 둘러싸고 복잡해진 머리를 가다듬어보려 했지만, 머릿속은 흐트러진 서랍 같아서 쉽사리 정리되지 않았다. 구석에 숨어 있던 경제와 유린의 조각이 서랍을 뒤적일 때마다 튀어나왔다. 미우는 그것들을 다시 밀쳐두고 외면하려 했으나, 조각들은 스스로 움직이면서 서랍 안을 헤집고 다녔다.

어둠은 불안과 불온을 동시에 품고 있었다. 불이 켜져 있었더라면 달아오른 자신의 얼굴이 남자에게 노출되었을 것이고 남자 역시 그랬을 것이다. 밤이 얼마나 깊었는지를 앞 동에 밝혀진 창문의 개수로 가늠하는 새로운 버릇이 생긴 미우는 그것이 불가능해지자 무방비 상태가 된 기분이었다. 생명 유지 장치도 없이 우주로 내던져진 비행사가 된 느낌으로. 물과 전기가 끊기고 길마저 끊어진 지금은 모든 것이 멈춘 밤이었다. 미우와 남자를 제외하곤. 이런 상태라면 남자는 내일 출근하지 못할 것이다. 그것은 미우도 마찬가지이다. 이 가족과 언제까지 불편한 동거를 견뎌야 할지 생각하면 이 상황이 아무래도 현실 같지 않았다. 잠시 이상한 꿈을 꾸고 있는 게 아닐까. 미우는 코냑을 다시 한 모금 삼켰다. 넘기는 소리가 유난히 크게 들렸다. 자신에게 크게 울린다고 해서 남자에게도 그렇지는 않은데도, 그것을 알면서도, 미우는 뭔가 잘못된 듯한 느낌이 들었다.

비가 그치면 모든 것은 순조롭게 해결될 것이다. 지금의 불편과 불안은 일시적인 문제일 뿐, 진짜 문제는 삔 발목이다. 미우는 몸을 기울여 발목을 만져보았다. 어둠 속에서 남자의 실루엣을 감지할 수 있듯 몸을 기울인 자신의 실루엣을 남자도 알아차렸을 것이다. 그런 동작은 오해하자고 들면 어떤 도발로 비칠 수도 있을 테고. 미우는 그런 문제에 예민했다. 언제나 충분히 조심해왔다고 생각했지만 지금 같은 상황은 경우의 수에 들어 있지 않았다. 그러나 열린 문 안쪽에 아내와 아이들이 자고 있는 이웃집에서라면 낯설고 젊은 여자와 함께 술을 마시고 있다고 해서 남자가 엉뚱한 오해를 하지는 않으리라는 안도감이 작용했다. 게다가 과도하게 예민한 평소의 태도는 처음 마셔본 코냑으로 인해 상당히 휘발된 상태였다. 기묘하게도 미우는 엉망이었던 서랍이 말끔하게 비워진 것 같았다. 텅 빈 서랍은 매끄럽게 닫혔다. 그 안의 완벽한 암흑을 상상하자 실내의 어둠은 차츰 밀도가 낮아지는 느낌이었다.

어느 방향이든 발을 제대로 뻗을 공간은 없었다. 무릎을 채 펴기 전에 발은 이런저런 짐 상자와 벽에 가로막혔다. 미우는 몸을 웅크린 채 눈을 떴다. 방은 어둑했으나 밤은 아니었다. 벽 사이를 가로지른 두 개의 봉에 걸린 옷가지에 가린 창문으로 빛이 스며들었다. 옹색하고 희박한 빛이었다. 압도적인 빗소리는 한국과 칠레만큼이나 빛과는 대척점을 이루었고, 비 냄새로도 덮이지 않는 먼지 냄새는 그보다 더 위력적이었다. 미우는 습기와 먼지 냄새로 무거워진 공기를 아주 약간씩 호흡했다.

여태 자나? 먹지도 않나 봐. 먹을 게 없나?

문밖에서 두런거리는 소리가 들려왔다. 미우는 천장을 향해 반듯하게 누운 자세로 무릎을 세웠다. 발목이 시큰했다.

지난밤의 일이 드문드문 떠오르고 남자가 술을 따라준 장면이 감은 눈의 망막 위로 동영상처럼 재생되었다. 남자의 웃음은 어딘가 일그러진 데가 있었는데, 한순간 얼굴이 활짝 펴지면서 시원한 사자 주름이 눈가에 잡혔다. 그토록 뚜렷한 남자의 얼굴이 제대로 된 기억일까. 실루엣만 간신히 분별할 수 있는 어둠 속에서. 기억은 어디서부터 뒤틀려 있는 것일까.

알아서 하겠지.

하긴. 일어나 봤자지.

비가 그치지 않는 한 저들은 점령군처럼 이 집을 누릴 태세였다. 굶주린 병사들이 민가를 뒤져 곡식과 가축을 먹고 해코지하는 일에 대해서라면 미우도 알고 있다. 그런데 축낼 곡식이나 가축이 없는 이 집에서 저들을 점령군에 빗대는 건 억지가 아닌가. 미우는 부정했다가, 곧바로 번복했다. 발을 뻗기도 어려운 좁은 방에 갇히다시피 한 지금의 상태로 저들을 달리 무어라 부를 수 있을까. 믿기 어렵도록 당당하고 태연하며 느긋한 저들에게 수재민이라는 이름이 어울리는가. 수재민다움을 갖추지 않은 저들에게. '답다'라는 말에 붙들려 미우는 감은 눈을 더 꾹 감았다. 갑자기 라면 냄새가 풍겨오기 시작했다.

유린은 자신을 둘러싼 모든 사람에게 피해자로서 호소했고 경제는 그건 진실이 아니라고 미우에게 강조했다. 경제는 도리어 자신이 피해자라고, 억울하다고 하소연했다. 둘 중 누가 진정한 피해자인지에 대한 판단은 미우에게 주어진 숙제가 되었다. 미우는 아직도 판단의 기준을 마련하지 못했다. 생각을 거듭하다 보면 모든 책임은 그 밤 그들만 남겨둔 채 먼저 일어선 자신에게 있는 것만 같았다. 그렇지 않다는 것을 알고 있지만, 아는 것과 느끼는 것은 하나의 결과로 수렴되지 않았다. 유린을, 경제를 원망하고 증오하다 보면, 물리고 물리는 생각의 고리가 결국 자신에게서 끝났다. 부당하다. 미우는 그때마다 속엣말을 하고 끈끈해진 얼굴과 목을 손바닥으로 쓸었다.

부엌으로 나가자 여자가 미우를 멀뚱히 쳐다봤다. 미우는 눈을 맞추는 것도 아닌 것도 아닌 모호한 태도로 바닥의 생수병 팩에서 새것을 하나 꺼내 선 채로 마셨다. 쿨럭, 물이 쏟아져 목과 앞섶을 적셨다. 여자가 못마땅한 얼굴을 했다.

컵을 아껴야……

미우는 그런 변명을 하고 있는 자신이 구차스럽고 비굴하게 느껴졌는데, 여자가 마지못해 표정을 거두는 것으로 문득 알아차렸다. 비난의 대상은 물을 병째 들고 마신 행동이 아니라 허락 없이 새 병을 딴 일임을. 겨우 2리터짜리 생수 한 병을 갖고.

식탁 위에 휴대용 가스레인지와 라면 냄비가 있었다. 그들 역시 그릇을 아끼려던 것인지 나무젓가락으로 냄비의 라면을 함께 먹고 있었다. 옆에 앉은 아이에게 라면을 먹이던 남자가 미우를 힐긋 보곤 아이에게로 고개를 돌렸다. 마치 자신을 어느 정도 무시해도 된다는 태도로 보여서 미우는 남자를, 그리고 여자를 어떻게 대해야 할지 비로소 분명하게 깨달았다. 젓가락을 들고 빈 의자에 앉았다. 여자는 자신의 의자를 옆으로 약간 움직여 공간을 내주었다. 적어도 이 집에서 이 정도는 해도 되는 사람 아닌가. 미우는 그렇게 판단하고 판단한 대로 행동했다. 라면을 건져 먹고 숟가락으로 국물을 떠먹었다. 여자는 아무렇지도 않은 듯 냄비로 수저를 뻗었다. 여자는 억울할까. 참고 있는 걸까. 자신과 가족을 위해 끓인 라면을 먹는 타인을 무례하다고 생각할까. 이 집에 무작정 밀고 들어온 그들은 스스로에게 관대한 만큼 타인에게도 관대할까. 비는 언제 그칠까. 그치고 물이 빠지기까지는, 전기와 수도가 복구되고 통신이 재개되기까지는 얼마나 걸릴까. 이들은 언제 내려가줄까. 그리고 사자 주름.

　미우는 자신과 대각선 방향에 앉은 남자의 얼굴을 유심히, 들키지 않도록 조심하면서 살폈다. 눈가의 주름을 확인하고 싶었다. 남자의 얼굴에서 표정이란 것을 발견한다면 지난밤의 일도 명쾌하게 정리가 될 것 같았다. 일이라고 할 만한 게 정말 있었다면 말이다. 술을 마신 것 자체를 일이라 할 수 있을까. 미우는 기억나지 않는 어떤 조각들이 어딘가 도사리고 있을까 봐 겁이 났고, 자신이 왜 그렇게 무방비 상태로 마음을 놓아버렸던가 후회되었다. 남자는 웃지 않았다. 웃을 상황이 아니기도 했지만, 아마 남자는 절대 웃지 않는 사람인지도 모른다. 여자가 부산하게 움직이는 동안 한마디의 말도 없이 박제처럼 소파에 붙박여 있었던 남자는 웃지 않는 사람이었다. 그러나 식탁에서 코냑을 나눠 마시던 동안에는 분명 남자를 둘러싼 공기가 달라졌다. 그것만은 확신할 수 있다. 미세하게 균열이 생기고 그 균열이 스스로 꿈틀거려 단단한 벽을 끝내는 허물어버릴 것만 같던 그 공기. 남자가 미우의 팔을 건드렸던 것 같기도 하고 미우의 발을 자신의 발로 지그시 눌렀던 것 같기도 한데, 모든 것이 미우의 상상이거나 착각이라면? 그게 아니라면 남자는 의도적으로 미우를 외면하고 있는 것일까? 여자와 아이 때문에? 혹은 지난밤의 일은 그것으로 끝. 간단하게 정리된 것일까?

학생, 그렇게 휘젓기만 할 거면.

여자의 핀잔에 미우는 퍼뜩 정신을 차렸다. 면발을 휘감으며 냄비 안을 젓고 있던 젓가락을 거두자 스르륵 흘러내린 면발이 식탁에 떨어졌다. 여자가 노골적인 불만을 표하며 식탁과 미우를 보고는 동의를 구하듯 남자를 바라보았다. 남자는 식탁에 떨어진 라면 가락을 못 본 척했으나 그의 입꼬리 한쪽이 미세하게 치켜 올라가는 것을 미우는 보았다.

다시 시작된 하루는 길었다. 그들 가족, 특히 아이들과 한 공간에서 부대끼는 일은 무엇을 상상하든 그보다 힘들었다. 덥고 습한 공기 속에서 아이들은 땀을 흘리며 잠들었다가 깨어났고 그때마다 칭얼거렸다. 여자는 아이들을 달래고 보살 피느라 힘겨웠는지 거의 침대에 머물렀다. 남자는 전날과 다름없이 소파를 점령한 채였다. 미우는 투명인간이 된 기분이들었다. 습기만큼도 존재감이 없는. 그러면서도 먹기와 싸기라는 피할 수 없는 절대적 행위 앞에서는 자신을 포함하여 모든 개체의 존재감이 뚜렷해졌다.

비 때문에 종일 어둑한 가운데에도 어둠은 천천히 완성되었다. 미우는 기다림만이 궁극의 목표인 것처럼 기다렸다. 어두워지면 지난밤의 일이 도리어 선명해질 것 같았다. 마침내 완성된 어둠 속에서 남자가 술병을 식탁에 올려놓자 미우는 컵을 두 개 준비했다. 더위와 습기와 불편 속에서 아이들에게 지친 여자의 코 고는 소리가 간헐적으로 들려왔다. 조금씩, 꾸준히 마시는 사람이 진짜 술꾼이라고 경제는 말했다. 그러면서 정작 자신은 빠른 속도로 양껏 마시곤 했다. 진짜 술꾼이 아니라고 시위하고 싶었던 것일까. 아마도 그 밤, 미우가 자리를 뜬 후, 미우의 눈치를 살피며 속도를 조절하던 경제는 기쁘게 제어력을 팽개쳤을지도 모른다. 미우는 남자의 속도를 추월하지 않도록 주의했다. 남자는 앞에 앉은 미우를 의식하면서도 아닌 척했다. 거울을 앞에 둔 것과 유사했다. 이쪽과 저쪽에서 서로를 관찰하면서 무심한 척, 그러나 무시할 수 없는 상태. 식탁은 매개물인 동시에 차폐물인 거울처럼 기능했다. 그런 점에서 식탁의 너비는 충분했다. 다만 식탁이 유한한 길이를 갖고 있는 물건임을 미우가 알고 있듯 남자도 알고 있었다. 의자가 뒤로 밀리는 소리가 나고 검은 실루엣이 길게 일어섰다. 순간 미우는 남자의 눈에 빛이 반사되었다고 느꼈다. 그러나 어디로부터 온 빛이? 미우는 베란다 쪽으로 고개를 돌렸다. 창밖에는 빗줄기도 보이지 않는 컴컴한 허공뿐이었다.

감은 눈이 부실 정도의 빛이었다. 커튼을 투과하고도 고스란한 빛은 방 안 구석구석을 적나라하게 노출시켰다. 미우는 탄탄하고도 부드러운 매트리스의 탄성과 방 안 기물들의 낯섦에 당황하며 누운 자세 그대로 굳어 있었다. 기억 어느 모서리에도 자신이 이 방으로 들어온 흔적이 없었다. 방은 누가, 어떻게 열었을까. 처음부터 열려 있었던 걸까. 자신이 스스로 방으로 들어왔을까. 잠겨 있다고 굳게 믿고 있던 방으로. 설혹 실수로 열어둔 채 집을 비웠다 해도 자신은 이 방을 처음부터 존재하지 않는 것으로 여기지 않았던가. 해결되지 않는 혼란과 숙취로 머리가 지끈거렸다. 창밖으로부터 사람들의 말소리가 올라왔다. 누군가 화를 냈고 누군가 울었다. 미우는 몸을 일으켰다. 어깨와 목에 뻐근한 통증이 일었다. 침대에서 내려서자 화장대 거울에 초췌한 얼굴이 비쳤다. 목에 생겨난 희미하고 붉은 흔적을 발견한 미우는 거울 가까이 얼굴을 가져갔다. 목 양쪽에 넓게 자리 잡은 흔적을 들여다보다 자신의 손바닥을 그 위에 포개보았다.

빨리 내려가. 어휴, 저걸 언제 다 치워. 돌겠네, 진짜.

문소리와 여자의 호들갑스러운 목소리, 짐을 챙기는 소리가 이어졌다. 미우가 문을 열고 내다보자 여자는 동작을 멈추고 놀란 눈으로 쳐다보았다.

어떻게 거길!

어떤 변명이든 해야 할 것 같았다. 그러나 대체 무슨 변명을, 왜 여자에게. 남은 생수 팩과 짐 보따리를 들고 현관을 나서던 남자가 뒤돌아보았다. 남자는 미우의 시선을 받고 고개를 저으며 돌아섰다.

저기요.

불쑥 튀어나온 미우의 소리에 남자는 빠른 걸음으로 계단을 내려갔고, 아빠, 아빠, 하고 큰아이가 부르는 소리가 계단을 울렸다. 여자가 불쾌하다는 듯 말했다.

술 때문에? 나중에 하나 올려다 줄게요. 어차피 같이 마셔놓고선. 그 비싼 걸.

여자는 가방 하나를 메고 작은아이를 안은 다음 현관에 내려서서 뒤돌아보았다.

아무래도.

여자가 큰 결단을 내리듯 숨을 길게 내쉰 다음 말을 이었다.

말 안 하는 게 좋겠지? 공연히.

열려 있는 안방 문을 턱으로 가리키곤 미우의 얼굴을 빤히

보았다. 그 시선이 공범 의식의 발로인지 모종의 협박인지 미우는 해석이 되지 않았다.

우리 왔던 것도.

그제야 여자의 의도를 알아차린 미우는 여자를 빨리 내보내고 문을 닫기 위해 현관 쪽으로 다가섰다. 여자가 떠밀리듯 나서면서 중얼거렸다.

칼로 긁어요. 식칼 말고 면도칼.

식탁 위에 생수병 하나가 남겨져 있었다. 촛농 자국에 한쪽이 걸쳐진 생수병은 약간 기우뚱했다. 뚜껑을 돌려 한 모금 들이켰다. 미지근한 물이 왈칵 쏟아져 가슴께를 적셨다. 욕실로 가 수건으로 옷을 닦았다. 욕실 거울에는 목의 붉은 흔적이 더 선명하게 비쳤다. 미우는 다시 손바닥을 붉은 흔적 위에 포개보고는 양손으로 목을 꽉 쥐었다. 시야가 아득해지면서 뜨거운 기운이 눈자위로 몰렸다. 미우는 비틀거리며 벽을 짚고 한동안 서 있다가 욕실을 나왔다. 식탁 위의 생수병이 눈에 들어왔다. 남자는 생수 팩을 들기 전, 병 하나를 꺼내어 식탁 위에 놓으며 미우를 보았다. 미우는 그 순간을 놓치지 않고 남자의 얼굴을 살폈다. 남자는 아무 표정도 없는 메마른 얼굴로 돌아섰다. 웃음기 없는 얼굴에서 사자 주름을 발견하기는 틀린 일이었다.

생수병을 물끄러미 내려다보던 미우는 욕실로 가 변기 뚜껑을 열고 물을 쏟아부었다. 오물 섞인 물방울이 변기 바깥으로 튀었다. 미우는 병을 거꾸로 든 채 발목을 움직여보았다. 붓기가 가신 발목은 괜찮은 것 같기도 하고 아닌 것 같기도 했다.

# 못 한 일

어제 아침, 선아 씨는 새의 사체를 발견했다. 가게 문에서 몇 발짝 떨어진 곳에서였다. 몸체의 반은 이미 납작해져 있었지만, 나머지는 형체가 고스란히 남아 있었다. 새는 어두운 회색으로 아무래도 비둘기 같았다. 자동차 바퀴가 새의 반쪽을 짓이기고 지나간 것일까? 오토바이나 자전거였을까? 그보다 새는 왜 거기에 죽어 있었던 것일까? 혹시 살아 있는 채로 치이고 깔려버린 것일까?

잘 박음질된 지퍼가 매끄럽게 열리듯 그런 의문들이 연이어 떠올랐다. 피가 보이지 않았기 때문이다. 피투성이 사체였다면 그런 의문들이 떠오르기 전에 잔상을 떨쳐내려고 몹시 애썼을 것이다. 무서우니까. 그게 무엇이든 피투성이는 무서웠다.

거위 털이 든 코트를 수선하다 말고 선아 씨는 문득 새의
사체를 떠올린다. 짓이겨진 새의 깃털을 떠올릴 수밖에 없다.
그 새도 분명 보드라운 솜털을 안쪽에 숨기고 늠름한 깃털로
는 바람을 갈랐겠지. 패딩 코트는 분명 솜털 팔십 퍼센트, 깃
털 이십 퍼센트일 것이다. 선아 씨는 이런 것을 안다. 옷을 받
아드는 순간 무게나 촉감으로 털의 비율을 알 수 있다.

해진 파이핑을 새로 해달라는 주문이었다. 파이핑은 소매
끝과 여밈, 주머니, 옷깃, 도련을 포함해 옷과 외부가 만나는
선의 모든 부분에 둘려 있다. 꼼꼼하게 박음질된 파이핑을 뜯
어내고 다시 박는 일은 다른 일보다 손이 많이 가서 귀찮다.
사실은 다 귀찮다. 모든 것이 다. 사는 것도.

파이핑할 감이 없어 받지 말까 하다 받은 옷이었다. 감을
뜨러 시장에 다녀오려면 그만큼 시간이 더 걸린다는 말에 손
님은 자기가 사다주겠다고, 빨리만 해달라고 했다. 다음 날
손님이 가져온 건 검정 레자 대폭 한 마였다.

하고 나면 많이 남겠는데? 이걸로 스커트 만들면 좋겠다.

미니스커트는 나오겠네요.

이런 반응을 일일이 보여주어야 하는 것이 선아 씨는 귀찮
다. 귀찮지만 한다. 안 할 도리가 없다.

남는 건 다시 주나?

여기선 쓸 데도 없어요.

스커트 나온다면서요?

그래서요? 라고 하려다 선아 씨는 모호한 웃음만 지었다. 마스크에 가려진 웃음은 전달되지 않았을 가능성이 더 높다.

꼼꼼하게 잘해주세요. 비싼 옷이야.

걱정 마세요.

네, 라고 한마디만 하려던 선아 씨는 자신을 몰아세우다시피 하여 조금 더 친절하게 답한다. 그래야 한다. 정작 하고 싶은 말은 따로 있었다. 비싸지 않아도 꼼꼼하게 할 것이다. 싼 옷도 똑같이 그렇게 한다. 다른 말도 하고 싶었다. 스커트가 나오든 바지가 나오든 알 바 아니다. 남은 원단을 거저 차지해서 이득을 보는 사람은 아니다, 나는. 그렇게 살지 않는다. 않았다. 같은 말들.

실뜯개를 쥐고 낡은 파이핑을 뜯어낸다. 검정 레자로 된 파이핑은 군데군데 표면이 벗어져 있어 회색으로 얼룩졌다. 미간을 좁히며 작업을 하다 아무래도 돋보기를 새로 해야겠다고 선아 씨는 생각한다. 이제 맞지 않게 된 돋보기 때문에 답답해하면서도 가게를 벗어나는 순간 까맣게 잊어버린다. 어떻게 그럴 수 있는지 모르겠다. 원래 건망증이 심한 사람은 아닌데 왜 그러는 걸까. 선아 씨는 불편한 돋보기를 벗어두고 손끝의 감각으로 파이핑을 뜯는다.

박음질 땀이 유난히 촘촘하다. 실뜯개의 뾰족한 부분을 박음질 땀과 원단 사이로 집어넣어 톡 실을 끊는다. 두어 땀 뜯

어내고는 그 틈으로 구슬 달린 쪽을 집어넣어 끝까지 부드럽
게 민다. 파이핑과 원단이 깔끔하게 분리된다. 새의 잔상도
이렇게 깔끔하게 잊히면 좋겠다. 새와 돋보기, 안경점이 뇌리
에서 떠나지 않은 탓일까, 주머니 덮개의 파이핑을 뜯어내다
말고 선아 씨는 손끝을 움찔한다.

따끔한 통증에 퍼뜩 정신이 들었다.

야, 너 원단에 피 묻으면 물어낼 거니!

경자 언니 목소리는 실뜯개 끝보다 더 날카로웠다. 아래로,
아래로 처박히다 튀어 오르는 고개를 못 본 척해준 적이 없었
다. 그러는 경자 언니도 졸았지. 선아의 자리가 앞쪽이라 못
볼 뿐이었지만 뒤쪽에서 철썩, 하고 등짝을 때리는 소리가 나
면 여지없이 경자 언니였다. 정 반장의 두툼한 손바닥과 얇디
얇은 경자 언니의 등짝이 만나는 소리를 선아는 보지 않아도
구별해냈다. 그런 건 어렵지 않았다. 매일 듣는 소리여서만은
아니었다. 선아를 포함한 세 명의 시다는 등의 크기와 지방층
의 두께, 척추의 굴곡 같은 것들이 조금씩 달랐기 때문에, 정
반장의 손바닥과 등이 만날 때면 미묘하게 차이지는 마찰음
이 만들어졌다.

정 반장은 여름에 더 많이 때렸다. 아니다. 여름엔 때리기
보다 꼬집기를 더 많이 했다. 때릴 때는 때린 후 등을 쓸며 느
물느물 웃었고, 꼬집을 땐 꼬집으면서 웃었다. 겨드랑이 바로
아래 팔의 안쪽 여린 살을 담뱃진 냄새 찌든 손가락으로 꼬집

었다. 엄지와 검지로 꼬집으면서 나머지 손가락들로 맨살을 문질렀다. 열세 살의 선아는 송충이가 꾸물거리며 기어가는 느낌에 진저리를 쳤다. 그 느낌 때문에 정작 꼬집힌 곳에 멍이 들어도 통증은 아무것도 아닌 것 같았다.

언젠가 경자 언니가 꼬집히는 걸 보았다. 땀이 송골송골 맺힌 언니의 얼굴은 찡그리는 건지 웃는 건지 알 수 없게 엉망으로 일그러졌는데, 정 반장의 손가락 몇 개가 언니의 봉긋한 가슴 위로 뻗어 있었다. 열세 살 선아는 열여섯 경자 언니의 봉긋한 가슴을 부러워했으나, 그 일이 있고 나서는 옷맵시를 살려주는 언니의 가슴을 부러워한 자신이 너무 어리석게 생각되었다. 정 반장이 다가올 때 선아는 등을 동그랗게 말아 작업대에 엎드리다시피 한 자세로 실밥을 뜯었다.

아무리 긴장을 해도 텁텁한 공기가 입안에 가득해서 졸음이 가시지 않았다. 입이 바짝바짝 말랐다. 물을 마시고 싶었지만 자리에서 일어날 수 없었다. 일어난다고 혼나고 물을 마시면 화장실에 자주 가게 된다고 혼났다.

선아는 꿇은 다리를 오른쪽으로 비스듬히 빼내어 왼쪽 궁둥이가 바닥에 닿도록 고쳐 앉았다. 꿇었을 때 감각이 없던 다리는 오히려 피가 통하면서 찌르르해졌다. 수천 개의 바늘을 묶어 무릎 아래부터 다섯 발가락 끝까지 꼭꼭 찌르는 것 같았다. 선아는 눈치를 살피며 다리를 조금 뻗어보았다. 끝까지 뻗을 만한 공간은 없었다. 오른쪽 무릎을 세웠다. 고개가 점점 내려가는 게 느껴졌다. 그것을 느끼면서도, 너무나 분명하게 느끼면서도, 선아는 고개를 들어 올리지 못했다. 내려간다. 선아의 턱이 끝없이 깊은 수렁으로 빠져들듯 내려가다 무릎에 탁 부딪혔다. 이가 부딪히고 혀의 안쪽이 어금니에 씹혔다. 선아는 배가 고팠다. 벌써 아까부터 배가 고팠는데, 아까가 언제였는지 잘 모르겠다. 피 맛이 났다.

어떻게 그것을 맛이라고 했나. 그들이 그랬다. 피 맛을 봐야 정신 차린다고 했다. 뜨거운 맛도 아니고 피 맛이라고 했다. 새에게 피가 있나? 있겠지? 참 이상하다. 새가 죽은 건 하루도 되지 않았을 텐데, 어째서 피가 전혀 보이지 않았던 것일까? 새의 피는 그렇게 빨리 사라질 수 있나? 선아 씨의 손가락에 깨알만 한 핏방울이 맺히자 선아 씨는 그것을 물끄러미 본다. 돋보기 없는 시야에 핏방울과 피부와의 경계선이 흐릿하다.

출입문에 달아둔 종이 울리고 바깥 공기가 밀려든다. 선아 씨는 엄지 끝으로 핏방울을 쓱 뭉갠다. 단단하고 거친 손끝이 식빵 테두리 같다. 마스크를 올리고 문 쪽으로 돌아앉는다.

길어서요. 단만 줄이면 돼요.

중년의 여자가 청바지를 내민다. 청바지는 밋밋하게 생긴 일자바지다. 지하철역 같은 곳에 있는 상설할인매장에 가면 사계절 내내 쌓여 있는 그런 바지. 엉덩이 부분의 입체감이 유난히 부족한 스타일의. 길이를 줄이면 더 볼품없어지는 그런 바지를 선아 씨도 입는다. 앉아서만 하는 일을 너무 오래 해서일까. 꼭 그 때문은 아닐지도 모르지만 선아 씨는 키가 덜 자랐다. 그렇게 생각해왔다. 못 자고 못 먹으며 박아놓은 말뚝처럼 작업대에 매여서 성장기를 보낸 탓이라고. 반드시 그것 때문인지는 모르겠지만 너무 오래 앉아 있어서 납작한 엉덩이를 갖게 되었다고.

밑단을 살려드릴까요?

청바지 단 수선에 기계적으로 튀어나오는 질문. 공연한 짓을 했다. 선아 씨는 안다. 싸구려 바지의 밑단을 살리는 손님은 없다. 마스크 위로 빠끔 드러난 손님의 눈이 묻고 있다. 무슨 뜻이냐. 설명을 해야 하나? 선아 씨는 또 귀찮아진다. 이쯤은 무시해도 되겠지. 소리 내서 묻지는 않았으니까. 어차피 안 할 테니까. 손님과 마주친 시선을 바지로 옮긴다. 한쪽 단에 시침핀이 꽂혀 있다.

얼마예요?

사천 원요.

여자의 눈이 커진다. 선아 씨는 여자의 입장을 이해한다. 너무나 잘 이해한다. 만 원짜리 바지에 사천 원이나 수선비를 들이고 싶어 하는 사람은 없다. 자기여도 그럴 것이다. 수선비를 포함해서 만사천 원이면 무척 싼 옷이지만, 그렇게 간단한 문제가 아니다. 옷값의 거의 반에 가까운 돈을 단 수선에 쓰는 건 쉽지 않다. 선아 씨는 아무 말도 하지 않는다. 여자가 스스로 결정하기를 기다린다.

여자가 선아 씨를 쳐다본다. 마치 이 중요한 결정을 당신이 내려주어야만 한다는 듯. 선아 씨도 여자를 쳐다본다. 결정은 당신이 해야 한다는 눈빛으로. 여자가 어떤 결정을 해도 선아 씨는 상관이 없다. 사천 원짜리 일은 받아도 받지 않아도 그만. 이제 그 정도 금액에 안달하지는 않는다. 여자는 지금 두 가지 선택을 두고 고민하고 있을 것이다. 만 원짜리 바지에 사천 원을 들이느냐, 밑단을 접어서 입느냐.

선아에게는 선택의 기회가 없었다. 선아는 학교에 가고 싶었고 공부를 하고 싶었다. 다니던 학교를 졸업이라도 하고 싶었으나 그마저도 선아에게는 선택권이 없었다. 보따리를 꾸려 무작정 서울로 올라온 부모에게 선아의 학교와 공부는 고려해야 할 항목이 아니었다. 여러 개의 항목을 나열해두고 우선순위에 동그라미를 매기다 떨어져 나간 것이 아니라 아예 그 항목들 중에 존재하지 않았다. 대신 돈을 벌어오라고 등을 떠밀지는 않았는데, 얼마 지나지 않아 선아는 의류공장의 시다가 되어 있었다.

열세 살의 선아는 심심했다. 공간이 바뀌고 이웃이 바뀌고 하루 일과도 바뀌었다. 학교에 못 가서 심심한 건지 친구가 하나도 없어서 심심한 건지 혹은 그 둘 모두인지 선아는 따져보지 않았다. 밝을 때는 복잡한 골목길을 지나 차들이 매연을 뿜어내는 큰길을 돌아다녔고, 어두울 때는 방에 가만히 있었다.

열세 살이라고 하면 안 돼.

왜?

키라도 좀 크면 좋았을걸. 너 참 작구나.

경자 언니는 선아보다 머리 하나는 더 컸다. 가슴도 불룩하
고 엉덩이도 큼지막했다.

열다섯 살이라고 해. 잘 못 먹어서 작다고 하고.

거짓말하라고?

나도 그랬어. 다 그렇게 해.

그걸 믿는다고?

너 같으면 믿겠니? 그냥 그렇게 해.

경자 언니가 킥 웃었다. 열여섯 살 경자 언니는 어른같이
웃었다. 스물, 스물다섯 정도 되는 진짜 어른같이. 그런데 경
자 언니는 어른이 못 되었다. 죽어버렸다. 선아가 열여섯 살
이 되고 얼마 지나지 않았을 때.

바로 돼요?

선아 씨는 고개를 젓는다.

이렇게 간단한 걸? 기다렸다 가져가면 안 돼요? 기장도 재
서 갖고 왔는데.

순서대로 해요. 먼저 맡은 일들이 있어요.

그래도 간단한 거잖아요. 오 분이면 할 수 있잖아요.

할 수 있다. 할 수 있다고 다 하지는 않는다. 그렇게 하기가
싫다. 이렇게 자기 기준으로만 말하는 사람이 선아 씨는 싫

다. 다만 그렇다고 말하지 않는 것이다.

그럼 한 시간 후에 올까요?

여자는 크게 양보한다는 듯 묻는다.

내일 이 시간쯤요.

여자가 실망하는 기색이 마스크로 반 넘게 가려진 얼굴로도 충분히 전해진다.

원래대로면 삼사일은 기다려야 돼요.

선아 씨는 타협하는 기분이 된다. 타협은 사실이다. 여자의 바지보다 먼저 받아둔 일감은 이삼일 꼬박 일해도 해치우지 못할 것이다. 간단한 단 수선 정도라면 복잡한 수선 사이 휴식 삼아 하기도 하지만 다그치는 사람의 일이라면 내키지 않는다. 내일 해주겠다고 마음먹은 이유는 싸구려여서다. 만 원짜리 바지를 사서 사천 원을 들여 길이를 줄여야만 입을 만하게 되는 상황이 자신 때문에 더 꼬이게 되고 자신이 여자에게 어떤 불편을 초래하게 된다면, 그렇게까지 버티고 싶지는 않다. 여자가 돌아가면 바로 바지를 집어 들지도 모른다.

연락처 남겨두고 가세요. 되면 문자 드릴게요.

선아 씨는 펼쳐진 스프링 노트에 '청바지 단'이라고 적어 넣는다.

여자가 떠나고 선아 씨는 가게 문을 잠시 열어둔다. 창문이 없는 가게는 환기가 잘되지 않아 늘 텁텁한 공기가 고여 있다. 이 시간쯤 잠간 길게 들어오는 햇살에 옷 먼지가 반짝인다. 먼지는 고운 은가루 같다. 마스크를 벗고 문에 기대 숨을 깊이 들이마신다. 선아 씨의 심호흡은 조심스럽다. 욕심껏 들이마시면 기침이 쏟아질 것을 안다. 병이랄 것까진 없지만 확실히 불편하다. 요즘 같은 때에는 기침이 나지 않도록 호흡을 잘 조절해야 한다. 지하철에서 기침이 터졌을 때 선아 씨는 결국 다음 역에서 내려야만 했다. 주변의 모든 사람이 불편한 내색을 했다. 얼굴을 찡그리거나, 마스크의 코 부분을 더 밀착시키거나, 다른 빈자리가 있나 둘러보는 식으로. 옆자리에 앉았던 사람은 벌떡 일어나 다른 칸으로 갔다. 폐에 흉이 남아서 그렇다는데 피부도 아닌 폐에 남은 흉이라는 말을 선아 씨는 제대로 이해하지 못했다.

공장으로 돌아갔을 때 경자 언니 자리는 여전히 비어 있었다. 아니다. 그 자리에 다른 사람이 앉아 있었다. 다른 사람이 경자 언니가 쓰던 미싱을 차지했다. 경자 언니가 돌아올 수 없는 걸 알면서도 언니가 타던 미싱을 누군가 차지한 것은 받아들이기 힘들었다. 몇 년의 시다 노릇 끝에 그 자리에 앉게 된 경자 언니는 드디어 미싱을 타게 됐다고 좋아하면서, 그 자부심을 망가뜨리는 것이라면 어떤 것도 허용하지 않으려 했다. 느닷없이 기침이 터지는 걸 숨기느라 그때마다 미싱을 돌렸다. 미싱은 어느 것이든 늘 돌아가고 있었고, 그래서 공장 안은 언제나 미싱 소리로 귀가 먹을 정도였지만, 경자 언니는 혹시라도 들킬까 봐 기침이 나면 잠깐 멈춰진 미싱의

페달을 급히 밟았다. 그러다 불량을 만들어냈다. 불량이 자꾸 늘어나자 선아는 주변을 살펴가며 경자 언니의 불량을 몰래 끌어다 실밥을 땄다. 선아는 그즈음 실밥 따는 데는 선수가 되어 있었다. 미싱 상판에 얹힌 원단에 피를 토한 날 경자 언니는 공장에서 쫓겨났다.

밝을 때 집에 가기가 싫다던 언니는 야학에서 선아를 기다렸다. 경자 언니는 한참 전부터 야학에 거의 나가지 못했다. 원래 하얗던 언니의 얼굴은 더 핼쑥해졌고, 무얼 하든 힘에 부쳐 했다. 선아도 덩달아 못 갔다. 언니가 없으면 야학은 어쩐지 두려운 곳이 되었다. 배우고 싶다고 생각했지만 막상 배우러 가보면 선아는 공부가 그다지 재미있지 않았다. 영어나 수학이 어렵기도 했지만 꼭 그래서만은 아니었다. 선아가 되고 싶은 것은 야학의 학생이 아니라 진짜 중학생이었다. 교복이나 책가방도 없이. 그런 건 학생이 아니야.

선아는 경자 언니의 팔을 꽉 붙잡고 어둠 속을 걸었다. 집까지의 길이 너무 멀었다. 경자 언니는 금방 쓰러질 것 같으면서도 곧잘 걸었다. 언니의 걸음이 얼마나 가벼웠던지 선아는 경자 언니가 그대로 날아가버리지나 않을까 겁이 났다. 언니의 팔은 선아보다 더 가늘었고 등뼈가 하나하나 손끝에 잡혔다. 엉덩이는 이제 선아의 것과 별로 차이가 없어 보였다. 선아의 엉덩이는 아직 그대로였는데.

집까지 가는 동안 선아는 훌쩍거렸다. 경자 언니는 울지 않왔다.

　난 실컷 잘 거야.

　응, 언니.

　정말 실컷 잘 거야. 아무도 못 깨우게 할 거야.

　그래, 언니.

　죽어도 타이밍 같은 거 안 먹을 테야.

　응, 먹지 마.

　너도 먹지 마.

　선아는 경자 언니가 소곤거릴 때마다 실밥을 따는 것보다 빠른 속도로 대답했다. 마지막 말만 빼고. 타이밍을 먹지 말라고? 어떻게? 그때 열다섯의 선아는 작업대 앞에서만 조는 게 아니었다. 밥 먹다가도 졸았고, 길을 걷다가도 졸았다. 세수를 할 때도, 존다고 혼날 때도 졸았다. 등짝을 맞았고, 팔 안쪽을 꼬집혔다.

　경자 언니는 선아와 한집에 살았다. 마당을 가로지르면 경자 언니네 방까지 열 걸음이나 되었을까. 그 방 앞의 곤로에 불을 붙이면 석유 냄새가 선아네까지 풍겼다. 선아네의 곤로 냄새도 그 방까지 건너갔다. 제대로 불을 붙이려면 레버를 잡고 균형을 맞춰야 했는데 얼굴을 바싹 들이대고 그을음이 올라오지 않도록 주의해서 불꽃을 올리노라면 석유 냄새에 토할 것 같았다. 불이 붙은 것을 확인하고 일어서면 시야는 그을음보다 까만색에 잡아먹혔다. 꼭 암흑 구덩이에 굴러떨어지는 느낌이었다.

고기를 먹어야 된대요.

경자 언니가 방문을 열고 들어갈 때 뒤에 서 있던 선아가 말했다. 누워 있던 경자 언니네 아줌마가 이불을 끌어올려 입을 막으며 돌아누웠다.

그래야 낫는대요.

선아는 방문을 열어둔 채 앞에 서서 버텼다. 대답을 해요. 아줌마, 제발 대답을요. 고기를 구워준다고 말해요.

아줌마는 대답 대신 기침을 했다.

선아는 경자 언니에게 고기를 구워주었다. 단 한 번이었다. 월급봉투를 헐어 산 고기를 숨겨온 날 밤, 캄캄한 마당에서 고기를 구웠다. 피어오른 고기 냄새가 금세 마당을 감돌았다. 방문 몇 개가 열리고 지친 얼굴 몇이 고개를 내밀었다 거두며 방문을 닫았다. 닫히지 않은 문이 하나 있었는데 선아네 것이었다. 문은 김이 오르는 고기가 경자 언니네 방으로 들어가고서야 닫혔다.

그 밤, 선아는 잠결에 웅얼거리는 소리를 들었다. 살겠나? 누구? 경자? 아니, 경자 엄마. 경자는? 모르지. 짧은 대화는 길게 혀 차는 소리로 끝났다. 아니다. 선아는 끝까지 듣지 못하고 잠에 빠져들었다. 눕기도 전에 선아는 잠에 끌려 들어갔다. 자리에 눕는 건 잠 속으로 깊이깊이 침몰하는 것이었다. 잠은 반장보다도 끔찍했고, 경자 언니의 병보다도 무서웠으나, 그보다 더 달콤한 건 세상에 없었다. 그리고 오래지 않아 선아도 고기를 먹어야 하는 사람이 되었다.

선아 씨에게는 이제 잠보다 끔찍하고 무서운 게 돈이 되었다. 돈은 달콤했다. 푼돈이 모여 목돈이 될 때 그보다 더 달콤한 건 없어 보였다. 그러나 돈만큼 허망한 것도 없었다. 악착같이 모아둔 목돈을 이자 욕심에 빌려주었다 떼이고, 동생의 학비로 밀어 넣고, 부모의 병원비를 감당하면서 선아 씨는 돈이란 해가 뜨면 금방 말라버리고 마는 새벽이슬같이 느껴졌다. 아주 잠깐 맺혔다 사라져버리는 이슬방울을 모아 마시는 것만큼이나 돈을 모으는 것은 어림없는 짓이었다.

사천 원. 이 돈은 없어도 되지만, 그렇게 따지면 장사는 못한다. 선아 씨는 바깥 공기를 조금씩 길게 들이마셔 폐가 부풀어 오르게 만든 다음 몸 안에 잠시 머문 공기를 길게 내뱉는다. 마스크에 걸러지지 않은 시원한 공기가 코와 입, 기도를 거쳐 기관지와 폐를 순환한다. 아무리 깊이 들이마셔도 공기는 고스란히 뱉어내야 한다. 사천 원과 사천 원, 오천 원과 만원을 벌고 또 벌어도 어느새 빠져나가는 돈과 다르지 않다.

자리로 돌아와 청바지를 잡는다. 핀으로 고정한 지점에서 시접을 남기고 잘라낸 후 밑단을 박는다. 몇 분이면 끝나는 일이다. 미싱 앞에 처음 앉았을 때만 해도 사십 년 넘게 미싱을 끼고 살게 될 줄은 몰랐다. 선아 씨는 가게 안에 놓여 있는 미싱들을 본다. 징그럽다. 본봉, 스쿠이, 오버로크, 삼봉에다 청바지 기계까지. 저 차디찬 쇳덩이들이 선아 씨와 선아 씨의 피붙이들을 평생 먹였다. 피붙이 아닌 사람도 먹였다. 미싱이 보이는 곳에서라면 따뜻한 밥을 먹어도 찬밥 같았지만 그 밥을 먹여준 건 미싱이었다. 미싱이 먹이고 미싱이 가르치고 미싱이 병을 고쳐주었다.

미싱이 못한 건 경자 언니를 살리는 거였다. 경자 언니가 죽은 것은 미싱 때문이었지. 언니는 미싱사가 되려고 너무 열심히 일했다. 다들 조금씩은 꾀를 부리기도 했는데 언니는 바보같이 기계처럼 일했다. 아니다. 경자 언니는 그냥 기계였다. 미싱사가 되고는 오야 미싱사가 되고 싶어 또 일만 했다. 그러나 그게 사실일까. 시다에서 미싱사로, 미싱사에서 오야 미싱사로. 언니가 정말 원한 게 그것이었나. 선아 씨는 잘 모르겠다. 모두들 일만 했다. 월급을 받으면 봉투째 집에 들여주고 아까워 벌벌 떨면서 부스러기 돈으로 아주 가끔 뭔가 사 먹기도 하고 영화관에 가기도 했지만, 하루에 열네 시간 일했고 바쁠 때는 잔업을, 더 바쁠 때는 철야를 했다.

우리는 기계가 아니다!

그렇게 소리치는 사람들이 뒤에서 옆에서 불쑥불쑥 튀어나와 선아는 느닷없이 곤봉에 맞은 것처럼 놀랐고 무서웠다. 선아는 청계고가도로가 보이는 인도 안쪽 골목에 있었고, 전투경찰은 인도와 차도를 점령한 상태였다. 서로의 팔이 닿을 정도로 밀착해 있는 그들은 최소한의 면적에 최대한의 수로 밀집해 있었다. 선아는 보는 것만으로도 가슴이 조여들었다. 주변의 얼굴들은 하나같이 단단하게 굳어 있었다. 공포와 어떤 신념과 절망 같은 것들이 얼굴마다 떠올라 있었는데 어떤 얼굴은 그 여러 가지를 동시에 감당하느라 찌그러진 양은 대야 같았다. 주변에서 뿜어져 나오는 흥분과 공포의 기운 때문에 현기증이 난 선아는 자리에 주저앉아버렸다.

그나마 한여름의 찜통더위가 꺾여 견디기가 좀 낫다고들 하는 때였다. 땀과 습기로 끈적거리는 얼굴과 팔이 조금씩 삽상해지던 가을의 초입이었으니까. 늦은 밤 귀가할 때면 제법 시원해진 공기에 내일은 긴팔을 입고 갈까 하는 생각도 해보던 무렵. 교복 자율화가 실시되어 이제 더는 교복 입은 아이들에게서 눈을 돌리지 않아도 되던 시기. 그러나 여전히 책가방은 없었고, 학교에 가는 대신 공장으로 출근했지만, 이제 조금만 더 있으면 또래 여고생들도 학교를 졸업하고 사회인이 될 거였으니까, 그러면 적어도 겉으로는 똑같아 보일 거였으니까, 그때까지 몇 달이 남았는지 손꼽아 기다리던 날들 중 하루였다.

그날 공장은 아침부터 이상한 불안과 열기로 술렁거렸다. 오전이 지나자 자리가 하나씩 둘씩 비기 시작했다. 여느 때 같으면 점심을 후딱 먹고 다시 일감을 잡을 시간이었지만 나간 이들은 다시 들어오지 않았다. 이상하다. 이상해. 그러면서 선아는 미싱을 밟았다. 공장의 공기가 점점 더 심상치 않아지는 느낌에 머리를 들었을 때는 선아와 몇 명만이 남아 있었다. 공장 안이 그렇게 조용한 것은 처음이었다. 선아는 노루발을 내려둔 채 작업하던 옷이 물린 걸 그대로 두고 밖으로 나왔다. 무슨 일이 벌어지고 있는지, 어디로 가는지도 모르면서 사람의 물결에 휩쓸려 청계고가가 보이는 골목까지 간 참이었다.

우리는 기계가 아니다!

우리는 기계가 맞는데. 우리가 곧 미싱인데. 몇 년을 시다를 하며 미싱을 타기만 기다렸는데. 왜냐하면 시다는 기계조차도 되지 못했으니까. 선아는 어렴풋이 그런 생각을 했다.

노동삼권을 보장하라!

노동악법을 개정하라!

노조를 인정하라!

선아는 노조원이 아니었다. 노조를 하는 사람들은 자신과 달라 보였다. 경자 언니를 따라 몇 번 야학에 갔을 때 그곳에서 학교 공부만 하지 않는 것을 알고 선아는 뭘 모르면서도 막연한 두려움에 휩싸였다. 그것은 이해라든가 습득의 차원이 아니라 동물적 본능에 가까웠다. 선아가 원한 건 그런 두려움을 견디며 어둠을 헤쳐나가는 게 아니었다. 아무리 그들이 믿음직하다고 해도, 그들의 눈동자가 빛을 발한다 해도, 그들과 어울리는 건 가진 것도 기댈 데도 없는 자신이 무언가 큰 것을 걸어야 한다는 사실을 열세 살, 열네 살에도 알 것 같았다. 선아가 원한 건 교복 입은 학생들과 똑같은 공부를 하는 것뿐이었다. 언젠가, 정말 언젠가, 길을 잘못 든 행운이 자신에게 온다면, 그들처럼 교복을 입을 수도 있을 것만 같았다. 그렇게만 된다면 바람도 들지 않는 공장에서 무릎을 꿇고 앉아 하루의 반도 넘는 시간을 같은 자세로 실밥을 따고 잔심부름을 하던 시간도 가뭇없이 증발할 것 같았다.

그런 일은 적어도 선아 자신에게는 일어나지 않았다. 근처 공장에서 일하던 누군가 검정고시에 붙었다는 소문은 누구나 들었다. 그간 모아둔 돈으로 교복을 맞춰 입었다는 소문도 들었다. 그게 아니라 재단을 하던 누가 마름질을 해주고 오야미싱사가 교복을 박아주었다는 소문도 들었다. 공장을 그만둘 때 조금씩 돈을 거둬 책가방과 교과서를 사주었다는 소문도 들었다. 시다가 된 첫해부터 소문은 끈질기게 청계천을 돌아다녔으나 선아는 그게 누구인지 끝내 알지 못했다. 정말 있었을까? 남학생이 되었다고도 하고 여학생이 되었다고도 한 소문의 인물은 한 명이었다가 두 명이었다가 고등학생이었다가 중학생이었다가 갑자기 대학생이 되기도 했는데 아무도 본 사람은 없었다.

노동삼권, 노동악법. 경자 언니는 저 어려운 말들을 알고 있었을까? 틈만 나면 야학에 가고 싶어 했던 경자 언니는 잔업 때문에 못 가고 철야 때문에 못 갔는데. 툭하면 코피를 흘리고 나중에는 기침을 하면서도 경자 언니는 왜 야학에 가고 싶었을까? 경자 언니는 노조원이었던가? 선아는 경자 언니가 죽은 열아홉이 되어서도 그런 것들이 궁금했다. 실은 그제야 정말로 궁금해졌다.

경자 언니라면 자신처럼 골목 어귀에 주저앉아 있지는 않았을 거라고 생각했다. 선아는 일어섰다. 시야가 어두워지더니 금방 암흑에 휩싸였다. 아무리 눈을 부릅떠도 캄캄한 밤 같았다. 벽 쪽으로 발을 떼며 팔을 뻗었다. 보이지 않는 누군가의 등 혹은 옆구리가 손끝에 닿는 감촉. 다급한 촉감만으로는 남자인지 여자인지조차 알아차릴 수 없었다. 그가 선아가 벽에 기대앉을 수 있도록 자리를 만들어주었다. 선아는 다급했지만 당황하지는 않았다. 미싱이든 어디든 앉았다 일어서면 핑 돌면서 시야가 아득해졌으니까. 익숙해진 지 오래였고 걱정할 만한 일은 아니었다. 조금 불편한 정도였을 뿐.

수선이 끝난 청바지를 개켜두고 선아 씨는 문자를 보낸다. 여자는 십 분 만에 왔다.

금방 해줄 거면서……

고맙다는 말을 기대하지는 않았다. 어차피 돈 받고 해주는 일이다. 선아 씨는 그렇다. 말없이 사천 원을 건네고 청바지를 들고 가는 것이 가장 좋다.

입어봐야죠?

질문 아닌 질문을 한 여자가 커튼을 쳐둔 모서리의 탈의실로 들어간다.

너무 기네.

커튼을 열어젖히며 여자가 말한다.

표시해둔 그대로예요.

아닌데. 내가 표시한 대로면 딱 맞아야 되는데.

신발을 신어보세요.

여자는 선아 씨의 말을 무시한 채 무릎을 굽혔다 폈다 한다.

나는 낮은 신만 신어요. 너무 길어.

여자가 커튼을 다시 친다. 나와서 신을 신은 여자가 청바지를 도로 건넨다.

일 센티만 더 잘라주지. 금방 되죠? 그냥 기다릴까?

그럴 거면 와서 입어보고 맡기지 그랬느냐는 말을 선아 씨는 억지로 삼킨다.

되면 연락드릴게요. 오늘은 안 돼요.

금방 되는데 왜 안 돼요?

내일 연락드릴게요.

선아 씨는 자신의 성급함을 후회한다. 그건 호의도 아무것도 아닌 것이 되었다. 내일 당할 일을 하루 앞당겨 당한 자신이 바보 같다. 여자는 돈을 내지 않고 나간다. 사천 원을. 여자의 요구는 부당하다. 부당하지만 내일 사천 원을 더해 팔천 원을 받지는 못할 것이다.

쳇, 누가 부당한 걸 모르나.

바로 옆에서 들린 목소리.

알아도 그러려니 하는 거지.

목소리의 주인이 아까 자신을 붙잡았던 것일까? 선아는 앉은 채로 눈을 떠서 목소리의 주인을 찾았다.

왜 그러려니 해요? 부당한 건 바로잡아야지.

그렇게 말한 남자가 골목 밖으로 성큼 나갔다. 선아는 벽을 짚고 천천히 일어섰다. 청계고가 위에서 머리띠를 두른 사람들이 주먹 쥔 팔을 휘둘렀다. 노래를 부르고 구호를 외쳤다. 바위처럼 굳게 대오를 지키고 있던 전투경찰이 움직이기 시작했다. 그들은 방패를 내밀고 저벅거리는 발소리를 울리며 전진했다. 그들이 고가 위로 올라가 시위대와의 거리를 좁혀나가자 시위대 중 누군가 고가에서 육교 위로 뛰어내렸다. 그 뒤를 따라 또 누군가 뛰어내렸고, 누군가는 육교 위가 아니라 고가 아래 아스팔트로 투신하려 했다. 그것은 누가 봐도 도망이 아니라 투신이었다. 몇 사람이 난간에서 그를 끌어내리고 옷이 찢어질 지경으로 붙잡고 늘어졌다.

선아는 시다가 되고 얼마 되지 않았을 때 야학에서 누가 투신하는 것을 본 적이 있었다. 속옷만 입은 여자애가 배를 유리 조각으로 긋고 뛰어내렸다. 다행히 그 아이는 투신에 실패했다. 성공했다면 죽었을까? 배에서 피를 흘리던 남자도, 손목에서 뿜어져 나온 피로 옷이 젖어들던 남자도 보았다. 또 누가 뛰어내렸다고 했는데 선아에게는 보이지 않았다. 거리가 멀었던데다 어른들이 몇 겹으로 가리고 서 있었기 때문이다. 그들은 떨어진 사람을 보겠다고 발돋움을 했다. 선아는 내내 손바닥으로 얼굴을 가리고 눈을 떴다 감았다 하면서 손가락 틈으로 현장을 살폈다. 볼 수도 보지 않을 수도 없었다. 투신에 실패한 여자아이는 창문 안쪽의 동료들에게 발목을 잡힌 채 대롱대롱 매달렸다가 끌어올려졌다.

그날 이후 그 아이의 모습이 자꾸 꿈에 나타났다. 그 아이는 경자 언니였다가 옆자리 시다였다가 뒷자리 미싱사였다가 선아 자신이 되기도 했다. 어떤 때는 전혀 모르는 사람이기도 했는데, 그때 선아는 멀찌감치 떨어져서 보기만 하던 사람이 아니라 건물 안에서 싸우는 사람이었다. 창밖에 매달린 여자아이를 혼자서 간신히 붙잡고, 발목을 놓치지 않으려 안간힘을 쓰다가 가위에 눌린 적도 있었다. 야학은 선아에게 더 두려운 곳이 되었다.

빨갱이들이 피 맛을 못 봐서 저 지랄들이지.

골목 안 어딘가에서 들려온 말.

누구야! 누가 빨갱이야!

지금 뭐라고 했어!

선아가 뒤돌아보았을 때 몇 명의 청년이 한 중년 사내에게로 다가들고 있었다. 중년 사내는 당황한 표정으로, 그와 동시에 상대를 얕보는 표정으로, 자신에게 동조해줄 사람을 찾아 청년들 너머를 황급하게 둘러보았다. 청년들이 그를 향해 공간을 좁혀 들어갔다. 중년 사내의 표정은 빠른 속도로 비굴

해졌다. 이제 곧 흥분한 청년들이 사내에게 몰매를 놓을 순간이었다.

　픽! 퍼벅퍽! 픽!

　최루탄이 발사되고 터지는 소리, 시위대의 함성 소리, 주변에서 지켜보던 군중들의 비명이 뒤섞여 순식간에 아수라장이 되었다. 동대문 쪽과 그 건너 병원 쪽에서 쏟아져 나온 시위대는 잠깐 사이 몇 배나 불어난 진압부대에 쫓겨 이리저리 흩어지거나, 폭력을 각오한 듯 그 자리에서 버텼다. 골목 안의 군중들은 시위대에 합류하는 사람들과 주춤주춤 물러서면서도 큰길과 청계고가에서 벌어지는 싸움에서 눈을 떼지 못하는 사람들, 미련 없이 뒤돌아 재빨리 현장을 벗어나는 사람들로 뒤섞이고 나뉘었다. 중년 사내는 누구보다도 먼저 달아났다. 선아는 최루탄의 매운 내가 골목까지 번지기 전 숨을 깊이 들이마셨다.

　선아 씨는 얇고 고른 호흡으로 능숙하게 파이핑을 박는다. 이제 끝인가 하고 보면 주머니 덮개가 더 남았고, 이제 정말 끝인가 하고 보면 칼라의 장식이 남았다. 수선비를 좀 더 부를 걸 그랬나. 그러나 다시 그 상황이 온대도 그 가격 이상을 부르지는 못할 것이다. 금액이 정해져 있지 않은 복잡한 수선의 가격을 매기고 말할 때 선아 씨는 아직도 긴장이 된다. 마침내 수선이 끝난 패딩 코트를 이리저리 뒤집으며 털이 뭉치지 않도록 매만진다. 선아 씨의 움직임에 미싱 상판 위에 흩러나온 거위 털 몇 가닥이 날아올랐다가 내려앉는다.

선아 씨는 가게 밖의 새를 떠올린다. 그것은 이미 새라고 부르기에 적절치 않은 형상이 되었다. 불과 며칠 만에 부리는 사라졌고, 양감이 남아 있던 반쪽마저 납작해져, 무심코 보면 누군가 검정색 손뜨개 장갑을 흘렸다고 오해할 수도 있을 것이다. 하지만 도대체 누가, 왜, 벌써, 털실 장갑을 끼고 다니다 흘렸단 말인가. 에어컨을 끈 지 얼마나 되었다고.

사람들은 그런 이치에 순응하는 듯하지만 실상은 아닌지도 모른다. 납작하게 반복해서 짓이겨진 새의 사체보다는 춥지도 않은 날씨의 털실 장갑 쪽이 한결 편안할 테니까. 보고 싶은 대로, 생각하고 싶은 대로, 자신이 덜 상처받는 쪽으로. 선아 씨는 그렇다. 그래왔고. 손님이 가져다준 대폭 검정 레자는 반 마 넘게 남았다. 선아 씨는 패딩 코트를 갈무리해두고 레자 원단을 뒤집어 작업대 위에 반듯하게 펼친다.

가게 앞 인도에 레자 대폭과 광폭 두루마리를 수십 개씩 세워놓고 파는 점포들을 지난다. 몇 걸음 더 걸어가 인조 모피 부자재를 파는 점포와 견장과 명찰을 판매하는 도매점을 지나며, 하천 건너편의 조명 가게와 공구상들을 눈에 담는다. 선아 씨는 하천의 남쪽 인도를 걷다 다리가 나오면 건너서 북쪽 인도를 걷고, 다시 다리를 만나면 남쪽으로 건넌다. 동대문에서 청계4가 배오개다리까지 선아 씨는 천천히 여러 번 왕복하며 걷는다. 동에서 서로, 서에서 동으로. 남북으로 놓인 다리를 건너다닌다. 다리 아래로 내려가 천변에 앉아보기도 하고, 다시 인도로 올라와 청계천의, 예전 그대로이면서 어딘가 바뀌어 있는 가게들을 마음으로 짚으며, 걷다 돌아서고 또 걷고 돌아선다.

고가도로를 허물고 개천을 복원할 무렵 선아 씨는 그곳을 떴다. 중국이 세계의 공장이 된 이후 영원할 것 같았던 의류 공장들이 하나둘 문을 닫았다. 밀려난 미싱사들은 주로 수선집을 열었다. 선아 씨도 남들처럼 수선집을 열었고, 남들처럼 한 번은 망했다. 새 옷을 재봉하는 것과 다 된 옷을 뜯어서 고치는 일은 고가도로와 개천만큼이나 달랐고, 수선 일은 미싱사와 수선집 주인과의 거리가 얼마나 아득한지 하루하루 절감하게 했다. 지금 가게는 한 번 망하고 다른 동네로 옮긴 후 너무 외져서 근근이 버티다 다시 옮긴 곳이다. 그사이 무뚝뚝한 선아 씨도 요령과 기술이 늘어 손님을 놓치지 않는 주인이 되었다.

선아 씨는 밥벌이를 시작한 이후 인생의 반을 지낸 구역에서 걸은 길을 되돌아 걷고, 앉았던 자리에 다시 앉아본다. 다리가 아플 때까지 걷다 땀이 식어 대기가 싸늘하게 느껴질 때까지 앉아서 쉰다. 서쪽 하늘의 붉은 기가 완전히 사라지고 허공마저 검푸르게 변하면서 이윽고 때가 되었다. 선아 씨는 하천으로 내려가 가운데 놓인 징검돌에 쪼그리고 앉는다. 조금 떨어진 곳에 테이크아웃 커피를 들고 웃는 남녀가 보인다.

그들은 주변에서 어떤 일이 벌어져도 못 알아차릴 것이다. 반대편에는 전화기를 들여다보며 걷는 사람이 멀어져가고, 운동복 차림의 중년들이 그 곁을 빠른 걸음으로 지나친다.

선아 씨는 가방에서 검은 물건을 꺼낸다. 선아와 경자 언니가 한 번도 입어보지 못한 옷. 언젠가 딱 한 번 명동에 나갔다가 허벅지를 다 드러낸 치마를 입은 여자들을 홀린 듯 쳐다보다 눈이 마주친 날, 둘은 그 일에 대해 아무 말도 하지 않았다. 경자 언니는 선아보다 몇 배나 더 입고 싶었을 것이다. 그때의 언니는 그런 옷이 잘 어울리는 몸이었으니까.

입어볼래? 언니?

아무도 듣지 못하는 소리로 말하면서 선아 씨가 검정 레자로 된 미니스커트를 물 위에 띄운다. 치마가 물결을 따라 느린 속도로 흘러간다. 멀리 가지는 못할 것이다. 얕은 바닥 어딘가에 걸리거나 가라앉을 테지. 치마를 따라가는 선아 씨의 눈에 오리 몇 마리가 들어온다. 오리들은 가끔 물속에 부리를 꽂아 넣기도 하면서 바지런을 떤다. 선아 씨는 내일 아침에는 드디어 그것을 해결해야겠다고 마음먹는다.

형체도 알아보지 못하게 짓이겨진 그 새도 한때는 날아다녔겠지. 보송한 솜털을 감싸는 날렵한 깃털로 바람을 갈랐을 것이다.

경자 언니가 못 한 그 일.

# 성북동의 달 없는 밤

내 말이 맞아요. 이 집에 지하실이 있다니까요. 아니, 아니, 그런 움이 아니구요. 음…… 어쨌든 움으로 쓰려구 만들었을까요? 그러니까 토실 같은 거요. 그런데 분명 토실과는 달라요. 무나 감자 따위를 저장하는 토실은 아니거든요. 굳이 말하자믄 그냥 무덤 같은 방이어요. 들창두 장지두 없어요. 원래는 아궁이었을지두 모르지요. 네, 아궁이요. 이 집 사랑이 다른 집 사랑보다 훨씬 높은 건 아시지요? 금방이라두 날아갈 듯한 추녀가 있는 저 방이 사랑이어요. 가느다란 창살에 유리가 판판하게 끼워져 있는 저 방 말이어요. 세상에, 추녀가 어찌나 날렵한지 추녀 끝이 꼭 창처럼 심장을 푹 찌르겠지요. 그런 기분이라구요. 누가 찔렀다는 게 아니구요. 말을 좀 새겨들으셔요.

보지두 못한 걸 어떻게 믿겠느냐구요? 참, 사람들이 이럴 때 보믄 꽤나 어리석어요. 자기 눈으루 못 본 건 죄다 허풍이라구 생각하믄 좀 편해지나요? 하긴 그러거나 말거나지요. 내가 이런 이야기를 왜 꺼냈는지 모르겠지만, 믿지두 않을 사람들한테요. 아무튼 누구한테든 속 이야기를 털어놓구 싶을 때가 있는 법이잖아요. 알 만한 사람한테는 못 할 그런 속 이야기요. 내가 남의 집 사정을 우연히 알게 된 것두 아니구, 다 그럴 만하니까…… 그래요. 내가 바루 그 방, 아니, 아궁이, 아니, 방이라구 하지요. 아궁이에 살았다는 건 아무리 나라구 해두 조금쯤 비참한 느낌이 드니까요. 네, 살았어요. 아이, 그럴 것 없어요. 그리 가엾게 여길 일은 아니어요. 비록 지하 토방이지만 내게는 고대광실 한가지였어요. 벌레는 말할 것 두 없이 무시루 쥐가 드나들구, 겨울엔 출구 사시사철 눅눅했지만, 그 시절 내게는 얼마만큼의 행복두 있었답니다. 어떻게 보믄 그 시절이 내게는 어느 때보다두 행복했던 때였어요. 왜 냐하믄 말이지요…… 휴우, 그게 그렇게 간단한 이야기는 아니네요. 길구두 긴 이야기랍니다. 누구든 살아온 이야기가 뭐 간단하게 몇 마디루 뭉뚱그려지겠어요? 그런데 또 그 긴 이야기가 다 듣구 나믄 그저 고개 좀 절레절레 내젓다가 마지막에는 몇 번 끄덕거리게 되는 그런 이야기일 뿐, 다 그렇구 그렇지요.

자, 어디서부터 시작할까요. 아무래두 내가 집을 나온 데서부터 시작해야겠네요. 아니, 그 아궁이 방이 있는 기와집이 아니구요. 그 훨씬 전에 내가 남편 황씨와 함께 살던 집 말이어요. 황씨네 집이라구는 해두 그이의 집은 아니었어요. 하기야 그이가 집 한 채를 거느리구 있었드라믄 일이 이렇게 되지는 않았지요. 집 한 채요. 백번 양보해서 남의 집 행랑이라두 한 칸 있었드라믄요. 그것두 없어서 우리는 형네에 얹혀살았어요. 그이는 암만해두 살짝 모자란 사람이었지요. 못난이라구 하믄 이해가 빠를까요. 도회지에서는 못난이가 나돌아다니는 일이 드물지만 성북동만 해두 그렇지 않았지요. 저 날아갈 듯한 사랑의 주인이 그랬다잖아요. 성북동에 이사 와서 보니 여기가 정말 시골이구나, 라구요. 대처에서는 거리에 나와 행세하지 못하는 못난이들이 시골에서는 마음 놓구 돌아다니기 마련이라며 글쎄, 그이를 보구서는 그렇게 말했다지 뭐여요. 그래두 그이가 영 형편없는 못난이는 아니었어요. 삼산학교에서 급사를 하기두 했으니까요. 하 어이없는 행동을 해서 쫓겨나구 말았지만요. 그때두 글쎄, 색시 달아난다구 누가 넌지시 놀려먹어서 그랬다지 뭐여요. 내가 달아날까 봐 초조해진 남편은 학교 종을 아무렇게나 앞당겨서 쳐버리군 집으루 달려왔더군요. 그 일이 있기 전에두 엉뚱한 일을 벌이군 했다나요. 한번은 도 학무국에서 시학관이 나왔는데 그때 이런 일이 있었대요. 선생들이야 모두 수업에 들어가구 없었을 테니 그이가 손님을 맞았겠지요. 그러구는 시학관을 앞에 앉혀두구 자꾸 일본말을 연습했다지 뭐여요. 그이는 일본말을 못했거든요. 학교라구는 가본 적이 없으니 일본말을 배울 기회가 없었던 거지요. 그저 몇 마디 주워섬기는 게 전부지요. 그야 나두 마찬가지구요. 센세이 히, 오하요 고자이마쓰까…… 히히 아메가 후리마쓰. 유끼가 후리마쓰까 히히…… 인사말은 그렇다 치구 비가 옵니다, 눈이 옵니까, 라니요. 시학관두 처음엔 웃어넘기다가 열 번 스무 번을 되풀이하니 성이 날밖에요. 종 치는 것두 잊어버리구 그러구 있는 것을 한 선생이 발견하구는 다시는 안 그러겠노라 다짐까지 받았다지만 사람이 제 버릇 고치기가 어디 쉽나요. 그 뒤루두 그 입을 다물지 못하구 지절거리는 바람에 미운털이 박힌 차에, 색시 달아난다는 놀림을 당하구는 그예 일을 그르치구 만 거지요. 꼭 그 일이 아니었어두 쫓겨나기는 시간문제였을 거여요.

그이가 못난이이기는 했어두 세상없이 착한 건 동네 사람 누구나 다 알았어요. 꼭 그래서는 아니었지만 저는 한 번두 달아날 마음을 품은 적이 없었단 말이어요. 저 아랫마을에서 색시가 둘이나 달아났다 해두 흘려듣구 말았던 거지요. 그런데 이상한 일두 다 있지요? 내가 달아날까 봐 수업 종을 당겨 치른서까지 허겁지겁 집으루 들이닥친 그이를 본 순간, 바닥에 간신히 가라앉혀놓은 진흙이 들썩이는 것 같더니 마음이 일렁이기 시작했어요. 순식간에 흙탕물이 되어버렸지요. 그때까지 꾹꾹 눌러 참으며 살았던 일이 자꾸 억울해지믄서 내가 왜, 이런 반발이 생겨나는 게 아니겠어요? 한번 그 마음이 싹트기 시작하니 걷잡기가 무척 어려웠어요. 아, 혹시라두 오해하실까 봐 하는 말이지만, 그이 때문은 아니었어요. 아니, 결국 모든 일의 원인은 그이에게 있다고 해두 아주 틀린 말은 아니지만, 내 마음이 그렇게까지 흔들리기 시작한 건 형님 때문이었어요. 형님은 무슨. 이제 와서. 그 못된 년, 아, 험한 말을 해서 퍽 죄송합니다. 내가 못 배우긴 했어두 막말을 하는 사람은 아니어요. 그냥 동서라고 하지요. 아니, 그냥 동서년이라구 해야겠네요. 그쯤은 좀 넘어가주셔요. 동서년은 물에 손 한 번 담그는 법이 없었어요. 넉넉잖은 살림에 마치 대갓집 마님이라두 되는 듯 굴었지요. 그러니 그 일을 누가 다 했을지는 굳이 따져보지 않아두 번연한 일 아니겠어요?

시집이라구 와보니 신방이라구는 남의 집 행랑보다두 못한 토방에 낡음낡음한 삿자리만 하나 깔려 있더군요. 그 방은 아궁이두 없었어요. 하긴 있었다 해두 군불은 어림두 없었을 거여요. 썩음썩음한 지푸라기 한 올두 우리 몫으로는 아까워하는 게, 세상에, 인색해두 어찌 그리 인색하답니까. 나는 밥상에서 밥을 먹어보지를 못했답니다. 부뚜막에 쪼그리구 앉아 찬밥이나마 있으믄 먹구 없으믄 굶었어요. 식구들이 다 같이 굶었드라믄 그게 무어 그리 서러웠겠어요. 먹기보다 굶기가 쉬운 세상에요. 즈이들은 애들까지 따신 김이 오르는 이밥을 먹을 때에두 그이에게는 된장 한 덩이에 찬밥을 주라네요. 그래 어떤 때는 뜨거운 물이라두 한 사발 더 퍼주구는 했지요. 그이는 아무 불만두 없어 보였어요. 어릴 때부터 형님을 아버지처럼 모시구 따라서였는지, 아무래두 못난 사람이어서 그랬는지, 내가 눈에 불이 튀도록 분할 때에두 사람 좋은 웃음만 웃구 있지 뭐여요. 그나마 사람 좋은 그이가 내게는 퍽 다정했기 때문에 속에서 불덩이가 울컥 치밀어두 참아지구 참아지구 했는데 말이어요.

그런데 그날은 마음이 썩 달라지드라구요. 그 동서년이 밤낮없이 괴롭히는 걸 왜 참구 살았나 싶게 맥이 쭉 빠지는 거여요. 툭 튀어나온 이마에 흘러내리는 땀을 닦을 새두 없이 허겁지겁 뛰어 들어오는 그이를 보니 갑자기 눈앞이 캄캄하드라구요. 이래서야 어느 천년에 돈을 모아 살림을 나나 싶은 것이, 저 동서년한테 평생을 시달림을 당해야 하나 싶은 것이, 그이가 그렇게 원망스러울 수가 없었어요. 그래두 어떡하겠어요. 또 참았지요. 참구 참았지만 그런 일이 또 벌어지구 또 벌어지구 할 때마다 삶아놓은 개짐을 접듯 채곡채곡 마음 한구석을 접구 또 접게 되었어요.

삼산학교에서 쫓겨난 다음 그이는 신문 배달을 했어요. 성북동 쪽을 스무 가구 정도 떼어 받아 신문을 넣었는데, 네, 보조 배달이었으니까요. 생각을 해보셔요. 하루에 신문 스무 부넣어주구 그걸루 무슨 돈이 되겠는지요. 그나마 그거라두 할 때는 좀 나았어요. 더욱이 그 보조 배달을 하믄서 이 댁, 네, 저 날아갈 듯한 사랑이 있는 이 댁 주인과 서로 주거니 받거니 수작두 하믄서 적잖이 친해졌던가 보아요. 퍽 점잖구 정 있는 양반이었지요. 못난이를 한 번두 못난이 취급하지 않구, 참외 장사를 해보라구 돈두 얼마간 돌려주었던가 보지요. 성북동이 따루 한 구역으로 나믄서 원배달이 된다구 그리 좋아 하드니만, 세상이 그리 호락호락할 리가 있나요. 그렇게 입구 싶어 하던 합비며, 쭐렁거리며 흔들구 싶어 하던 방울이며, 전연 소용없는 일이 되구 말았지요. 새루 원배달이 들어오믄서 그나마 보조 배달두 떨어지구 말았던 거여요. 그래 장사라두 해보겠노라 하니, 이 댁 주인이 선뜻 은혜를 베풀었던가 보아 요. 고맙지요. 참 고마워요. 내가 나중에 그런 일을 벌일 염을 품은 것두 어쩌믄 그때 일이 마음에 깊이 남아서였을까요.

참외 장사는 난전을 제대루 펴보지두 못하구 망했어요. 하 필 장마가 지더니 성북동 개울물이 넘칠 정도루 퍼붓는 데야 참외 장사 아니라 뭐라두 될 턱이 없지요. 그렇게 배가 고팠 는데두 그 노란 참외를 툇마루에 부려놓은 걸 꼴두 보기 싫데 요. 형님네 아이들이 오면가면 하나씩 집어 들구선 썩썩 베무 는 그 꼴은 더 볼 수가 없었구요. 그래, 차라리 내가 다 먹어 치우지, 하구는 참외를 한입 크게 무는데 눈물이 철철 나요. 맛두 모르겠어요. 속에서 주먹만 한 것이 울컥울컥 치밀어 오르는데, 나중에는 하늘이 다 참외처럼 노래지기까지 해요. 더 이상 접을 마음두 남지 않았지요.

비 참 징그럽게 내립디다. 몇 날 며칠을 쉬지 않구 내려요. 이 비가 그치기는 할까 싶드니만, 툇마루의 참외가 하나둘 줄어들어 가뭇없어진 날 아침에 비가 그치긴 그치데요. 그 아침에 밥을 짓는데, 냄새가 어찌나 구수하던지 도저히 못 참겠어서 선 채루 밥 한 주발을 찬두 없이 뚝딱 해치웠어요. 처음 먹어본 이밥이었어요. 어디서 그런 배짱이 생겼을까요? 전날까지 참외를 쳐다보기만 해두 울컥 치밀던 주먹만 한 걸 시나브로 사라진 참외가 다 데려갔던 걸까요? 몰래 밥 한 주발을 앞치마에 감추구 방문을 열어보니, 그이는 속이 상했던지 그때까지두 천장만 딱 올려다보구 누웠군요. 얼마나 상심했으믄 저럴까 싶어서 밥주발을 슬그머니 들여놓으려는데, 아, 그새 코를 드르릉 고는 거여요. 이래가지구야 동서녘 손아귀를 벗어나기란 애저녁에 틀린 거지요. 보따리야 쌀 것두 없었어요. 뭐, 가진 게 있어야지요. 입은 옷 그대루에 옷가지 두어 개나 넣었을까요. 보따리 안에 그이 주려던 밥을 주발째 숨기구 그길루 뒤두 돌아보지 않구 나와버렸어요. 배두 든든하겠다, 세상 무서울 것이 뭐여요? 그때는 그랬지요.

성안은 몇 번 가봤지만 참 만만하지가 않았지요. 당장 잘 곳두 없지요. 숨겨온 밥 한 주발은 아무리 아껴 먹어두 하루를 못 버티겠어요. 막막했어요. 무섭기두 했구요. 그렇다구 돌아갈 수야 없었지요. 암만 생각해봐두 그럴 수는 없었어요. 이제 서방 두구 집 나간 년이란 욕까지 들어먹을 테니까요. 젊은 여자가 혼자 성안에 들어가서 살아남으려믄 험한 일두 더러 당하겠거니, 하지만 호락호락 당하지는 않겠다구, 마음을 아주 단단히 먹었어요. 어디 간들 동서년한테 당하는 것보다 더할까, 생각하믄 두려울 일두 없었어요. 설마 내 한 몸 건사 못할까 싶었던 거지요. 그때는 몰랐어요. 한 몸이 금방 두 몸 될 줄 내가 어떻게 알았겠어요? 하루하루 몸을 의탁하는 데에만 온 신경이 가 있어서 달거리가 없는 것두 바루 알아차리지를 못했지요. 여름두 다 끝나갈 때에야 정신을 퍼뜩 차리구 보니 날짜를 꼽지두 못하겠지요. 굼벵이두 구르는 재주가 있다구. 아이, 이런 말은 좀 남세스럽지만, 그이가 그래두 사내구실을 영 못한 건 아니랍니다.

그나마 일이 그 지경이 된 걸 알아차리기 전에는 이 집 저 집 닥치는 대루 문을 밀구 들어가 품을 팔았어요. 할 줄 아는 거라군 살림 사는 거니까, 빨래두 해주구 물두 길어주구 하믄서 밥술이나 얻어걸리는 대루 떠돌았지요. 해 떨어질 때까지 일을 해주믄 광 같은 데서 하룻밤 신세 지는 건 그다지 어렵지 않았어요. 그럭저럭 지내다 보믄 어디 행랑방이라두 한 칸 얻어걸릴 것 같기두 했지요. 이래 보여두 제가 손끝 하나는 야무진 데가 있어요. 일 무서워하지 않구 손끝 맵짜다구 입소문이 좀 나자 잔치를 치르는 집에서 저를 불러들이기두 했어요. 폭신하게 목화솜을 넣은 혼수이불을 꿰매는 날은 일두 편하구 먹기두 잘 얻어먹었어요. 경사를 앞둔 집은 인심두 후해지는 법이라 안주인이 돈푼이나 집어주기두 했구요. 모르긴해두 내가 꿰매준 이불을 펼쳐놓으믄 경성 역전 마당을 다 덮구두 남을 거여요. 이제 돌이켜보믄 그런 이불 한 채 못 지녀보구 이렇게 된 게 참 한이 맺혀서…… 하기야 그런 말을 해봐야 무슨 소용이겠어요. 내 이불은 제대루 하나 꿰매보지두 못하구 끝났지만, 그래두 나중에, 그 봄바람 같던 이불, 목단이 수 놓인 앙증맞은 이불 한 채를 온전히 나 혼자 솜을 놓구 땀땀이 꿰맬 때 그 터질 것 같던 심장이야, 아…… 그 심정을 말루 어떻게 다 할 수 있을까요.

배가 점점 불러오기 시작하데요. 그것 참 곤란한 일이었지요. 홑몸 아닌 걸 들키믄 일감이 떨어질까 봐 불안해졌어요. 배를 동여매구 다녀야겠다구 작심한 날은 마침 빨래를 해주는 날이었어요. 아니, 빨래하는 날이라 그런 결심을 하게 되었을까요. 새하얗게 두들겨 빤 기저귀 하나를 슬쩍 빼돌렸지 뭐여요. 살림이 푼푼한 집이라 그랬는지 하나쯤 없어져두 모르드라구요. 나쁜 마음을 먹었어요. 꽁꽁 동여매믄 아이가 잘 못되기두 한다잖아요. 내심 바랐던 거지요. 어쩌자구 그랬을까요. 살믄서 남한테 싫은 소리 한 번 한 적 없는 내가 그런 독한 마음을 품게 될 줄이야…… 추석이 지나구 가을이 깊어갈 즈음이었어요. 어떤 집은 빨갛게 감이 열리구 또 어떤 집

은 햅쌀을 가마니루 들여놓구요. 아이가 배 속에서 놀기 시작
했어요. 날이 추워지니 빨랫감은 줄구 대신 김장하는 집으루
불려 다니군 했지요. 배추를 쪼개구 소금에 절여두었다가 다
음 날은 물을 길어 몇 차례구 헹궈내는데 아주 허리가 끊어져
요. 부잣집에서는 몇백 포기가 예삿일이어요. 한창 일을 하다
보믄 아이가 불쑥 발길질을 해요. 아이구, 이게 아직두 살아
있구나, 싶었지요. 살아서 무슨 좋은 꼴을 본다구 그렇게 악
착이냐구, 혼잣말이 저절루 흘러나왔지요. 물에 빤 배추 쪽을
척척 쌓는 소리에 혼잣말은 그대루 묻혀버리는데두 행여나
누가 들을까 공연히 눈치를 보군 했어요. 그런 날은 유난히
밥이 먹혀요. 주발을 싹싹 핥다시피 먹는 거여요. 김치를 치
대다가 양념두 안 한 노란 배춧속을 남몰래 훑어서 얼른 입에
집어넣기두 하구 무 꼬리를 잘라서 씹기두 했지요. 밍밍한 배
추 꼬리두 얼마나 달착지근하던지요. 그 조그만 게 살아보겠
다구 어미 입에 들어앉은 거지요. 원래두 없어서 못 먹지 먹
성이 얼마나 좋았게요. 그런데 그때만큼은 정말 입에 달지 않
은 게 없어요. 정신없이 먹다 보믄 힘들어서 딴딴하게 뭉쳤던
배가 말랑해져 있어요. 이제 잘못되기는 아예 글렀지요.

　일이 그렇게 되니까 그때까지 바늘 끝만큼두 해보지 않았
던 생각마저 드는 게 아니겠어요? 어쩌다 면이 익은 남정네
가 지분거리기라두 하믄 끔찍이두 징그러웠는데 말이어요.
이젠 팔자 고치기는 틀렸다는 푸념만 자꾸 나와요. 누가 산달

다가오는 여자와 뜻을 맞추겠어요. 제 자식두 내다 버리구, 오죽하믄 장성한 딸아이를 유곽에 팔아먹는 세상인데요. 그러구선 이웃들 눈총을 못 견뎌 야반도주하는 사람두 여럿 봤지요. 그런 이들은 약속이나 한 듯 저기 북간도라나 노서아라나 하는 데루 간다더군요. 세상에, 그 춥구 무서운 곳을! 그러니 이젠 진짜 배부른 티가 나서 일감 끊어지는 날에는 끝장인 거지요. 날은 점점 추워지건만 여름보다는 차라리 나았어요. 감추기가 그나마 쉽잖아요. 차암, 지금 생각해두 그 겨울이 어떻게 지나갔나 모르겠어요. 다시 그렇게 하라믄 못할 거여요, 정말…… 이젠 하려구 해두 못하겠군요……

계집애였어요. 빨간 핏덩이인데두 한눈에 즈이 애비여요. 앞뒤루 툭 튀어나온 큼직한 짱구머리하며 가늘구 긴 팔다리하며, 씨도둑질은 못한다는 말이 딱이어요. 내 속으루 낳은 자식인데두 기쁘기는커녕 느느니 한숨밖에 없어요. 얘가 커서는 꼭 나 같은 년이 되겠거니, 생각하믄 참 억장이 무너질 일이지요. 아니, 아니어요. 나 같은 년이 되는 건 고사하구 백일까지 버티기나 할까, 이러다 곧 죽구 말지, 걱정이 앞서더군요. 배 속에 있을 때는 몹쓸 생각두 품었지만, 꼬물거리는 고것을 막상 품에 안자 눈물이 왈칵 쏟아져요. 몸을 풀구 며칠이 지나두 젖이 제대루 돌지를 않겠지요. 누덕누덕 기운 포대기에 고것을 싸서 안구는 얼마나 울었는지 모르겠어요. 밥물을 먹여보기두 하구 숭늉을 받아냈다가 먹여보기두 했어요. 사내놈이나 됐드라믄 어디 무후한 집에 양자루 보낼 길이 있었을까요? 계집이야 다 키워놓으믄 일이나 부려먹으려구 탐내는 집이 있을지 몰라두, 이런 핏덩이를 대체 누가 거둬주겠어요. 게다가 고것을 데리구는 어디 일을 다닐 수가 있길 한가요. 어디 가서 몸이라두 팔자구 들어본들 고것을 어떻게 하구요. 하다 하다 안 되겠길래 성북동을 몰래 가봤지요.

고갯마루에 올라서자 개울이 한눈에 들어오데요. 그 개울에서 빨래두 참 숱하게 했지요. 삼동에 꽝꽝 언 얼음을 깨뜨리구 손을 담그믄 금방이라두 떨어져 나갈 것처럼 시리구 아팠어요. 하지만 여름밤에는 그런대루 운치두 있었어요. 모깃불두 사월 즈음해서는 살금살금 개울루 나온 동네 아낙들과 먹두 감구 낮에 흘린 땀만큼 들척지근한 농깨나 지껄이군 했지요. 그러구 나믄 아낙들은 얼굴이 발그레해진 채루 서둘러 집으루 돌아가는 거지요. 다음 날이믄 깜빡 늦잠을 자서 집집마다 큰소리가 나기 일쑤였어요. 아마 동서년 욕하는 소리가 동네에서 제일갔을 거여요. 목청 하나는 참말루 크게 타구났어요. 지치지두 않구 질러대는 소리가 온 동네를 들었다 놨다 했으니까요. 그러잖아두 등신인 서방을 아주 잡아먹을 년이라고, 고래고래 욕을 해대기 시작하믄 내가 고개를 들구 나갈 수가 없어요. 동네 사람들이 모두 나를 보구 킥킥 웃는 것 같지 뭐여요. 그게 동서년이 그이를 생각해서였겠어요, 어디? 만만한 게 홍어좆이라구, 아유, 동서년 얘기만 나오믄 입이

험해지네요. 이해해주셔요. 그저 화증이 나서 그랬던 거지요. 넉넉잖은 살림에 시앗을 두구 밤이슬 맞구 다니는 시숙두 시숙이지만, 강짜가 그리 심해서야 내가 시숙이라두 시앗을 보구 말지, 흥! 그이가 비록 못나긴 했어두 서루 금슬이야 괜찮았으니 그 꼴이 보기 싫었던가 보지요. 그래두 사람이 그러는 건 아니지요. 아주 인두겁을 쓴 인사여요.

개울을 내려다보구 있노라니 동서년 용심에 새록새록 치가 떨려요. 아무리 살기가 고달파두 그 집으루는 한 걸음두 들여놓구 싶지가 않아요. 그래 먼발치서 가만 살펴보기만 했지요. 머릿수건으루 눈만 내놓구 그이가 잘 가던 곳으루 허위허위 돌았어요. 포도원에는 아직 깨깨 비틀어진 나무에 새 잎두 나지 않았겠지요. 삼산학교 담벼락을 따라서는 사람 그림자두 얼씬거리지 않구요. 어느 집인가는 그 앞을 지나는데 갑자기 큰 개가 짖어대는 바람에 등에 업힌 딸년이 울음을 터뜨리지 뭐여요. 누가 볼까 무서워서 얼른 발길을 돌리구 또 돌리다 보니, 갑자기 다락같은 기와집이 떡하니 나오겠지요. 솟을 대문에 누각처럼 높은 사랑채가 눈에 들어오자 정신이 퍼뜩 들더군요. 그이에게 참외장사를 해보라구 3원이나 돈을 돌려준 양반의 집이겠지요. 그이는 그 양반이 성안에서 이사 온 후루, 좋은 말동무나 생긴 것마냥 무시루 그 집을 드나들었드랬어요. 해는 벌써 지구 2경두 한창일 때 불쑥 들어서두 주인양반은 반갑게 맞아주군 했다나요. 엉터리없는 이야기들을 늘어놓았을 것이 뻔한데두요.

그렇게 주워들었던 이야기까지 생각나자 갑자기 소경 눈뜨이듯 눈앞이 훤해지는 게 아니겠어요? 어쩐지 성북동으루 한번 가봐야겠다는 마음이 동했던 이유가 바루 그것 때문이었다는 뒤늦은 깨침이 번개처럼 내리꽂혔던 거여요. 앞뒤 잴 것두 없었지요. 그 주인 양반과 마님이라믄 누구보다두 믿음이 갔어요. 마음이 바빠졌어요. 다시 성안으루 와서 따스한 융 저고리를 사구 새루 빨아 채곡채곡 개킨 기저귀두 몇 장 챙겼어요. 생일 옆에 그달 열하룻날이 백일이라구 큼직하게 써넣은 헝겊을 저고리 앞섶에다 단단하게 꿰매어 붙였지요. 우유를 가득 타 채운 젖병은 달아나지 않게 고무줄루 묶어두었구요.

다시 성북동으루 가는 길에는 자꾸 갈고리 같은 걸루 몸뚱어리 구석구석을 훑어 내리는 것만 같데 뭐여요. 누굴 마주치기라두 할세라 어두운 밤에 더 어둑한 곳만을 짚어가며 갔는데, 어느 길을 어떻게 해서 게까지 갔는지 기억두 나지 않아요. 정신이 하나두 없데요. 그래두 이것 하나만은 가슴에 꼭꼭 새기구 또 새겼어요. 딸년을 위해서는 비정한 어미가 되자구, 이건 황씨네 집을 뛰쳐나온 것보다두 몇 곱절 잘한 결정이라구. 말이야 바른말이지, 설사 그 양반들이 고것을 키워 종으루 부린대두 밥은 먹이구 옷은 입힐 거 아니겠어요? 게다가 어쭙잖은 그이를 대하던 그 양반들의 점잖은 품새를 생각하믄 막일이나 부리는 종을 삼을 것 같지는 않았어요. 이건 동네 사람이믄 다들 아는 얘기지만, 그 양반들이 큰 부자는 아니어두 세상 부러울 게 없는 이들인데, 단지 하나 후손이 없어서 적적해하구, 그래서 마님이 약을 자신다 어쩐다 하믄서 퍽이나 애를 썼다나요. 욕심 없이 사는 양반들이라 해서 설마 자식을 바라지 않았을 리 없겠지요. 잘만 하믄 딸년이 무남독녀 외딸루 남부럽지 않게 고이 자라, 평생을 저와는 다르게 살 수두 있지 않겠어요? 거기까지 생각이 미치자 갈고리루 훑는 것 같던 속이 뜨끈해지는 것이 얼굴이 달아오르구 가슴이 벌렁거리겠지요.

담두 없는 집의 대문 안쪽에 포대기를 내려놓구 돌아서는데 눈물이 솟아요. 장마철 개울물처럼 철철 흐르는 눈물이 옷섶을 적시는데두 닦을 염이 아니 나요. 봄이라군 해두 아직 쌀쌀하여 밤공기는 코끝에 맵기만 하지요. 혹시라두 동네에 어정거리는 누렁이가 포대기를 킁킁거릴까, 도둑괭이가 할퀴지나 않을까, 발밑에 기어가는 벌레 소리가 다 귀에 쟁쟁거리는 거 같아요. 나무 그늘에 몸을 숨기구 하마나 누가 나올까, 가슴을 조이며 기다렸지요. 밤두 깊어가는데 무단히 대문까지 나올 리가 있을까요? 이년의 계집은 둘두 없는 순둥이라 울지두 않아요. 제 팔자를 아는 건지, 울어두 별 소용없다는 걸 벌써 깨쳤던 건지, 목두 못 가누는 핏덩이 때부터 종일 업구 일을 해두 고개만 달랑거렸지 울지두 않던 년이어요.

몇 식경이나 지났을까요. 달두 기우는지 멀리서 들리던 부엉이 소리마저 점점 잦아들구…… 이래서는 밤새 딸년이 얼어 죽게 생겼지 뭐여요. 지나다니는 사람이야 진즉 그림자두 비치지 않구요. 더 이상 국으루 숨어 있을 수만은 없데요. 살금살금 가보니 딸년은 새근거리믄서 자구 있어요. 그때처럼 툭 튀어나온 이마가 예뻐 보인 적이 또 있었을까요. 조그만 주먹을 꼭 쥐구 턱밑까지 올린 채루 자는데 포대기가 가만가만 오르내리더군요. 그 꼴을 보자니 차마 못할 짓이었지만 포대기 속으루 손을 넣어 어깨를 꼭 꼬집었어요. 딸년은 그제야 으앙, 울음을 터뜨려요. 눈을 질끈 감은 채루 한 번 더 꼬집구는 얼른 달아나 다시 나무 그늘에 숨었지요. 조용하던 마당 어디서 개가 짖기 시작해요. 원, 개두 주인을 닮아 그렇게 점잖아서야, 도둑이 들어두 치어다만 보구 다 가져가라, 할 판이더군요. 애는 자지러지게 울지요, 개는 왈, 왈, 짖지요, 가슴이 쿵덕쿵덕 방망이질을 해요.

  사람 소리가 나는 것 같더니 전짓불이 비치믄서 마님이 나오더군요. 개는 다시 조용해지구 사랑에서 뭐냐구 묻는 소리가 들려요. 마님은 선뜻 대답을 못하구 어서 나와보라구만 하겠지요. 사랑양반이 나와서는 포대기를 보자마자 주변을 휘둘러봐요. 아마 나를 찾는 거겠지요. 나는 숨을 죽이구 옴짝달싹 못한 채루 빌구 또 빌었어요. 제발 딸년을 거두어달라구요. 한참이나 마님은 어쩔 줄 모르구, 사랑양반은 어이가 없는지 허, 참, 하며 몇 차례나 혀를 차구요. 마님이 어쩌느냐구 연방 물으니 사랑양반은 그냥 내버려두라구, 여기저기 깜깜한 데다 대구 크게 소리를 지르네요. 필경 나 들으라는 거지요. 일부러 하는 소리인 줄 알믄서두, 저대루 그냥 들어가믄 어쩌나, 가슴이 발아래루 철렁 떨어지는데, 마님이 조심조심 포대기를 안아 드는 거여요. 옳거니, 그 양반들이 오밤중에 어린 핏덩이를 두구 들어갈 사람들은 아니지요. 양주는 아이를 안아 들구 함께 안채로 들었어요. 그러구두 한참이나 불이 꺼지지 않겠지요. 마님은 우유를 데우려는지 우유병을 들구 나왔다 들어가구, 그러구 나니 자지러지던 울음소리가 뚝 그치네요. 이제 됐어요. 어찌나 마음이 놓이던지 땅바닥에 철퍼덕 주저앉았어요. 그러구 얼마나 있었을까요. 방의 불이 꺼지네요. 그제야 자리를 떴지요. 차마 발이 떨어지지 않아 몇 번을 뒤돌아봤게요.

삼경은 족히 지났을 테구 새루 두 점은 되었을 거여요. 갑자기 온몸이 오들오들 떨리믄서 한기가 들기 시작해요. 그때까지는 추운 것두 못 느꼈던 거지요. 아무리 비정한 어미라두 제 속으루 낳은 자식을 떼어놓는 마당에 그깟 추위가 대수였겠어요. 턱이 덜덜 떨리구 이가 딱딱 부딪히는데 어금니를 꽉 깨무는 수밖에 더 있나요. 어디를 어떻게 돌아다녔는지 발을 질질 끌 지경이 되어서야 정신이 들더군요. 희끄무레하게 동이 터오구 있었어요.

사흘이 다 뭐여요. 해만 지믄 성북동을 도둑처럼 기어들었어요. 딸년을 떨궈둔 집 근처를 이리루 지나갔다가 저리루 돌아오구, 저리루 지나갔다가 이리루 돌아오구 그랬지요. 그런데 이상두 하지요. 울음소리가 아니 나요. 워낙 순한 년이라 울지두 않겠거니 했다가 어느 날은 문득 뭔가 틀어졌다는 걸 눈치챘지요. 머릿수건을 뒤집어쓰구 낮에 다시 갔더니 빨랫줄에 어른 옷가지만 널려 있겠지요. 아, 젖먹이 있는 집 빨랫줄에 기저귀가 한 장두 없을 수가 있나요? 분명 사달이 난 거여요. 매정한 사람들! 제가 사람을 잘못 보았던 거지요. 딸년은 이제 어디에 가 있는 걸까요? 설마 잘못된 건 아니겠지요? 멀쩡하던 아이가 며칠 사이에 어떻게 될 리는 없겠지요만, 더군다나 찬바람 맞으며 막일하는 어미 등에 업혀서두 껍신껍신 잘만 놀구 자던 년이 그사이 병이 났을 리 만무하지요.

이번엔 지난번보다 더 정신이 아뜩해요. 성안으루 와서는 어찌나 호되게 앓았던지 입술이 다 터지구 말랐어요. 뺨은 움푹 패었지요, 광대는 툭 튀어나오구 눈에는 핏발이 선 것이 당목귀가 들러붙어 죽어가는 년이 따로 없어요. 밤낮으루 가슴을 쥐어뜯구 머리털을 잡아 뽑았어요. 그러구러 한 보름이나 지났을까요. 도무지 안 되겠어서 다시 그 집으루 갔지요. 내 딸 내놓으라구 우격다짐이라두 할 양으루 기신기신 그 집으루 다가서는데, 오마나, 마당에 보얀 기저귀가 깃발처럼 휘날리는 거여요. 이게 도대체 어찌 된 일인지 알 수가 없어요. 저두 모르게 마당으로 들어서서 기저귀를 붙잡구 나오지두 않는 목청으로 끄억끄억 울다가 그만 정신을 놓구 말았어요.

그렇게 해서 이 댁에서 드난밥을 먹게 되었지요. 오갈 데 없는 아낙 한 명 거두는 거야 무에 그리 어렵겠어요. 집에 사람을 들일 때는 사내를 가려 들여야지, 아낙이야 휘뚜루마뚜루 써먹기가 좋지요. 더욱이 별안간 갓난쟁이가 생긴 집 아니어요? 아무래두 아이 업을 사람이 하나라두 더 있으믄 마님이 한시름 덜 테니 이왕 마당에서 쓰러진 젊은 아낙이야 어렵잖게 부릴 수 있지 않겠어요? 빈방이 없어 어쩌누 하는 눈치에 얼른 토실루 기어 들어갔지요. 거기가 사람 살 곳이 아니라며 말리는데두 한사코 버텼지 뭐여요.

아주 신바람이 납디다. 닥치는 대루 일을 하는데 어깨가 절루 들썩거리겠지요. 기저귀가 나달나달해지두룩 문질렀더니 독한 양잿물 때문에 손바닥에 바늘구멍만 한 구멍이 송송 뚫려요. 아파두 아플 리가 있나요. 콧노래가 하늘루 날아가지요. 품 팔러 다닐 때에 비하믄 출세두 이런 출세가 없어요. 마님은 동서년하구야 사람이 근본부터 달라요. 회초리같이 매섭던 동서년에 비하믄, 비하기두 참 송구스럽지만, 마님이야 풍신한 가을날에 보송보송 매달리는 목화송이같이 포근포근하지요. 파출소에 갖다 맡겼던 아련이가, 이름두 곱지요, 주인 양반이 동네의 아련정에서 딴 이름을 붙여주었대요, 보름만에 이 댁으루 입양되어 왔을 때는 백일이 지났을 때였지만 마님이 글쎄, 백일에 아련이를 찾아가 드레스서껀 모자서껀 사다 입히구 왔었다는 걸 나중에 사랑에서 자분자분 들려오는 소리루 알게 되었지 뭐여요. 해가 지구 나서 토실에 누워 있다 보믄 주인 양반 내외가 정담을 해요. 사랑에서 나누는 이야기가 제법 똑똑하게 들려서, 가만히 귀를 기울이믄 집안 돌아가는 이야기며 주인 양반이 무얼 하는 사람인지며를 얼추 알게 되지요.

세월이 살같다는 말이 거짓말이 아니어요. 아련이는 금방 기구 앉더니 제법 걸음마를 떼겠지요. 첫돌에 수수팥단자를 하는데, 남들이 보믄 그깟 계집아이 돌에 떡이 다 뭐냐구 할 테지만, 한 톨 한 톨 실한 알곡으루만 골라서 가루를 내구 익반죽을 치댈 때, 그 뿌듯한 마음을 누가 짐작이나 하겠어요. 곱게 빻은 팥고물에 수수경단을 굴릴 때는 제발 덕분에 평생 아무 액두 당하지 않구 살기를 빌구 또 빌었지요.

꼭 수수경단 덕분은 아니겠지요만 아련이는 날마다 훌쩍 자라났어요. 주인 양반이 파초를 좋아해서 무척 공을 들여 기르더니 아련이가 마치 그 파초 같았지요. 커다란 이파리만큼이나 아련이 얼굴두 둥글둥글 복스럽기만 하구요, 담장 너머에서두 뵈는 파초처럼 키두 썩 커졌어요. 싱싱하게 물오른 파초가 아무리 좋아 보여두 아련이만은 못했지요. 그래두 파초가 아련이 같구 아련이가 파초 같길래 나두 꽤나 공을 들였어요. 아련이는 마당에서 놀기두 하구 툇마루에 걸터앉아 볕을 쬐기두 하믄서 아주 쬐가 대글대글해졌어요. 등을 내밀믄 홍,

나 애기 아니야! 하믄서두 그 보드라운 몸을 착 갖다 붙이군 했지요. 손바닥에 닿는 그 조그마하구 말랑거리는 궁둥이라니! 어디 한 군데 이쁘지 않은 데가 없겠지요. 내가 짓는 밥이 아련이 고 오물거리는 입으로 들어가구, 내가 짓구 빠는 옷가지가 아련이 몸에 척하니 입혀지구 할 때, 아아, 그 마음이야, 내가 말루는 다 못해요. 그럴 때믄 평생의 기쁨과 행복이 샘솟듯 솟아나 장마철 개울인 양 흘러넘쳤지요. 그 시절이 영원하기만을 바란 것이 당치 않은 욕심이었을까요.

아련이가 다섯 살이 되었을 때 우리는 영영 이별을 하게 되었어요. 그때야 그게 영 이별이 될 줄두 몰랐지만요. 워낙에 철원 출신인 주인 양반이 낙향해버린 거여요. 생각해보믄 얼마나 수상쩍은 세월이었던가요. 나이 여섯에 이역만리 우라지오에서 아버지를 잃구, 아홉에는 어머니마저 잃은 주인 양반은 고생두 그런 고생이 없었던가 보아요. 버젓하니 일가를 이루구 기와집에 산다구 다 몇천 석을 지구 나지는 않은 거지요. 아니, 애초에는 한다하는 집이었다나요. 그 재산을 글쎄, 아버지가 모조리 큰일에다 쏟아부었다는군요. 그래 그런지 고생에 찌든 얼굴은 아니어요. 그저 배운 사람답게 상스러움이란 바늘 끝만큼두 찾아볼 수 없이 귀티가 밴 얼굴이었지요. 일찍이 고아가 된 탓이겠지만, 우묵하구 커다란 눈망울에는 어쩐지 알 수 없는 그늘이 있기는 했어요. 그런 양반이 어렵게 이룬 걸 다 버려두구 낙향을 하는데, 사람이 염치가 있지, 아무리 아련이 때문에 가슴이 저며두 차마 따라붙지는 못하겠어서 나는 이 집에 그냥 남게 된 거지요. 그때만 해두 돌아올 줄 알았답니다. 아니믄 철원에 자리잡구 난 후에 내가 갈라구두 했지요. 잠시 이별인 줄 알았다니까요. 이렇게 될 줄 알았더라믄 염치구 뭐구 몰래라두 따라붙는 거였는데 말여요.

그러구러 이 큰 집에 혼자 남게 되었어요. 아궁이 방에 그저 숨어 있었어요. 밤인지 낮인지두 잘 모르겠는 방에 몸을 부치구 마음두 부치구, 밤이믄 바람 소리에 먼 철원 땅 어딘가에서 아련이 목소리가 실려 오지나 않을까 귀를 기울이군 했지요. 예서 철원이 어디라구 말이어요. 눅눅한 아궁이 방에서 내가 앉았는지 누웠는지두 모르겠는데, 그 애의 얼굴만 어둠 속에 보애요. 그 애는 어쩌믄 그렇게두 천천히 자랄까요? 도무지 떠날 때와 달라지지를 않네요. 아, 아마두 시간이 아직 얼마 지나지 않은 게지요?

언젠가는 갑자기 만세 소리가 들려오겠지요. 우르르 하는 발소리가 오가구, 수군수군하는 동네 사람들 말소리 끝에 천황이니, 항복이니, 폭탄이니, 독립이니 하는 말들이 천지 풍파처럼 이리저리 날아다녀요. 딱 드는 생각이, 그럼 이제 우리 아련이두 주인 양반을 따라 다시 이 기와집으루 돌아올 테지, 여름이믄 툇마루에 앉아 봉숭아 물을 들여야지, 그 예쁜 손가락을 깨물어주구 싶은 걸 꾹 참구 실을 처매주믄 말간 눈

까풀이 사르르 내려앉는 걸 보게 될 테지, 하는 거여요.

또 언젠가는 아주 지함이 되듯 벽이 울리구 바닥두 울리구 온 집이 부르르 떨어요. 몇 번 그러다 그치려니 하기엔 콩 볶는 듯한 소리가 또 불안하게 계속되겠지요. 그러구는 고요해져요. 참말루 고요라는 게 뭔지 나는 그때 제대루 알았어요. 새소리두 물소리두 들리지 않는데 사람 소리야 말해 무엇 하겠어요. 나는 점점 까부라졌던 건지 아니믄 벌써 시궁쥐에게 뜯어 먹힌 건지 암만해두 알 수가 없어요. 아무리 해두 아궁이 방에서 나갈 수가 없어요. 손두 발두 보이지 않아요. 그저 어둑하구 축축한데, 우리 아련이 얼굴만, 아니, 발갛게 봉숭아 물이 스민 손가락두 눈앞에 떠다니네요. 조용해요. 어찌 이리두 조용할까요? 그러다 까무룩 잠이 들었던 걸까요? 사람 소리가 다시 들려요. 두런두런하는 소리가 커졌다 작아졌다 해요. 집을 손을 보랴는지 부산한 기운이 전해지구 사람 사는 냄새가 나요. 희미하게 꿈결인 양 밀려왔다가 어느새 가뭇없어지는 소리가, 냄새가, 땅과 벽으로 느껴지는 울림이 아득하구두 아득해요.

주인 양반이 회합장에 모인 사람들 앞에서 하라는 연설은 않구 춘향전 한 대목을 읽구 내려와버렸다구 누가 그러네요. 그게 언제 적 일인지 모르겠어요. 그 점잖던 양반이 그 일루 단단히 미운털이 박혔다네요. 주재소에 뻔질나게 불려가구 좋아하던 낚시두 마음대루 못 다니게 되었다나 봐요. 또 누가 그래요. 주인 양반이 소련에 다녀왔다구요. 소련이 어딘구, 했더니 그게 바로 노서아라는군요. 어릴 때 아버지를 잃은 그 노서아에는 왜 갔을까요? 도무지 모를 일투성이어요. 그 양반은 결국 북쪽 어디에 자리를 잡구 지냈다는데, 그러다가 세상에, 몹쓸 변을 당했다나 봐요. 대체 무슨 죄를 지었다구 그랬을까요? 그 양반을 내가 잘 알아요. 어디 가서 개미 한 마리 못 죽일 양반을 세상에나…… 무서운 일이어요. 무섭구말구요. 아아, 그러니 우리 아련이가 어떻게 됐겠어요? 내가 그 생각만 하믄 숨이 안 쉬어져요. 내가…… 숨이…… 제발 누가 얘기 좀 전해주믄 좋으련만…… 우리 아련이는 지금쯤 어쩌구 있을까요? 대체 지금은 몇 살이나 되었을는지…… 혹시 벌써 시집갈 때가 된 건 아닐까요? 아, 이불을…… 목화솜이든 명주솜이든 이불을 꿰매줘야 할 텐데요…… 원앙금침을요……

낯선 발소리가 그치질 않아요. 소리는 제각각 많기두 하지요. 왜 이렇게 드나드는 사람이 많은지 모르겠어요. 대체 무슨 일이 벌어진 건가요? 벌써 언제부턴가는 일본말두 왕왕 들리지 뭐여요. 다까라 고노 가오꾸가 유메이나 쇼세쓰까 이상노…… 소오데쓰까…… 스고이……(그러니까 이 집이 유명한 소설가 이씨의…… 그렇습니까…… 멋지군요……) 참 이상두 하지요. 해방이 되구, 시간이, 여기가 밤낮없이 캄캄하니, 게다가 내가 자는 건지 깨어 있는 건지두 분간이 되질 않으니, 얼마나 흘렀는지 모르지만, 그놈들이 다 쫓겨난 게 언젠데 일본말이 어떻게 다시 들리지요? 그때마다 내가 아주 이가 갈려요. 그놈들만 아니었으믄 우리 아련이가, 주인 양반이, 이 집을 왜 떠났겠어요? 당장이라두 쫓아나가 그놈들의 멱살이라두 잡아채구 싶지요. 그래, 벌떡 몸을 일으켜보는 거지요. 그런데요. 어떻게 해야 몸이 일으켜지는지 당최 모르겠네요. 몸이…… 내게…… 있기는 한 건가요?

여기가 성북동이 맞지요? 그 날아갈 듯한 기와집의, 아무두 모르는 아궁이 방이 맞다니까요. 그런데 말이어요. 당신들은 대체 누군데 나두 가물거리는 아련 아비 이름을 들먹거리나요, 들먹거리길? 달밤에 그이가 담배를 다 퍽퍽 빨믄서 지나갔다구요? 노래를 부르믄서요? 사……게……와 나…… 미다까 다메이……끼……까……(술은 눈물인가 한숨인가)?

* 이 소설은 상허 이태준 선생을 기리고자 썼습니다. 선생의 단편소설 「달밤」과 「아련」에서 인물과 상황을 차용하였습니다.
* 연희문학창작촌에 입주한 시기에 쓴 글입니다.

# 여행시절(旅行時節)

죽영이 살던 곳도 기숙사였다. 캠퍼스 동문을 나와 큰길 쪽으로 걸어 내려오면 왼쪽에 죽영이 있는 납작하고 긴 이층 건물이 보였다. 내가 든 기숙사는 오른쪽에 있었다. 운동부 숙소였던 그곳은 전혀 기숙사답지 않게 생긴 단독주택이었는데, 대문은 없었던가 늘 열어두었던가 그랬다. 그와 달리 건너편 여학생 기숙사의 대문은 밤 열시면 어김없이 닫혔다. 초록색 철제문에 붙어 안쪽을 들여다보는 지각생들이 밤마다 한둘 보인다고 했다. 문은 지각생들의 애를 태우며 이십 분가량 굳게 닫혀 있다가 다시 열린다고. 학생들은 잔뜩 주눅이 든 모양새로—아마 그것은 꾸며낸 모습이었을지도—잠깐의 꾸지람을 듣고 사감의 눈치를 살펴가며 조용히 방으로 들어갔을 것이다. 그리고 방문을 닫자마자 오늘의 지각에 대해 무용담을 펼치듯 룸메이트와 수다를 떨었을 것이다.

　나도 모르게 빙그레 웃음이 지어졌다. 기숙사란 곳은 어디나 다 똑같은지도 모른다. 나는 잠시 책을 엎어두고 창밖 멀리로 눈길을 보냈다. 길 건너 야산은 아직 아무 빛도 얻지 못했다. 군데군데 무리 지은 리기다소나무만이 겨우내 지친 솔잎을 매달고 있었다. 솔잎은 초록이되 싱그러운 맛이 없다. 영하 이십 도를 예사로 찍곤 했던 추위에 시달려서인지 피로해 보였다. 바싹 마른 활엽수 가지 끝에 봄물이 한껏 오른 새순이 눈을 틔울 즈음이면 솔잎도 생기를 되찾을 것이다. 기숙사에 살던 시절의 나는, 우리는, 그 새순처럼 연둣빛 물이 올라 날마다 싱그러웠고, 마음은 아직 여리고 순했다. 내가 이 년간 살았던 기숙사도 정확하게 밤 열시면 문을 닫았다. 문은 그 자체로 시계나 다름없었다. 철문이 닫히기 전 가까스로 세이프 인, 그러고는 룸메이트와 함께 그날의 주요 사건을 복기하던 밤들이 파노라마처럼 펼쳐졌다. 그때의 천진했던 표정들과 쓸데없이 진지했던, 그러나 짐짓 진지함은 감춰둔 채 시시껄렁한 잡담들로 채우곤 했던 밤들. 그러다 어느 밤인가는 각자의 우울과 감상으로 빠져들어 헤드셋 안으로 숨어들거나 이불을 머리끝까지 끌어올리곤 하던 밤들. 우리는 적어도 함부로 던져진 인생은 아니었다. '왜 하필 이 시대에'라고 말하기에는 그전 시대보다 나았고, 혹은 풍요로웠고, 무엇보다도 그 시절이야말로 오랜 인내 끝에 도달한 종착점이라는 느낌이 강하게 작용했다. 그것이 출발점의 다른 이름임을 모를 정도로 바보들도 아니었고. 부산한 식당에서 규격화된 식판을 들고 앉는 우리들에게, 같은 공간에서 같은 메뉴를 매일 공유한다는 견고한 동질감과 대화 중 무시로 튀어나오는 다양한 사투리로 인한 이질감, 그리고 아무도 말하지 않았지만 약간의 엘리트 의식이 기본값으로 깔려 있었음을 부정하기는 어렵다.

엎어두었던 책을 다시 들어 제목을 새삼스럽게 확인했다. 『旅行時節(여행시절)』. 테마 소설집인 책은 중국의 신진 소설가들이 아시아 각국의 여행을 모티프로 쓴 단편소설 열 편을 담고 있다. 일본과 싱가포르, 말레이시아, 베트남, 타이, 캄보디아가 이어졌고, 한국은 그다음이었다. 나는 도입에서 벌써 이야기 속으로 빨려들고 말았다. 급한 번역이라고는 했으나 한 편 한 편 읽는 동안 마음이 시나브로 한가로워져서, 마치 진짜 여행이라도 떠난 듯 느긋해진 차에 위의 대목을 맞닥뜨리자, 이 독서가 일이라는 생각마저 잊을 정도였다. 아닌 게 아니라 작업 책상에 앉지 않고, 소파에 깊숙이 등을 묻은 채 커피를 마시며 책장을 넘기던 중이었다.


학생도 교수도 타이완에서 온 럭비선수를 흥미로워했지만 정작 나는 운동부 외에는 누구와도 친해지지 못했다. 단지 한 명 죽영을 제외하곤. 길 건너 기숙사에 살던 그 아이. 한국을 떠나오기까지 끝내 가보지 못한 남쪽의 도시에서 올라왔다던 죽영을 알게 된 것은 같은 럭비부였던 그 지역 출신의 현 덕분이었다. 녀석은 팀의 에이스였다. 덩치 하나로 덤비는 나와는 수준이 다른 운동신경과 균형 잡힌 신체를 갖고 있었고 성격도 쾌활한 편이었다. 럭비는 거친 운동이지만 운동장을 벗어난 녀석에게서는 거친 구석이라곤 찾아볼 수 없었다. 특히 죽영과 함께할 때면 땀내 나는 운동복이 아닌 폴로셔츠에 면바지 차림으로 프레피 같은 느낌을 풍겼다. 녀석의 등번호는 2번. 2번은 후커였다. 1번인 내가 스크럼에서 밀리면 녀석이 후커로서 제 역할을 하기 어려웠기 때문에, 녀석과 어깨를 걸고 상대 팀과 겨루다 보면 마치 팀 전체가 아니라 녀석을 위해 온 힘을 쥐어짜내는 듯한 착각이 들기도 했다. 어쨌거나 스크럼에서 버티기, 그 하나의 기대로 덩치만 컸지 운동신경은 다른 선수들에 못 미치는 나의 유학이 순조롭게 성사되었던 것이니만큼, 어떤 일이 있어도 밀릴 수는 없었다. 타이페이의 가장 유명한 딤섬 가게에서 내가 달성하고 또 경신한 딤섬 많이 먹기 기록은 이후 이십 년간 깨지지 않았는데, 그 기록이 바로 그 무렵에 세운 것이었고, 나는 그야말로 딤섬 먹던 힘까지 쥐어짜내며 필사적으로 버텼다. 내가 녀석과 함께, 그리고 우리 팀과 함께 딤섬 먹던 힘까지 짜내봤자 아무도 주목하지 않았다. 럭비는 비인기종목이었다. 그러나 가을이 되어 경쟁 학교와의 정기전이 열리면 그때만큼은 반짝 관심의 대상이 되었다. 양교 학생들은 경기 규칙도 잘 모르면서 그저 고래고래 응원가를 부르는 재미에 럭비를 관전했지만 말이다.

여기까지 읽었을 때 기대었던 등을 곧추세웠다. 의심의 여지없이 내 모교의 이야기였기 때문이다. 게다가 대만에서 유학 온 럭비선수, 1번 포지션, 기숙사, 라는 단어에서는 삼십 년 넘게 잊고 있었던 그 아이를 떠올리지 않을 수 없었다. 작가의 이름을 다시 확인했다. 주하오. 중국의 신진작가. 작가는 94년생이었다. 출생지는 언급되지 않았고 창작을 시작한 지 몇 년 되지 않은 듯했다. 우리 나이로 이제 겨우 스물여덟이니 그럴 만했다. 기숙사의 문을 열시에 닫았다는 건 당대의 이야기가 아니라는 뜻이다. 그 나이의 작가가 이런 소설을 쓰려면 당연히 취재를 바탕으로 했을 것이다. 본인의 체험이 아닌, 가까운 사람의 추억에 기댄 이야기일 가능성이 높다. 나는 자연스럽게 작가의 이름을 다시 살피게 되었다. 정확하게는 성을. 중국에서 주씨는 흔한 성이다. 이제 약간의 추리마저 막혀버렸다. 그보다 아주 황당한 점은 그 아이의 성을 내가 기억하지 못한다는 것이다. 곰곰이 기억을 뒤적여본 결과 기억을 못하는 게 아니라 처음부터 아예 몰랐다는 사실을 깨달았다. 우리는 이름만으로 서로를 불렀고 그 아이의 경우에는 아마 끝 글자였을 '완'이라고만 했으니. 완. 1번 포지션에 그보다 잘 어울리는 이름이 있을까. 그런데 이것이 정말 내

모교의 이야기가 맞는가? 럭비부를 보유한 대학이 몇 군데나
될까? 학교의 동문으로 내려가다 만나는 왼쪽의 여학생 기숙
사와 오른쪽의 럭비부 기숙사라면 모교의 사정과 일치한다.
그렇다면 이 소설의 시간적 배경은 구체적으로 언제인가? 94
년생 작가라면 어쩌면 완의 아들이나 조카일 수도 있을까?
혹은 그렇게 가까운 관계는 아니더라도 어떻게든 연결된 사
이가 아닐까?

　완은 후커인 현과 곧잘 어울렸다. 초등학교 동창인 현은 수
줍음이 많은 아이였지만 내게는 그렇지 않았다. 우리는 같은
동네에서 오래 살았고, 주류도매상이었던 현의 집 창고에서
함께 공기놀이나 딱지치기를 하기도 했다. 중고등학교 육 년
간의 공백을 메꾸는 건 일도 아니었다. 현은 고향에서 제법
유지로 통하는 집안 배경을 잘 아는 내가 반갑고 든든한 모양
이었다. 나 또한 조금은 파란 꿈을 품고 상경했다지만 가끔
두렵고 막막해지던 서울 생활에서 현 같은 친구, 급할 때는
듬직한 보디가드 역할까지도 기꺼이 수행해줄 친구가 고마웠
다. 게다가 오로지 진학을 위해 축구에서 전향하여 비인기종
목을 택한 현은 그에 대한 열등감을 은근히 내비칠 때가 있었
는데, 운동부가 아닌 친한 친구가 있음을, 그것도 여학생임
을, 자랑스럽게 생각하는 눈치였다. 현은 그 정도로 순진하달
까, 순수하달까, 한 면모를 지니고 있었다. 그런 현이 완과 붙
어 다니는 일은 자연스러웠다. 우리말이라곤 욕만 유창하다

며 완을 놀려먹는 현과 무슨 말인지 제대로 알아들었을까 싶게 말이 서툰 완은 나란히 앉아 어깨를 치며 장난질을 했다. 그들이 서로의 어깨를 칠 때면 툭, 툭, 이 아니라 퍽, 퍽, 하는 소리가 나면서 넘치는 힘과 여유가 내게까지 전해졌다.

기숙사에서 몇 걸음 내려가지 않은 큰길가에 제과점이 둘 있었다. 하나는 영문 이름이었고 하나는 한글, 정확하게는 한자음을 한글로 쓴 이름이었다. 딸기빙수를 먹던 어느 봄밤, 한자를 냅킨에 써주었을 때 완은 대만식 발음으로 읽어주었다. 리화탕. 리화는 길 건너 학교의 이름이었지만 우리가 주로 만났던 밤 아홉시경에 자리를 차지하거나 빵을 사러 들르는 손님은 거의 기숙사 학생이었다. 그들 중 누구도 완과 현의 앞에 수북하게 쌓인 만큼의 빵을 먹거나 사지 않았다. 완과 현은 그 시간까지 남아 있던 빵을 언제나 종류별로 두 개씩 쟁반에 담았다. 한 시간은 그 빵을 해치우기에 너무 긴 시간이었다. 두 사람은 내가 빵 하나를 천천히 먹는 동안 비어버린 쟁반을 앞에 두고 싱글거리며 기다렸다. 마치 굉장한 목표를 조기 달성이라도 한 양 의기양양한 미소였다. 완은 자주 딤섬 가게의 기록을 자랑삼아 말했는데 내가 그 내용을 정확하게 다 알아들은 건 두 학기도 더 지나고 나서였다. 중어중문과 학생이라고는 해도 내 중국어 실력이 완의 우리말 실력보다 나을 것도 없었기 때문이다. 게다가 나는 중국어 욕은 하나도 하지 못했다. 물론 우리말 욕도 못했다.

니가 중국을 알아? 너는 대만이잖아? 죽영은 가끔 도발적인 말도 서슴없이 했다. 본성인은 말하자면 대만 토박이 같은 존재들이라 뒤늦게 대륙에서 건너온 외성인을 싫어했다. 일본이 패망한 후 요직은 인구 비율로는 얼마 되지 않는 외성인들이 모조리 차지하다시피 했고, 이런저런 역사적 불행이 거기 관련되어 있었다. 죽영의 질문은 단순한 문장이었으나 그 내용은 너무 많은 것을 건드렸다. 저 질문에 대한 답이라면 모국어로도 원활하게 할 자신이 없었다. 내가 할 수 있는 건 똑같은 문장구조로 된 반문이었는데, 나중에 생각해도 그건 더할 수 없이 훌륭한 반격이었다. 니가 북한을 알아? 너는 남한이잖아? 죽영은 아니, 그건 다르지, 어떻게 그게 같아? 라고 발끈하면서도 중국어로도, 한국어로도 설명하지 못했다. 우리의 모국어가 다르고 또 우리의 외국어가 서툴다는 사실은 얼마나 큰 행운이었던가.

이쯤에서 출판사로 이메일을 보내볼까 하는 유혹에 시달리기 시작했다. 작가들의 정보를 좀 더 알려줄 수 있는지, 혹은 한국 편을 쓴 주하오 작가의 이메일 주소를 알아봐줄 수 있는지 물어볼까 망설였다. 번역을 하다 보면 저자에게 따로 연락을 취할 일이 더러 생긴다. 치명적 오류를 방지하기 위해서인데, 나로 말하자면 상황이 허락하면 곧잘 질문과 의논을 해온 편이다. 특별히 까다로운 저자가 아니라면 흔쾌히 답을 주었고, 에이전시와 출판사를 징검다리처럼 거쳐서 소통하는 경우도 있었다. 그런데 뭐랄까, 이번 같은 테마 소설집은 그렇게까지 어려운 번역이 아니어서 단지 작가에 대한 호기심으로 따로 연락을 시도하기가 마뜩잖았다. 공과 사의 구분이라고나 할까. 궁금증은 순전히 개인적인 문제에 불과하니까.

작가가 완의 아들이라도 된다면, 혹은 조카라도 된다면, 그건 중요한 일일까? 삼십여 년 동안 한 번도 보지 못했을 뿐 아니라 기억에서조차 먼지를 뒤집어쓰고 있던 완. 심지어 이젠 현조차도 어디서 어떻게 살고 있는지 모른다. 꼭 알아야만 한다면 고향의 가족을 통해 수소문해볼 수는 있을 것이다. 그러나 굳이, 그렇게까지 해서 연락이 닿는다면, 그다음은? 몇 번 반갑게 만나거나 가끔 문자로 안부를 주고받을 수도 있을 것이다. 그러나 그다음은? 끊어진 인연을 잇는 행위가 초래하게 될 불편함과 어색함, 그리고 어떤 잉여의 느낌이 얼마나 시시한지 조금은 안다. 최근 몇 년간 SNS를 통해 연결된 과거의 몇몇 인연들이 내게 가르쳐주었다.

그 학교의 진정한 축제는 가을에 열리는 경쟁 학교와의 정기전이었지만 봄에 열리는 축제도 놓칠 수 없는 재밌거리였다. 죽영과 현은 그 며칠 전부터 축제 때 한몫 잡아야 한다며 들떠 있었다. 셋이서 할 수 있는 '한몫 잡기'에 뭐가 있을지 두 사람은 밤마다 머리를 맞댔다. 현의 집에서 술을 가져다 팔기엔 일이 너무 크

고 복잡했다. 내가 서울에 오고 나서 가장 놀라웠던 사실은 수많
은 학생들이 목숨이라도 걸 듯한 기세로 술을 퍼마시는 것이었
다. 대만의 대학생들은 상상하기 어려운 일이었다. 학교 앞은 골
목골목 술집으로 흥청거렸고, 술을 파는 카페는 해가 뜰 때까지
문을 여는 곳도 있었다. 그런 분위기에서도 술에 관해서라면 우
리 셋 누구도 집착하지 않았다. 우선 현과 나는 재미가 없었다.
아무리 마셔도 취하지 않아서였다. 취하지 않는 술을 마시기란
끊임없이 물을 마시고 화장실을 들락거리는 것과 별로 다르지 않
았다. 공짜인 물에 비해 술은 너무 비싸다는 것도 이유였다. 우리
용돈으로는 끝 간 데 모르는 주량을 감당할 수 없었다. 죽영은 술
보다 커피를 즐겼고 한 잔으로도 빨개지는 얼굴 때문에 술을 부
담스러워했다. 단정한 아이였다.

축제가 시작되기 전날 밤 우리 셋은 학교 앞 으슥한 카페에 모
였다. 죽영이 사탕과 각종 부자재가 든 커다란 비닐 보따리를 들
고 나타났다. 사탕 부케를 예쁘게 만들 수 있다고 한 사람은 죽영
이었다. 현과 내가 그런 걸 만들 수 있을 리 만무했지만 죽영은
자신이 가르쳐주겠노라 호언했다. 커피 한 잔씩으로 밤새 자리를
차지하기엔 우리도 염치가 있었으므로 맥주와 안주를 시켜두고
탁자와 빈 의자 위에 재료를 수북하게 올려두었다. 죽영의 솜씨
는 썩 훌륭했다. 우리는 옆에 앉아 술만 축냈던 것 같다. 럭비공
이라면 좀 다룰 수 있었을까. 자잘한 사탕과 조화, 리본 같은 것
들은 보기만 해도 배 속이 간질거렸다. 초록 철사로 사탕과 꽃을

엮고 리본으로 묶을 때 죽영은 미간을 찌푸리며 입술을 옴지락거렸다. 나는 도리 없이 죽영의 입술을 훔쳐보았다. 죽영이 눈치채지 않도록, 현이 절대 알아차릴 수 없도록.

그 밤이라면 지금도 또렷이 떠올릴 수 있다. 기숙사에 외박 신청을 하고 결전에 임하는 마음으로 카페에서 지샌 그 밤의 어떤 목소리가 아직 남아 있기 때문이다. 어둑한 조명 아래 부실한 어깨높이 칸막이 너머에서 들려오던 그 목소리. 아주 낮게 웅얼거리던 젊은 남자의 말투는 단호했으나 한편 비열했다. 아니, 비열했던 것은 말투가 아니라 말의 내용이었지. 잘 알겠지만 혹시 이 일이 드러나더라도 나는 모르는 일이다. 나는 이미 학생이 아니라 사회인이니까 이해해줄 줄로 믿는다. 부디 끌어들이지 말라. 목소리의 주인을 상상했다. 조명의 빛깔을 고스란히 반사하는 하얀 와이셔츠에 졸라맨 넥타이, 희멀건 얼굴과 기다란 손가락, 차가운 금속 안경테까지. 내가 떠올릴 수 있었던 이미지란 얼마나 가소로운 클리셰였던가. 잘 알지도 못하면서 환멸과 혐오로 곤두선 신경은, 부정할 수 없이, 불안과 두려움의 다른 형태였다. 현과 나는 칸막이 너머의 목소리가 이쪽과 무관한 세계라 생각했으나, 동시에 무관하지 않은 현실임을 알았다. 그리고 '알고 있음'을 탁자 아래의 끈끈한 바닥에 내려놓았다.

그들이 떠난 뒤 카페의 사장은 '사회인'을 욕했다. 어린 학생이 위험을 모조리 뒤집어쓰도록 종용하는 게 정의고 민주냐. 저게 후배에게 할 짓이냐. 개새끼. 탁자 위에 어지럽게 흩어져 있는 사탕과 조화와 리본을 숨기고 싶었다. 우리가 자리를 뜨고 나면 사장은 또 한바탕 걸쭉한 욕설을 뱉을지도 몰랐다. 때가 어느 땐데 저따위 짓을. 어쨌거나 5월이었는데. 백양로에 철쭉이 흐드러지던 5월이었는데. 화염병을 드는 학우가 있다고 해서 사탕 부케 따위를 만들면 안 되는 거였을까. 그런 식이었다. 우리에게 뭉텅이로 주어진 자유와 젊음, 소리내어 말하기엔 다소 유치한 낭만. 이런 것들은 항상 위협받았다. 최루탄 입자가 매캐하게 남아 있는 캠퍼스의 공기와 지나치게 자주 맞닥뜨리는 대자보의 절박함과 목덜미를 잡아채는 확성기 소리에. 그 결과 우리는 숨을 조금 죽이며 고개를 약간 떨어뜨리는 자세를 갖게 되었고 그 때문에 자주 주눅이 들었다.

밤이 깊어질수록 카페의 공기는 탁해졌다. 간헐적으로 이어지던 대화는 마침내 완전히 중단되었다. 거의 혼자 만들고 있던 사탕 부케는 이미 흥이 깨져버린 놀이였다. 나는 괜한 짓을 시작했다는 후회와 시작한 건 끝을 맺어야 한다는 오기 사이에서 졸음과 싸웠다. 졸음은, 알다시피 싸움의 상대가 아니다. 흠칫 놀라듯 잠에서 깨어나 보니 완은 고개를 젖힌 채로, 현은 탁자에 엎드린 채로 잠들어 있었다. 우리 외의 손님은 없는 듯했고 사장도 조는지 음악마저 끊어져 있었다. 우리는 불과 몇 시간 만에 패잔병처럼 어깨를 늘어뜨리고 기숙사로 돌아왔다. 현은 담벼락에 늘어진 개나리 가지를 공연히 후려쳤다.

다음 날 열 개의 사탕 부케를 들고 학교에 도착한 우리는 이미 한몫 챙겨보자는 의욕을 상실한 상태였다. 노천극장 입구에 나란히 주저앉아 조금 졸았던 것 같다. 어휴, 그만 졸고 가자! 현이 머리를 툭 건드렸다. 나는 현과 완의 빈손을 물끄러미 보았다. 둘은 손바닥을 활짝 펼쳐 보이며 씩 웃었다. 다 팔았어. 이런 걸 사는 정신없는 놈들이 열 명이나 있더라고!

럭비는 경쟁 학교와의 정기전이 아니면 관중이 없었다. 경기 자체도 많지 않았다. 농구만 해도 선수들은 젠체하기에 좋았다. 여자 친구와 여자 친구의 친구들, 그들의 남자 친구에게 선심을 쓰며 입장권을 건네는 그들의 미래는 탄탄했다. 경기도 자주 열렸다. 야구부는 더욱 화려했다. 졸업과 동시에 프로팀에 스카우트되는 것이 정해진 순서였다. 그들에게 입장권 선심 따위는 아무것도 아니었다. 야구부에는 이미 엄청난 스타들이 여럿 있었고 그들은 엘리트 중의 엘리트였다. 아이스하키의 경우는 여러모로 달랐다. 태릉에서 열리는 경기의 입장권은 아무나 구경할 수 없었는데, 중요한 건 그런 분위기가 아니었다. 아이스하키 선수들은 누구랄 것 없이 벌써 진로와 상관없이 너무 많은 것을 누리고 있었다. 그것들은 대부분 출생과 동시에 결정된, 그들의 정체성을 구성하는 요소였다.

비정기전은 오류동의 럭비 전용구장에서 열렸다. 양 팀의 선수와 최소한의 스태프만 참가하는 조촐한 경기였다. 어떤 때는 쓸쓸하기까지 했다. 죽영이 나타나지 않을 때 그랬다는 말이다. 학교에서 럭비구장까지 지하철과 버스를 갈아타가며 도착한 죽영의 출현에는 모든 선수들이 함성을 지르고 휘파람을 불었다. 그야말로 왕림이라 할 만했다. 현이 죽영이 앉은 (다해봐야 몇 단되지 않는) 스탠드로 뛰어가 인사를 나눌 때는 함성이 시기 어린 야유로 바뀌었다. 현이 혼자 뛰어가버렸기 때문에 나는 뒤따를 기회를 놓치고 말았다. 이삼 분도 채 안 되는 짧은 시간 동안 어떻게 할까 망설이기만 하다 죽영이 손나팔을 만들어 완! 파이팅! 하고 외쳤을 때 쭈뼛거리며 양손을 들어 올렸다. 야유의 대상은 현에게서 나로 바뀌었다. 나는 귓불과 얼굴, 그리고 아마 발뒤꿈치까지 빨갛게 달아올랐을 것이다.


언제나 짧은 토막말만 주고받았던 완에게, 체중이 백 킬로가 넘는다던 완에게, 이렇게 섬세하고 부드러운 내면이 있었다는 당연한 사실을 나는 편리하게도 어느 정도 무시했던 것 같다. 변명하자면 우리의 소통이 그 정도 수준을 넘어설 수 없었기 때문이라고 하겠다. 그럼에도 불구하고 우리는 분명히 친한 사이였다. 거의 매일 밤 제과점에 모여 빵을 나누고, 약간은 들뜬 공기를 함께 호흡하고, 때로는 엉망이 된 기분을 위로하는 시간을 공유하던 사이를, 글쎄, 친하다고 할 수 없다면 대체 어떤 사이가 친한 사이인가. 그러나 친하다는 단어만으로는 무언가 명쾌하지 않은 어떤 느낌이 그때 존재했었음을 이제 와서 더듬어보기에는 너무 멀리 왔다. 완은 지금 어디에 있는지. 아마도 대만에 있겠지만, 그러나 그의 생존마저도 장담할 수는 없는 일 아닐까. 같은 과 동기 둘의 때 이른 부고가 요 몇 년 내 불청객처럼 찾아들었으니. 게다가 그와는 무관하게 완과 나의 기억은 어딘가에서 만나 얼마간 나란하다가 어딘가에서는 어긋날 것이다. 이를테면 이런 장면을 완은 제대로 기억하지 못할 것이다.

현이 바닷가의 콘도를 예약하고 우리는 기차에 올랐다. 여행 경비는 축제 때 사탕 부케로 챙긴 '한몫'으로 충당했다. 1박 2일의 짧은 여행에서 내 기억에 뚜렷이 남은 사건은 딱 하나뿐인데 그건 바다도 아니고 오가는 여정도 아니다. 콘도의 발코니에 조르륵 앉아 컵라면을 먹었던 일이다. 현을 가운데 두고 앉아 멀리 철썩이는 파도를 눈에 담으며. 나는 그렇다 쳐도 현의 속도조차 완에게는 상대가 되지 않았다. 삼 분간 기다려 익힌 면발을 완은 그보다 짧은 시간에 들이마시듯 해치우고 일어섰다. 그 순간 옆 발코니에서 들려온 탄성. 아, 혼자가 아니야! 두 명이나 더 있었어! 완의 몸집에 가리었던 현과 내가 동시에 그쪽으로 고개를 돌렸다. 라면 가락을 입에 문 채였다. 그들은 웃음을 터뜨리며 실내의 일행에게 이 재

미난 상황을 전하러 급히 들어갔고 완은, 잘 모르겠다. 그때
는 완이 그들의 말을 못 알아들어 안타깝다고 생각했던가, 아
니면 다행이라 여겼던가. 다시 생각해보니 완이 그 상황을 몰
랐을 리 없을 것 같다. 완은 한 번도 말한 적 없었지만 거대한
몸에 대한 자부심과(그건 어쨌든 선수로서 유리했다) 둔중해
보이는 몸에 대한 열등감을 동시에 갖고 있었던 듯하다. 하지
만 이런 짐작은 나의 막연한 느낌일 뿐, 그때의 우리는 그런
조심스런 이야기를 기분 나쁘지 않게 나눌 수 있는 언어적 능
력도 태도의 세련됨도 갖추지 못했다.

5월이 되면 캠퍼스가 들끓었다. 내가 다닌 학교는 그 무렵 학생
운동의 메카가 되어 있었다. 넓고 긴 백양로로 통하는 정문에는
늘 전경들이 깔려 있었다. 어떤 때는 전철역 입구에도 진을 치고
있었다. 나는 주로 기숙사와 학교를 오갈 뿐이었지만 정문으로
등교를 하는 학생들은 수시로 가방을 열어 보이는 굴욕을 당했
다. 싸움이 격렬했던 날은 기숙사 방 안에도 최루탄의 매운 내가
가시지 않았다. 그렇더라도 내게는 남의 나라 일이었을 뿐이다.
우리가 2학년이었던 그해는 분위기가 전과 사뭇 달랐다. 아무
도 내게 자세한 설명을 해주지 못했지만 그 정도는 알 수 있었다.
무언가 다급해 보였다. 기숙사나 운동장 바깥으로 몇 발짝만 내
디디며도 저 밑바닥에서부터 일어선 분노와 공포의 파도가 엄습했
다. 대만만큼은 아니어도 6월의 서울은 더웠다. 습하고 뜨거운 공

기가 운동장과 캠퍼스의 지표를 달구고 열기를 훅훅 뿜어 올렸다. 그날, 돌은 던지던 사람만 던지는 줄 알았던 우리마저 어느새 동문 근처를 벗어나 정문 가까이 가 있었다. 현은 한 번도 서보지 않았던 자리에 버티고 섰다. 럭비공을 던지던 팔로 돌을 던졌다. 현의 돌은 다른 누구의 것보다 멀리까지 날아갔을 것이다. 나는 학생들의 모습을 눈에 담으며 대열의 앞쪽까지 나아갔다가 뒤돌아 캠퍼스 안쪽으로 거슬러 올라갔다. 손수건을 접어 눈 아래를 가린 선두의 남학생들과 맨얼굴을 그대로 드러낸 남학생들을 거르고 재빨리 여학생들의 얼굴을 훑었다. 죽영은 보이지 않았다.

그날. 우리 동기였던 아이가 직격탄을 맞고 사경을 헤매고 있던 그날이었나 보다. 그때까지 큰 관심이 없거나 없는 척하던 여학생들이, 하이힐에 짧은 치마를 입고 전철 손잡이만큼 커다란 귀고리를 단 여학생들이, 대운동장으로 우르르 몰려갔다. 그들은 바위와 보도블록을 깨는 남학생들 옆에서 맨손으로 돌을 그러모아 양동이에 담았다. 코와 굽이 까진 구두에 내려앉은 뽀얀 먼지에 아랑곳 않고, 한 번도 자신의 일이라고 생각한 적 없었던, 적어도 그렇게 보였던 그들이, 곱게 손질한 손톱이 부러지도록 돌을 모으고 옮겨 담았다. 나도 그들과 함께였다. 땀과 눈물이 섞여 뺨을 타고 흘렀다. 우리는 눈 화장이 시커멓게 번진 서로의 얼굴을 보지 않으려 애쓰며 팔뚝으로 눈가를 문질렀다. 무섭다. 너무 무서워. 이제 그만 가자…… 간혹 울먹이는 목소리가 들렸다. 나도 무서웠다. 돌이나 화염병을 던지는 아이들은 얼마나 무서웠을까. 그러다 끌려간 아이들은 또 얼마나…… 직격탄을 맞은 아이는, 그 아이를 부축한 아이는……

입학 25주년이 되던 해에 홈커밍데이 행사가 열렸다. 그날 가장 반가웠던 얼굴들은 기숙사 친구들이었다. 한솥밥의 힘이란 얼마나 대단한 것인지. 우리는 대강당에 모여 신나게 아카라카를 외치며 응원가를 불렀다. 중년이 되어 외치는 아카라카는 예와 아주 다르지는 않았다. 「아파트」의 인트로인 초인종 소리가 울릴 때 우리는 광란의 함성을 내질렀다. 사회에서 맛본 좌절과 세월이 가져다준 회한을 털어내기라도 하려는 듯 함성으로 강당을 흔들었다. 마침내 흥분이 잦아들었을 때 우리는 다음 순서를 예감했다. 결코 잊을 수 없는 하나의 이름이 언급되었다. 그 아이는 모두의 가슴에 별이 되어 박혔지만, 뒤에서 부축하던 아이는 머리숱이 헐렁해진 중년이 되어 의자에 몸을 묻고 있었다. 사회자가 마이크를 들이대자 그는 숨을 몇 번 골랐다. 들숨은 처음부터 흐느낌이었다. 사회자가 다시 마이크를 자신에게로 옮겨갔으나 베테랑 아나운서답지 않게 아무 말도 하지 못했다. 살아 있는 우리 모두가 그 아이에게 갚지 못할 빚이 있음을 아프게 확인하는 순간이었다.


화려하게 차려입은 여학생들이 줄을 지어 한 곳으로 가는 모습이 보였다. 그런 차림새의 여학생 무리는 문과대 혹은 가정대에서 나 가능했다. 그렇다면 죽영도? 대운동장으로 흘러간 행렬을 쫓 았다. 죽영은 역시 거기 있었다. 나는 어디 그늘진 곳에 몸을 숨 기고 싶었지만 그늘은 없었고 쉽게 숨겨지는 몸도 아니었다. 아주 멀리에, 그러나 죽영의 모습을 확인할 수는 있는 곳에 섰다. 죽영 은 돌을 모아 양동이에 담으면서 팔로 계속 얼굴을 씻었다. 운동 장이란 원래가 땡볕임을 감안하더라도 죽영이 씻어낸 것이 땀만 은 아니었음을 내가 알아챘던가. 그때만 해도 그들의 저항과 싸움 을 나는 잘 알지 못했으며 알 필요도 없었다. 내게 중요한 건 제대 로 된 선수 생활과 그럴듯한 졸업장이었다. 하지만 그해 11월, 세 계적으로 유례없이 길었던 내 나라의 계엄이 해제된 일이 그날과, 그날의 죽영과 아무런 관련이 없다고 누가 말할 수 있을까.

여름 해가 뉘엿해지려면 한참 남았던 시각에, 운동장에서 돌을 나르던 행렬도 잦아든 그때, 구석에 아직 남아 있던 죽영에게로 갔다. 죽영의 얼굴은 땀과 눈물과 두려움과 피곤으로 엉망이었다. 집에 가자. 죽영의 손목을 잡아끌었다. 왜 집이라는 말이 툭 튀어 나왔을까. 기숙사로 가자. 백양로에서 기숙사로 가는 샛길로 접어 들 때까지 나는 집과 기숙사를 모국어와 외국어로 번갈아 되뇌면 서 걸었다. 숲과 야산을 가로지르는 샛길을 벗어날 즈음에야 죽영 은 손목을 거둬들였다. 학교 안과는 비교할 바 아니었지만 그쪽도 공기가 매캐했다. 죽영의 새빨개진 눈에 아직도 눈물이 맺혀 흘렀 다. 최루탄 때문이라고 변명조차 하지 못하던 죽영의 그 얼굴이 어떻게 그전까지의 어떤 얼굴보다도 맑고 순해 보였을까.

완은 그랬구나. 그때 완이 내 손목을 잡았었구나. 나로서는
전혀 기억나지 않는 일이다. 그날 완이 나를 기숙사 앞까지
데리고 왔던 것조차 명확하지 않다. 사실은 대운동장에서 기
숙사까지 언제 어떤 경로로 돌아왔는지 전혀 기억에 없다. 나
의 기억이 완의 것과 어긋난 것일까. 혹은 그 대목은 소설적
허구에 불과한 것이 아닐까. 어쩌면 완의 마음조차도 작가가
지어낸 건 아닐까. 소설의 내용을 현실로 착각하는 것만큼 어
리석은 짓도 없다. 어디까지 사실이고 어디서부터 허구인지
가늠해보려는 노력은 얼마나 부질없는가. 그것을 잘 알면서,
더욱이 이토록 오래전의 일을 두고, 나는 마음이 서서히 일렁
임을 느꼈다. 소설의 죽영이 나라는 사실은 의심의 여지가 없
었고 서술자는 분명 완이었으니까. 그렇다고 해도 지금에 와
서 일렁이는 마음은 무척 당황스러웠다. 아무리 그 마음이,
충분히 성숙하고 심지어 노화하고 있는 나의, 그 시절의 파릇
한 완을 향한 애틋함이라고 해도, 이건 무척 우스운 일일 터
이다. 럭비부에서는 나를 현의 여자 친구인 양 대했고 내 친
구들도 간혹 그런 태도를 보였다. 누구도 완과 나를 그런 식
으로 대하지는 않았다. 그랬다 한들 현과 내게 별다른 사건이
없었던 것만큼이나 완과도 마찬가지였을 것이다. 우리는, 아
니 나는, 그런 면에서 다소 둔한 편이었음을 부정하지 않겠

다. 그러나 소설에는 사실을 넘는 진실이란 것도 있지 않나. 그런데, 그렇다고 뭐가 달라지나.

책을 덮고 집을 나섰다. 산책할 시간이었다. 종일 책상에 앉아 있어야 하는 나는 눈과 허리, 목과 어깨가 총체적 위기에 처해 있었다. 침을 맞아보기도 하고 도수치료를 받아보기도 했다. 두 가지 모두 그때뿐인 임시방편 같아서 최근에는 오히려 운동에 의존하고 있다. 서울을 벗어나 남쪽의 조용한 동네로 이사를 온 후 오전 한 차례는 꼭 오래 걸었다. 얕고 좁은 개울 양옆의 산책로에 마스크를 쓴 주민들이 오갔다. 개를 데리고 나온 사람도 적지 않았다. 팬데믹이 해를 넘기고도 숙지 않아 어쩔 수 없이 역병에 익숙해진 주민들은 상대적으로 안전한 천변이나 호숫가로 쏟아져 나왔다. 마스크는 사람들의 표정을 가려주었다. 수십 년 삶의 이력을 새긴 얼굴을 숨기고 타인과 엇갈릴 때 나는 짜릿하면서도 한편 안심이 되었다.

봄볕은 다사로웠으나 바람은 아직 맵찼다. 며칠 전 내린 비로 불어난 물은 한결 경쾌한 소리를 냈다. 먼 곳과 가까운 곳을 바투 교차해가며 바라보면 눈 운동이 되어 그것도 좋았다. 노안의 진행 속도를 둔화시키려는 시도인데 효과가 있는지는 잘 모른다. 의식하지 않는 사이 시선은 가장 먼 지점으로 가 있기 일쑤였다.

징검다리를 이쪽저쪽으로 건너본다. 한참 걷다 보면 미친 듯 오르는 집값에 떠밀려온 주제에 마음이 넉넉해진다. 그동안 버둥거리며 매달려 있던 서울이란 곳은 어쩌면 허상일지도 모른다는 생각이 요즘 들어 부쩍 선명해졌다. 서울살이가 그랬다. 한때는 기특하게 뿌리를 내렸다고 확신했으나, 척박한 토양마저 비바람에 쓸려가버려, 정신을 차리고 보니 깨깨 마른 뿌리가 흉물스럽게 노출되어 있는 격이었다. 오래전 그때 우리는 각자 빛나는 별로 만나 하나의 별자리를 이룩했었는데.

죽영. 소설 속 이름을 가만히 발음했다. 현의 이름은 제대로인데 나는 왜 죽영인가. 완은 내 이름을 잘못 알고 있었던 걸까, 아니면 의도적으로 비슷한 이름을 지어낸 걸까, 그것도 아니라면 작가가 변형한 이름일까. 내 이름은 주경이다. '대죽, 꽃부리 영'이 아니라 '구슬 주, 빛 경'. 현이 주경이라고 부를 때 완은 죽영으로 알아들었던 것일까. 완이 정말 우리말의 연음을 이해했던 것일까. 이제 와서 그건 조금도 중요하지 않은 일이다. 요즘의 나는 이전에 중요하다고 여겼던 일이 전혀 그렇지 않음을 알게 되었다. 적어도 그렇게 느끼게 되었다. 하루 두 차례의 산책과 두 끼의 식사, 일정한 속도로 진행되는 일정량의 번역, 그리고 잠들기 전 볼 영화를 고르는 일. 굳이 정리하자면 이것들이 나의 중요한 일이다.

집으로 돌아온 나는 책을 다시 펴 들었다. 이건 내게 중요한 일이다. 소설의 내용 때문이 아니라 읽고 번역하는 나의 일상이라서.

중년의 한국 여성이 들어올 때마다 긴장이 된다. 두려움이 아니라 기분 좋은 설렘이다. 죽영이 우연히 문을 열고 들어설지도 모른다는. 한국인 관광객 중 이곳 윰캉제에 한번 들르지 않는 이가 있을까. 윰캉제의 유명한 가게는 따로 있지만 여기도 평판이 그리 나쁘지는 않다. 오래전의 딤섬 먹기 대회 사진이 가게에 걸려 있는데, 그때 TV에 소개된 일을 말하는 이가 지금도 있다. 민망하다. 그럴 때면 나의 민망함보다 매출이 중요하다고 자기암시를 한다. 사진 속 인물이 아닌 척해보지만 내 얼굴과 몸은 그때나 지금이나 비슷해서 먹히지 않는다. 그럼에도 혹시 죽영이 들어선다면, 나를 알아볼 수 있을지 자신이 없다. 거꾸로 내가 죽영을 알아보지 못하는 일이 생길 수도 있으리라. 언젠가는 사진이 제 역할을 할 기회가 올까.

재미있는 일도 있다. 간판에는 분명히 '딤섬 부케'라고 되어 있는데 열이면 아홉은 내 가게를 '딤섬 뷔페'로 잘못 알고 들어온다. 심지어 여행 가이드조차 그렇게 오해한다. 알파벳으로 쓴 부케와 뷔페가 얼핏 보면 헷갈릴 수도 있는데다, 요는 딤섬과 어울리는 단어는 부케가 아니라 뷔페이기 때문이겠다. 손님들은 어리둥절해하다가 부케처럼 꼬치에 꿰인 딤섬 다발을 보고는 웃음을 터뜨리기도 한다.

그때의 우리는 장사에 소질이 없었다. 현은 죽영이 조는 동안 지나치는 커플들에게 사탕 부케를 공짜로 안겨주었다. 부케는 금방 동이 났다. 나는 가까스로 하나를 빼돌려 가방 안에 감추었는데, 그 며칠 후 기숙사 방에서 사탕이 다 뽑혀나간 부케의 잔해를 발견했다. 오밀조밀한 조화와 하얀 리본만 방바닥에 흩어져 있었다. 젠장, 그걸 먹어치우는 놈들이란! 뭐든 눈에 띄면 먹고 보는 녀석들과 그 일로 싸우자니 치사했다. 그보다는 현에게 들키기 전 잔해를 수습하는 일이 급했다. 조화와 리본은 이제 계산대의 서랍 안에 들어 있고, 입구에는 사탕 부케의 사탕 대신 딤섬을 채워 만든 모형이 세워져 있다.

죽영은 영영 안 올 수도 있을 것이다. 아니, 한번쯤은 올지도 모른다.


딤섬 부케라니! 얼마나 굉장한 유머인가! 완에게 이런 유머 감각이 있었던가. 슬며시 웃음이 났다. 모형은 완답게 아주 커다랄 것 같다. 큼직하고 화려한 빛깔의 조화와 구불구불한 리본. 그리고 계산대에 앉아 있는 거대한 몸집의 완. 완은 지금도 어마어마한 양의 딤섬을 전처럼 해치울 수 있는지. 책에서 눈을 떼고 중년의 완을 상상한다. 곱슬거리는 머리칼과 큼직한 콧방울, 주름이 선명하도록 접힌 뒷목, 광활한 등의 양쪽으로 늘어뜨린 굵은 팔과 손목, 그리고 두꺼운 손. 나의 손을 눈앞에 펼쳐 들고 한참 바라본다. 봄물이 오르기 전의 나뭇가지를 닮았다. 그 시절 이후 삼십여 년의 시간이 더께 진 손. 나는 마디진 손을 뻗어 처음으로 완의 손을 잡는다.

부드럽고 따스한 공기가 나를 감싼다. 얼마 만인가, 이토록 안온한 느낌은.

   완의 딤섬 부케에 나는 영영 안 갈 수도 있을 것이다. 아니, 한번쯤은 갈지도 모른다.

# 다섯 개의 예각

별은 7월의 어느 새벽에 왔다. 아침이 되어 거실로 나간 경주는 윤서가 플라스틱 케이지 앞에 쪼그려 앉은 모습을 보았다.

눈을 감았어. 야, 야, 눈 좀 떠봐.

윤서가 케이지를 손으로 툭툭 쳤다. 별은 움직이지 않았다.

죽었나.

그렇게 말하곤 갑자기 무서웠는지 울상이 되었다.

물을 넣어줘야 하는 거 아닐까?

윤서가 컵에 물을 받아와 케이지에 부었다. 물줄기는 별의 동그란 등을 타고 흘러내렸다. 별이 눈을 깜박였다.

와아, 떴다!

윤서는 신이 나서 물 한 컵을 더 받아와 부었다. 등에 닿은 물줄기가 목의 주름을 적시자 별이 목을 쭉 내밀었다 당겼다.

그거 수생 아니야! 육지거북이야! 터틀이 아니고 토터스래!

성오가 안방에서 나오며 소리쳤다. 경주는 케이지에서 별을 꺼내 바닥에 내려놓고 물을 버렸다. 등딱지는 단단하면서도 부드러웠다. 매끈한 느낌이 손끝에 남아 경주는 손끝을 몇 번 문질렀다. 윤서가 별을 손바닥에 올려놓고 등을 어루만지며 말했다.

별 모양이네, 별. 별아. 엄마, 애 이제부터 별이야.

별은 감은 눈을 뜨지 않았고 목도 움츠린 채였다. 네 살 정도 되었는데 암수는 아직 알 수 없다고 했다. 등딱지의 방사선 무늬가 별 모양이어서 별거북이라 부른다고. 간략한 설명과 함께 성오가 던져준 출력물은 제법 두툼했다. 별이 무얼 먹는지, 어떤 환경이 적합한지 등이 친절하게 설명되어 있었다.

정 감독이 세 마리 선물 받았다면서 하나 주더라. 비싸다는데?

물건도 아니고 이런 걸 받아오면 어떡해? 의논도 없이.

경주는 출력물을 팔락팔락 넘기다가 소파 위에 던지며 말했다.

애 갖다주래. 그 집은 뭐가 많대. 개도 여러 마리고.

찰나였지만 경주는 보았다. 평균 수명이 사십 년에서 육십 년이라는 문구. 자신이 죽고 나서도 살아 있을 목숨이라니. 이런 생물을 멋대로 집에 들이다니. 꼼짝없이 이것을 책임져야 하다니. 정 감독은 또 누구람.

돌려줘. 부담돼.

에이, 어떻게 그래? 손 많이 안 간대.

엄마, 그냥 키우자. 내가 돌볼게. 아빠, 아빠가 도와줄 거지?

성오가 윤서의 머리를 쓰다듬었다. 윤서는 환한 얼굴로 별의 등을 조심스럽게 만졌다. 별이 집어넣었던 머리를 천천히 내밀었다.

퍽이나.

경주는 짧은 한숨을 내쉬고 출력물을 다시 집어 들었다. 성오가 상추 한 장을 가져다 바닥에 놓아주자 별은 한참 후에 조금씩 먹기 시작했다.

우와, 혓바닥 좀 봐. 분홍색이야.

윤서가 신기한 듯 별 앞에 엎드렸다.

예전에 경주는 학교 앞에서 병아리를 사는 친구들을 뜨악한 눈으로 쳐다보던 아이였다. 몇몇이 상자 안에 든 병아리를 사서 데려갔는데, 병아리들은 모두 일주일을 넘기지 못하고 죽었다. 단 한 마리만이 밟혀서 죽었고 나머지가 왜 죽었는지는 아무도 몰랐다. 애초에 병약한 병아리들이어서 닭이 될 운명은 아니었다고 말한 사람은 엄마였던가, 담임이었던가, 아니면 병아리를 데려간 친구의 아빠였던가. 별은 그때의 병아리만 한 크기였다.

별은 소리를 내지 않았다. 대부분의 시간을 플라스틱 케이지 안에 얌전히 엎드려 잤고 상추를 먹고 나면 오줌을 쌌다. 때로는 먹으면서 동시에 싸기도 했다. 덩치에 비해 오줌의 양은 깜짝 놀랄 만큼 많아서 바닥에 홍건하게 고였다. 별은 오줌이 묻은 상추를 아무렇지 않게 먹었다. 성오가 놀렸다.

역시 하등동물이야.

놀림의 대상은 별이 아니라 윤서였다. 윤서는 아빠가 그런 말을 할 때마다 볼이 빨개지면서 입술을 내밀었으나 반박하지 못했다. 성오는 그런 윤서를 약 올리려는 듯 혼자 낄낄거리면서도 오줌 묻은 상추를 버리고 새것을 가져다주었다. 별이 상추 한 장을 먹는 데에는 한 시간 가까이 걸렸다. 거북이의 속도였다.

이상했다. 성오와 윤서가 각기 출근과 등교를 하고 나면 경주는 오롯이 혼자였는데 이제 24시간 케이지 안에 별이 존재한다는 사실이 무척 낯설었다. 거북이가 아니라 강아지나 고양이라면 어땠을까. 털을 치워야겠지. 경주에게 가장 먼저 떠오른 생각은 그런 것이었다. 목욕도 시켜야겠지. 동물병원에 데려가 중성화수술을 시켜야 할 것이고, 예방주사를 맞혀야 할 것이고, 사료가 떨어지지 않도록 미리 주문해야 할 것이고. 어떤 간식이 맛있는지 검색하고 사들여야 하겠지. 무엇보다도 강아지는 산책을 시켜줘야 한다. 하루에 두 번, 귀찮거나 바쁘더라도 해야 하는 일. 집안일을 하고 윤서를 돌보는 것만으로도 경주는 힘에 부칠 때가 많았다. 윤서가 혼자 샤워를 할 수 있게 된 지도, 요리며 청소 같은 일들이 간신히 손에 익은 지도 얼마 되지 않았는데, 난데없이 별이 등장해버렸다. 성오와 윤서, 또 집과 공유하는 물건 같은 경주의 시간은 이제 별과도 공유해야 하는 것이 되었다.

설거지와 청소를 마친 경주는 커피 잔을 들고 소파에 앉았다. 얼마 전 선물 받은 원두는 에티오피아산이었다. 케냐보다는 가까운 곳에서 왔다고 커피를 보낸 친구가 말했다. 한 잔의 커피에 아프리카의 햇살과 토양이 얼마나 녹아 있을지 상상해보며 집 안에 골고루 퍼지는 향내를 맡았다. 거실 바닥에 드리워진 사다리꼴의 햇빛은 별의 케이지를 넘어 경주의 발 아래까지 닿아 있었다. 경주의 눈길이 사각형을 따라 케이지까지 옮겨갔다. 머리를 반쯤 내놓고 잠든 별이 거기 엎드려 있었다. 별은 어디서 왔을까? 에티오피아보다 먼 곳에서 왔을까? 별은 충분히 멀리 떨어진 곳에 존재하는 것처럼 경주에게 할당된 고요의 시간을 방해하는 일이 드물었다. 스스로 케이지를 벗어나지도 않았고 털을 날리지도 않았다. 그리고 조용했다. 커피를 삼키는 소리만큼도 만들어내지 못하는 별이 조금씩 마음에 들어오기 시작했다. 채소 몇 잎이면 충분한 별. 성오가 하등동물이라고 말한 데에 잠깐 거부감이 들기는 했으나, 며칠간 지켜본 결과 아니라고 하기는 어려웠다. 조그맣고 반짝이는 눈을 제외한다면 확실히 그랬다.

성오가 가져온 출력물의 정보로 부족하지는 않았지만, 경주는 차츰 인터넷을 뒤져 별에게 무엇을 더 해줄 수 있는지 알아보게 되었다. 경주는 별이 먹을 유기농 채소를 사기 위해 멀리 떨어진 대형마트까지 갔다. 오징어 뼈를 갈무리해 분말로 만들어두었다가 채소에 뿌려서 주기도 했다. 칼슘제와 비타민을 뿌려준 것도 물론이었다. 윤서는 은신처가 필요한 별을 위해 입구가 넓은 이글루처럼 생긴 집을 찰흙으로 빚어주었다. 경주는 별을 위해 아무것도 아끼지 않았다. 윤서가 별을 예뻐했고 집에서는 말이 거의 없던 성오도 덕분에 조금은 부드러워졌기 때문이다. 무엇보다도 별은 경주에게 새로운 기쁨을 주었다. 혼자 있을 때 경주는 별에게 자꾸 말을 걸면서 별이 하지 못하는 대답까지도 스스로 했다.

얼마 지나지 않아 경주는 커다란 유리 상자를 들였고, 자외선 조명기구와 전기로 온도를 유지하는 록 히터, 열대지역에서 수입된 고운 모래들을 순차적으로 마련했다. 별은 자신의 왕국을 갖게 되었다. 하루 중 대부분의 시간을 잠들어 있는 별에게 유리 상자는 완벽한 궁전이 되었다. 궁전을 장악한 별은 서서히 활동 범위를 넓혀나갔다. 뾰족한 발톱으로 유리벽을 기어오르려고 시도하던 별은 미끄러지기를 반복했고, 그러다 뒤집어지기도 했는데, 그 모습을 본 경주는 하루에 몇 번씩 별을 유리 상자에서 꺼내 놓아주었다. 별은 천천히, 그러나 거북이 이렇게 빠른가 싶은 속도로 집 안을 돌아다녔다. 경주가 잠시 눈을 돌린 사이 어디론가 기어들어가 나오지 않기도 했다. 냉장고 옆 구석이거나 피아노 뒤이거나 화장대 아래 같은 곳이었다. 별이 자신의 왕국을 집 전체로 확장해가는 동안 경주는 그것에 적응해갔다. 개나 고양이였다면 아끼던 앤티크 가구는 어딘가 긁혔을 것이고 소파 가죽은 진작 너덜거리게 될 수도 있었다. 그런 점에서 별은 썩 훌륭했다. 어느 구석엔가 조용히 엎드려 잠든 별을 발견할 때마다 꼭 새로운 훈기가 감도는 느낌이었다. 파충류에게서 훈기라니, 별일이지, 하면서도 그런 느낌이 들 때마다 경주는 별아, 하고 불러봤다. 가끔은 육지거북을 키우는 사람들의 이야기를 인터넷에서 찾아 읽었다.

아무리 찾아도 보이지 않는 거예요. 삼 개월이나. 이사 갈 때 세탁기 뒤에서 발견됐어요. 살아 있더라고요. 어찌나 반갑고 기쁘던지 눈물이 막 흘렀어요.

삼 개월이나 먹지 않고도 버텼다니. 안심이 됨과 별개로 무서운 기분이 들었다. 곡기를 끊은 할머니는 보름 남짓 지나고 세상을 떴었다. 삼 개월이라니. 질긴 목숨이다. 그렇다면 돌보지 않아도 삼 개월까지는 별의 목숨에 대해 책임을 유예할 수도 있다는 뜻일까. 경주와 얽혀 있는 목숨은 성오와 윤서의 것이었는데, 불시에 떠맡겨진 별의 목숨은 그나마 삼 개월의 유예 기간을 전제로 한다는 것인가. 주인이 위급해진 상황에서 개가 어떻게 행동하는지, 경주는 동영상을 본 적이 있었다. 위기에 봉착한 개나 고양이를 위해 인간이 어떤 행동을

하는지 촬영한 동영상은 굳이 찾아보지 않아도 흔히 얻어걸
렸다. 별에게 위급한 상황이란 어떤 것일까.

집에 불이 났어. 우리는 밖에 있고. 그런데 별은 집에 있는
거야. 어떻게 할 거야?

질문은 성오가 했다. 윤서에게. 경주는 말없이 듣기만 했
다. 패밀리 레스토랑에서 스테이크를 썰던 성오는 왜 불쑥 그
런 질문을 했을까. 그것도 크리스마스이브에. 그런 식의 발상
을 경주는 좋아하지 않았다.

집에 가……

성오가 무슨 소리냐는 듯 눈을 크게 떴다.

이거 먹고 가야지.

지금 가…… 아빠, 지금 가자. 응?

윤서는 벗어두었던 점퍼에 팔을 집어넣으며 반쯤 일어섰다.
성오가 그런 윤서를 멀뚱멀뚱 바라보다가 웃음을 터뜨렸다.

괜찮아. 불 안 나. 자, 이거 먹자.

아냐. 날 수도 있어. 집에 가자. 가자고.

윤서가 울기 시작했다. 훌쩍거리다가 금방 소리 내어 울었
다. 옆 테이블의 가족이 우는 윤서를 힐끔 봤다. 크리스마스
이브에 아이를 울리는 아빠가 된 성오는 민망한 표정으로 별
일 아니라는 신호를 그들에게 보냈다. 사슴뿔이 달린 머리띠
를 한 직원이 다급하게 달려왔다. 경주가 괜찮다고 말하자 직
원은 주머니에서 트리 모양의 작은 양초를 꺼내 테이블에 올

려놓고 돌아갔다. 양초를 손에 쥐여줘도 윤서는 울음을 그치지 않았다. 경주는 윤서의 머리를 품에 묻고 등을 다독거렸다. 성오는 썰던 스테이크와 윤서를 번갈아 보다가 난감한 표정을 지었다. 윤서는 경주의 품에서 작은 소리로 중얼거리며 흐느꼈다.

별 어떡해. 엄마, 집에 가자. 아빠한테 가자고 해.

성오가 직원을 불러서 말했다.

이거 포장해주세요.


봄이 되자 윤서는 하굣길에 민들레 잎을 뜯어 왔다. 민들레는 아파트 단지에도 흔했다. 어떨 땐 엉뚱한 잡초를 뽑아 오기도 했는데, 오래지 않아 민들레만을 가려서 뜯어 올 수 있게 되었다. 경주도 어느새 풀이 있는 곳이라면 눈으로 민들레를 찾곤 했다. 별이 접시에 담긴 다른 채소를 외면하고 가장 먼저 입에 물었기 때문이다.

별이 있으니까 무섭지 않지? 혼자 좀 있을 수 있지?

별이 온 후로 경주는 간혹 윤서를 두고 외출했다. 두 시간 정도 걸릴 숙제를 확인해서 내주고 간식을 챙겨둔 후 경주는 집을 벗어났다. 현관문을 등지면서 경주는, 별이 있으니까, 라고 일부러 혼잣말을 했다. 조막만 한 거북이 뭐라고, 안을 수도 없고 짖지도 못하는 파충류일 뿐인데, 라는 생각은 애써 떨쳐도 지속적으로 달라붙었다. 한번은 윤서가 이렇게 말했다.

엄마, 미국이면 엄마는 벌써 잡혀갔어. 내가 아직 열한 살 밖에 안 됐잖아. 그치만 별이 있으니까.

경주는 삼십 분을 걸어 청담동의 엘피 바에 가서 한 시간 정도 음악을 들으며 맥주를 마셨다. 한때는 양껏 마신 적도 있었으나 윤서가 태어난 이후로 오랫동안 그러지 못했다. 엘피 바에 혼자 앉아 마실 수 있는 최대량은 330밀리들이 맥주 두 병이었다. 그리고 다시 삼십 분을 걸어 귀가했다. 모세혈관에까지 퍼진 알코올을 짜르르하게 느끼며 맞는 밤바람은 가슴을 트이게 했다. 두 시간짜리 해방이었다. 윤서는 숙제나 게임을 하고 있든가 잠들어 있었고, 별은 구석진 곳에 눈을 감고 가만히 엎드려 있었다. 거의 매일 새벽에 귀가하는 성오는 경주의 밤 외출을 몰랐다. 출근하고 나면 귀가할 때까지 단 한 번도 연락하지 않는 사람이었다.

별은 윤서보다 더디 자랐지만 조금씩 여물어졌다. 등딱지는 더 단단해지고 윤기가 흘렀다. 경주는 일주일에 한 번 온욕을 시켜주고 아르간오일을 발라주었다. 오일을 문지른 등딱지의 무늬는 언젠가 윤서를 데리고 갔던 산골 펜션의 밤하늘을 연상케 했다. 까마득히 먼 하늘의 반짝이는 점들에 이런 무늬를 덧입히는 건 좀 이상하다는 생각이 들었지만, 별이란 원래 다섯 개의 예각을 갖고 있는 그림이라고 생각하면 그럴듯했다. 별의 등딱지에는 방사선 모양으로 빛을 내뿜는 별이 열 개나 돋아나 있었다. 이제 별은 윤서의 주먹보다 좀 커졌고 제법 묵직했다.

된장찌개에 넣을 애호박을 썰 때 경주는 별의 몫부터 썰었다. 얇게 채 썬 애호박을 접시에 놓아주면 별은 무거운 등을 지고 허둥지둥 달려왔다. 그보다 더 좋아하는 건 베고니아였다. 베란다를 없애고 확장한 거실은 볕이 잘 들어, 사계절 내내 베고니아가 꽃을 피웠다. 경주는 매일 세 송이를 따 별에게 주었다. 그것을 먹을 때 보이는 별의 분홍빛 작은 혀는 꼭 베고니아 꽃잎 같았다.

뱀 대가리지, 저게.

별이 목을 내밀어 꽃잎을 먹는 모습을 보다가 성오가 말했다. 그 말에 윤서가 울먹거렸다.

아빠, 우리 별에게 그런 말 하지 마.

뱀이나 거북은 같은 파충류야. 자라는 탕이라도 해먹지. 이건 한 그릇도 안 되겠지만.

아빠!

윤서가 울기 직전이 되어서야 성오는 아이고, 농담이야, 라며 짓궂게 웃었다. 재미를 들인 성오가 놀릴 때마다, 윤서는 번번이 울상이 됐고 경주는 진저리를 쳤다. 농담인 줄 알면서도 그랬다.

어느 날은 베고니아 꽃잎을 먹이다 손가락을 물렸다. 비명이 날 정도로 아파서 깜짝 놀랐다. 별에게 어떤 의도가 있는 것 같지는 않았다. 기껏해야 거북. 아니, 거북이든 뭐든 방어

본능은 있을 테지만, 별은 그저 꽃잎을 욕심껏 베어 물다가 경주의 손끝까지 같이 문 것뿐이었다. 그날 밤 경주의 꿈에서 별은 이가 날카롭게 자라 있었고 무릎 높이까지 뛰어오르는 생물이 되었다. 경주는 도망쳐야 할지 달래줘야 할지 갈피를 잡을 수 없는 가운데 주춤주춤 뒤로 물러나다 잠에서 깼다. 별에게 꿈을 들키기라도 한 듯 별을 볼 때마다 미안한 마음이 들었다. 그리고 어쩐지 그런 사실을 성오나 윤서에게 알리고 싶지 않았다. 물렸던 흔적은 금세 가뭇없어졌지만 손끝의 감각은 생생하게 남았다. 마치 오래전 젖을 물린 윤서가 젖꼭지를 꽉 깨물었을 때처럼. 이가 나기 시작할 무렵, 윤서는 몇 번이고 젖꼭지를 깨물었다. 덕분에 젖을 떼기로, 주저하며 미뤄온 결단을 내릴 수 있었다. 그 일이 있은 후 경주는 더 이상 꽃잎을 들고 먹이지 않았다. 바닥에 내려놓고 손톱 끝으로 마룻널을 톡톡 쳐서 별을 불렀다.

윤서가 중학생이 되었을 때 별은 경주의 주먹만 해졌다. 윤서는 학원에서 돌아오면 별을 잠깐 데리고 놀다 방으로 들어갔다. 별은 윤서의 방문 앞까지 따라가 닫힌 방문을 갉작거리다 몸을 돌렸다. 되돌아올 때의 무척 느린 동작에는 별의 실망감이 고스란히 담겨 있어서 경주는 마음 한편이 젖어들었다.

별아, 이리 와, 엄마가 놀아줄게.

경주의 음성은 따뜻하고 부드러웠다. 별은 설거지를 하고 있던 경주에게 다가와 발톱으로 경주의 발등을 갉작였다. 경

주는 설거지를 멈추고 별아, 배고파? 별아, 잠깐만, 별아, 기
다려, 라고 말하면서 먹을 것을 챙겨주었다. 플라스틱 접시에
상추와 애호박, 오크리프, 치커리를 수북하게 담고 분말 영
양제를 뿌렸다. 별은 느긋하게 그것들을 먹었고 먹으면서 배
설했다. 한번은 설거지를 하고 돌아서다가 옆에 와 있던 별을
발로 걷어찬 적이 있었다. 별은 순식간에 머리와 발을 등딱지
속에 집어넣은 상태로 몇 바퀴를 굴렀다. 경주는 초조한 심정
으로 별을 손바닥에 올려놓고 별아, 별아, 부르면서 등을 쓰
다듬었다. 별은 한참 후 머리를 조금 내밀었다. 이후로도 경
주는 몇 번이나 곁에 와 있던 별을 걷어차게 되었는데, 그 이
유는 별이 소리를 내지 않는데다 너무 작아서였다. 순간순간
별의 존재를 잊어버리기 때문이었다. 성오와 윤서와는 달랐
다. 회사나 학교로 간 두 사람은 집을 나선 다음 순간 잊은 듯
생각되었지만 사실은 떨어져 있는 내내 두 사람의 존재가 자
신의 몸속 어딘가에 버티고 있는 느낌이었다. 그러니까 집에
불이 난다면, 자신이 밖에 있고 성오나 윤서가 집에 있다면,
망설이지 않고 불 속에 뛰어들겠지만 별의 경우에는 어떻게
해야 할까. 어떻게 하게 될까. 경주는 이런 질문이 다분히 어
리석고 폭력적이기까지 하다고 느꼈다. 그럼에도 질문은 불
쑥 솟구쳐서 경주를 괴롭혔다. 가령, 별이 발에 채어 뒹굴고,
그런 별을 다정하게 달래주고 난 후, 막상 가만히 엎드려 있
는 별을 보면 발가락이 간질간질해지는 착각이 들어 다리에

힘을 꽉 주어야 했을 때나, 간혹 집을 비운 채 동네를 벗어나 먼 곳에서 점심을 먹고 있을 때.

성오가 애써 일궈놓은 사업은 자리 잡는 데 십 년 걸렸고 망하는 데 일 년 걸렸다. 고등학생이 된 윤서는 학교에서 늦게까지 자습을 하고 주말에는 아침부터 밤까지 세 군데 학원을 돌았다. 성오는 종일 소파에 누워 텔레비전을 틀고 지내면서 이따금 나가서 폭음을 하고 윤서가 등교하기 직전에 들어왔다. 부스스한 머리를 하고 소파에 기대 누운 성오 앞으로 별이 지나기기도 했다. 별은 또박또박 발자국을 찍으며 거실을 가로질러 화분 사이에 자리를 잡고 몇 시간을 잤고, 그 자리에 흥건하게 오줌을 싼 후, 오줌 자국을 끌고 피아노 페달 옆으로 자리를 옮겨 갔다. 성오는 꾹 누르면 술이 뚝뚝 떨어질 것 같은 뺨을 실룩거리며 중얼거렸다.

좋겠다. 종일 자고, 먹고, 싸고.

성오 역시 종일 자고, 먹고, 쌌다. 그 외에 성오가 하는 일이라고는 컴퓨터게임이나 텔레비전 앞에 멍하니 누워 있는 것이 전부였다. 경주의 하루 중 가장 힘들고 또 주된 일과는 그런 성오를 견디는 것이 되었다.

시간이 지나면서 마침내 자신이 거리로 나설 차례라는 확신이 굳어갔다. 경주는 어디론가 이력서를 보내기도 했고 전화를 걸어 이런저런 일자리를 알아보기도 했다. 사람 둘과 거북 하나를 돌보면서 할 수 있는 일자리라면 어디든 달려가겠다고 마음을 다잡았지만 그런 호락호락한 자리는 없었다. 무엇보다도 이쪽의 사정과 무관하게, 지속 가능한 일자리라는 것 자체에 경주의 손이 닿지 않았다. 경주는 거대한 장벽 앞에 망연히 서 있는 사람이었다. 성오는 취했을 때는 다 잘될 거라고 큰소리를 쳤다. 나, 박성오, 아직 안 죽었어, 이거 왜 이래, 라고 자면서도 웅얼거렸다. 경주는 제발 그렇기를 바랐다. 성오가 다시 출근을 하고, 통장에 규칙적으로 생활비가 입금되고, 각종 공과금의 자동이체 날짜를 굳이 확인해보지 않아도 되는 날들이 다시 올 수 있다면.

집을 팔고 전세로 옮겼다. 둘이었던 욕실이 하나가 되었다. 외둥이인 윤서는 자신만의 방을 유지할 수 있었지만 윤서의 피아노는 그달의 생활비로 사라지고 말았다. 침대와 피아노 둘 중 하나만 남길 수 있다는 말을 할 때 경주는 윤서의 얼굴 대신 흰 바탕에 하얀 꽃 자수가 놓인 이불에 정갈하게 덮여 있는 침대만 보았다. 어차피 피아노 칠 시간은 없어, 라고 메마르게 말한 윤서는 잠시 사이를 둔 뒤 아빠가 꼭 다시 사주기로 했다고 덧붙였다. 윤서의 목소리는 가늘게 떨려 말끝이 제대로 맺어지지 못했다.

소비를 줄이는 게 얼마나 어려운 일인지 생각해본 적 없던 경주는 지난 일 년간 그것에 대해 고심하지 않은 날이 없었다. 마트에 가서는 유기농 채소를 집었다가 다시 내려놓고 천오백 원짜리 애호박을 하나 집었다. 그거면 일주일 동안 별을 먹일 수 있었다. 외국어로 된 갖가지 유기농 채소가 빠지고 애호박과 상추로만 마련된 별의 일주일 치 먹이는 몇천 원으로 충분했으나, 그것은 예전의 몇만 원보다 큰돈이었다. 한우는 닭으로, 국산 콩 두부와 친환경 달걀은 중국산 콩으로 된 두부와 일반 달걀로 바꾼 뒤였다.

갈비 먹고 싶다.

밋밋한 음성으로 말하고 나서 윤서는 갑자기 성오를 곁눈으로 봤다. 주말 식탁에서였다.

갈비? 갈비 좋지! 여보, 갈비 좀 해!

성오가 호들갑스럽게 말하자 경주는 말없이 일어나 냉장고의 물을 꺼내왔다. 끓여둔 수돗물이었다. 정수기는 이사를 하면서 반납한 터였다.

아냐, 엄마. 나 다이어트 해야 해.

윤서는 수저를 놓고 물을 마셨다.

경주는 장을 볼 때마다 울적해졌고 더 이상 유기농 코너가 있는 대형마트에 가지 않게 되었다. 계산원 일을 하게 될 때까지는.

경주에게 별다른 경력이 있었던 것도 아니지만 있었다 해도 단절 기간이 너무 길었다. 계산원 말고 할 수 있는 일은 그보다 힘들거나 보수가 더 낮은 일이었다. 일자리를 구할 수

있다는 사실이 중요했다. 윤서가 태어난 후 처음으로 출퇴근
하는 생활이 시작되었다. 마트에서의 시간은 정신없이 지나
갔으나 빠르지는 않았다. 별이 전속력으로 달려봐야 고작 거
북이걸음인 것처럼. 손목과 어깨, 허리, 다리의 통증은 각오
했던 것보다 심했다. 경주는 통증도 익숙해질 수 있는 거구
나, 익숙해질 수 있어서 다행이구나, 라고 생각하려 애썼다.
통증보다 견디기 힘든 건 계산대에서 맞닥뜨리는 학모들이었
다. 아파트 단지에서 제법 먼 거리인 그곳에서 장을 보는 학
모들이 예상외로 많았다. 경주만 해도 한 달이면 두세 번 이
상 그곳에서 장을 봤으니 이상한 일은 아니었다.

　어머나, 윤서 엄마, 그렇게 안 봤는데 능력 있다아.

　모임의 학모가 과장된 어조로 말했을 때 경주는 한껏 웃으
며 일시불? 하고 물었다. 그 질문은 고객 응대 매뉴얼을 축소
한 것이었다. 카드를 받으면 일시불인지 할부인지 질문하게
되어 있었다. 장 보고 할부하는 사람도 있어? 학모는 다른 계
산원에게라면 하지 않았을 반문을 했고 경주는 이미 굳어버
린 안면근육을 필사적으로 움직여 웃어넘겼다. 카드를 받아
챙긴 그녀는 무언가 더 할 말이 남은 듯한 표정을 지었다. 경
주는 얼른 다음 고객에게 명랑한 목소리로 인사하는 것으로
그녀를 외면했다. 머쓱해진 학모가 카트를 밀며 떠나자 입술
을 꽉 깨물었다. 비릿한 피 맛이 났다. 바코드를 찍기 위해 액
체 세제 두 개를 묶은 상품을 끌어 옮기는데 팔꿈치가 시큰했

다. 허리에 무리가 가지 않게 하려면 어깨가, 어깨를 아끼려면 팔꿈치가 시달렸다. 샤워를 하고 꼼꼼하게 보디로션을 바르던 경주는 이제 샤워 후에 잊지 않고 파스를 붙여야 하는 사람이 되었다. 학모들은 꾸준히 눈에 띄었다. 윤서를 키우면서 얽히게 된 여자들이 얼마나 많은지 새삼스러울 정도였다. 정황을 따지자면 그들이 경주의 눈에 띈다기보다 경주가 그들의 눈에 띄는 것이었다. 쇼핑객과 계산원 중 강남의 학모에게 더 어울리는 쪽은 쇼핑객이다. 더 이상 모임에 나갈 수 없었다. 시간이 없었고 회비도 부담스러웠지만 그러고 싶지 않다는 것이 가장 중요한 이유였다. 그들이 경주에게 그다지 관심이 없음을 경주는 알고 있었다. 관심도 없으면서 경주가 사모님에서 계산원으로 전락한 일을 걱정하는 척 재미 삼아 이야기할 것도.

설거지를 마친 경주는 빨래를 개키다 말고 바닥에 등을 대고 누웠다. 경주는 이제 느긋하게 부엌을 정리하면서 별에게 말을 붙이거나 하지 않았다. 연장근무까지 하고 퇴근한 경주에게 집안일은 최대한 빨리 해치워야 할 숙제였고 별은 그 시각이면 주로 구석에서 자고 있었으니까. 경주는 어깨에서 등, 허리까지 빈틈없이 바닥에 붙였다. 그렇게 하면 굳었던 근육이 좀 풀리는 느낌이 들었다. 톡, 톡, 별이 천천히 다가오는 진동이 느껴졌다. 별은 빨래 더미를 좋아했다. 경주가 빨래를 개키고 있노라면 별이 어디선가 급하게 다가와 빨래 더미에

목을 파묻거나 밟고 다니거나 했다. 별은 빨래 더미를 지나쳐 경주에게로 다가왔다. 경주가 별 쪽으로 손을 뻗었다. 별이 경주의 손을 앞발로 갉작거렸다.

별아, 배고파? 나중에 줄게. 지금 말고 나중에. 지금은⋯⋯

경주가 손끝으로 별의 등을 만져주었다. 매끈했던 등딱지의 촉감이 전과 달라졌고 윤기도 사라졌다. 아르간오일이 든 병은 빈 지 오래였다. 별이 천천히 눈을 깜박였다. 경주는 목을 좌우로 돌려보았다. 뻣뻣해서 잘 돌아가지 않았다.

자고 싶다. 너무, 너무⋯⋯

그렇게 말하고 눈을 감았다. 눈을 떴을 때는 새벽이었다. 윤서가 엄마, 엄마, 왜 여기서 이러고 있어, 하면서 경주를 흔들었다.

별의 배설물이 점점 줄었다. 마트에서 돌아와 보면 어딘가에 배설물이 흥건히 고여 있곤 했는데 그것은 매일이었다가 이틀에 한 번, 사흘에 한 번꼴로 간격이 뜸해졌다. 동물들의 사료나 간식이 계산대에 올라올 때면 별의 배설물이 떠올라 오늘은 꼭 밥을 줘야겠다고 별렀으나, 집에 오면 별은 잠들어 있었고, 아침이면 윤서를 보내고 쪽잠에 취했다가 허둥지둥 출근하느라 별을 잊었다.

엄마! 별 좀 봐! 왜 이렇게 가벼워?

윤서가 다급하게 경주를 불렀다. 경주는 힘겹게 몸을 일으켰다. 일요일 아침이었다. 부스스한 머리를 올려 묶으며 거실로 나갔다. 윤서가 손바닥에 별을 올려두고 무게를 가늠하고 있었다. 얼굴에 걱정이 가득했다. 경주는 손바닥으로 자신의 얼굴을 문질렀다. 뺨에 느껴지는 손끝은 까칠했고 손바닥에 닿은 얼굴은 거칠었다. 경주는 냉장고 채소 칸을 뒤졌다. 구석에서 찾아낸 애호박은 물크러져 물이 뚝뚝 떨어졌다. 급히 사 온 애호박을 얇게 썰어 별에게 내밀었다. 별은 먹지 않았다. 애호박 조각을 들고 별을 달랬다.

별아, 별아, 이것 좀 먹어봐. 먹어야지, 우리 착한 별.

별은 앙다문 입을 벌리지 않았다. 턱을 벌리려고 손끝에 힘을 주었다. 작고 연약한 것이 파삭, 부서지는 감촉에 경주는 얼른 손을 뗐다. 별이 눈을 감고 목을 길게 뺐다가 집어넣었다. 윤서가 엄마, 어떡해! 하고 소리를 질렀다.

수의사는 별도리가 없다고 잘라 말했다. 아주 간단한 진료였다. 수의사는 해줄 것이 특별히 없다고 하면서도 바늘 없는 주사기와 가루약을 처방해주고 통원 치료를 권했다. 성오가 투덜대며 동물병원에 며칠간 다녀왔다. 보험도 되지 않는 병원비는 그동안 별에게 먹이지 못한 유기농 채솟값의 몇 배였다. 경주가 밤마다 별을 깨워 주사기로 약물을 집어넣었으나 별은 넘기지 못했다. 단단한 주사기 통 끝 때문에 깨진 턱이 미세하게 더 어긋났다. 경주는 삼 개월이라는 말을 되뇌었다. 이제 와서 그런 말은 조금도 도움이 되지 않았다. 윤서와 성오는 별이 갑자기 왜 이렇게 되었는지 이해할 수 없다고 했다. 이해할 수 없다니. 경주는 오히려 그렇게 말하는 두 사람을 이해하고 싶지 않았다. 마트에 출퇴근하는 자신에게 집안일을 모조리 맡겨두고 두 사람이 언제 별에게 먹을 걸 줘본 적이 있었느냐고 따져 묻고 싶었다. 별이 이렇게 된 건 두 사람 탓이라고 하고 싶었으나 스스로를 견디느라 허물어져가는 성오에게나 갑자기 바뀐 환경에서 크게 엇나가지 않은 것만으로도 고마운 윤서에게 책임을 떠넘기는 일은 치사하고 잔인했다. 그보다도 너무 늦었다. 별의 상태를 되돌릴 수만 있다면 치사하고 잔인하더라도 그렇게 했을 것이다. 별은 아무것도 먹지 못했다. 억지로 밀어 넣은 애호박 조각을 그대로 게워냈다. 더 이상 별의 여린 분홍 혓바닥을 볼 수 없었다. 그제야 베고니아 꽃잎을 떠올렸으나 마른 줄기만 남은 베고니아 화분은 베란다 구석에 밀려나 있었다. 원래의 자리에서 밀려났다는 점은 이 집의 모든 살아 있는 존재가 새로 갖게 된 공통점이었다.

　새벽녘 경주는 문득 불안감에 사로잡혀 잠에서 깼다. 유리 상자의 자외선 조명이 켜져 있어 거실은 파르스름했다. 경주는 자신이 마치 어항에 든 물고기같이 여겨졌다. 먹이만 공급되면 안온할 수 있는 어항, 그러나 어떤 경우에도 바다로는 헤엄쳐갈 수 없는. 이제 안온하던 어항에는 균열이 생겼고 한번 생긴 균열은 확대될 뿐이었다. 별의 궁전도 보이지 않는 균열에 침범당한 지 오래였다. 푸른 광원을 향해 다가갔을 때 경주는 기다리기라도 한 것처럼, 생소한 예감의 적중을 확인했다. 마지막으로 병원에 다녀온 게 사흘 전이었다. 동물병원에서는 이제 오지 않아도 된다고 했다. 링거를 꽂을 수도 없고 말이에요. 수의사는 그렇게 말하면서 억지로 조금 웃었다고 성오가 전했다. 그 말을 전하면서 성오도 난처하다는 듯 조금 웃었는데 경주는 웃지 못했다. 성오는 수의사 앞에서도 그렇게 웃었을까. 성오는 어떻게. 모서리에 놓인 록 히터 위에 별은 가만히 엎드려 있었다. 머리를 반쯤 내밀고 네 발을 오므린 편안한 자세였다. 참 단정한 죽음이구나, 라고 경주는 속으로만 말했다. 죽음, 이라고 한 번 더 말하고 나니 경주의 몸 어딘가에서 차오르는 무엇이 있었다. 그것은 경주의 몸을 가득 채우고 눈과 입 밖으로 흘러나왔다. 경주는 무릎에 얼굴을 묻었다. 아침이 될 때까지 별도 경주도 움직이지 않았다. 고3인 윤서는 소리 내어 울다가 시간이 되자 학교에 갔다. 모의고사 날이라고 했다. 성오는 허, 참, 하더니 벌써 마음에서 별을 몰아내기로 작정한 사람처럼 말했다.

그만하면 오래 살았지. 한 구 년 됐나? 집에 온 지?

육십 년을 살 수도 있었는데. 경주는 차마 그 말을 하지 못했다. 육십 년을 살 수 있었던 별에게 자신이 무슨 짓을 한 건지 그에게 고백하기 싫었다. 성오는 손바닥으로 뺨을 몇 번 문지르더니 어떡하지, 했다. 잠시 후 정 감독에게 전화를 걸어 그 집 뒷산에 좀 묻을 수 있겠냐고 묻고는 오랜만에 얼굴보겠다며 허허거리기까지 했다. 경주는 자외선 등을 끄고 록히터의 플러그를 뽑은 다음 마트에서 친해진 여자에게 전화를 했다.

우리 거북이가 죽어서…… 언니, 오늘 근무 좀 바꿔줄 수 있어?

갑자기 전화기 바깥으로 웃음소리가 터져 나왔다.

뭐, 거북이?

경주가 아무 말도 하지 않자 그녀가 숨을 한 번 내쉬고는 알았어, 아파서 병원 갔다고 할게, 라고 말했다. 뭐래? 거북이? 나, 참…… 하는 말이 멀어지면서 전화가 끊어졌다.

정 감독의 집은 서울 근교에 그럴듯하게 조성된 전원주택 단지에 있었다. 넓은 잔디밭이 있는 이층집으로, 정원 바로 옆에는 산길이 나 있었다.

이게 그 울타린가?

잔디밭 한쪽에 흰색 울타리가 쳐져 있었다. 폭이 좁은 판자를 교차시켜 만든 울타리 틈으로 안이 들여다보였다. 경주는 견종에 대해서 잘 알지 못했지만 위압적인 덩치의 개를 본 순간 들고 있던 상자를 가슴팍에 꽉 안게 되었다.

이게 하나도 소용이 없었다니까요. 아래를 파고 나왔거든요. 저 녀석이 그렇게 땅을 잘 파는 줄 몰랐어요.

정 감독이 울타리를 툭 치고는 개를 향해 턱짓을 하며 말했다. 개는 움직일 때마다 윤기 나는 흰 털의 각도를 조금씩 바꾸었다. 성오가 개를 향해 발을 한 번 구르자 개가 웡, 하고 낮고 굵은 소리로 짖었다. 마치 손님에게 이 정도 응대는 해 줘야 한다는 듯이, 이 정도면 만족하겠느냐는 듯이.

그 여름에 바로 그렇게 됐어요. 저 녀석이 호시탐탐 노리는 건 알고 있었지만 땅까지 팔 줄은 몰랐죠. 아침에 보니 빈 등 딱지만 두 개 나동그라져 있더라니까요. 그 후로 애들이 저 녀석 옆에 안 가려고 해요.

정 감독이 한풀 꺾인 음성으로 말했다.

이놈! 왜 그랬어!

성오가 한 번 더 발을 굴렀다. 개도 한 번 더 짖었지만 아까 처럼 성의 있는 소리는 아니었다.

세 사람은 그 집의 지붕 높이까지 비탈길을 올라갔다. 정 감독이 파둔 구덩이가 보였다. 작았다. 깨끗한 손수건으로 싼 별을 갈무리한 종이 상자는 구덩이에 딱 맞았다. 흙을 덮으면 서 정 감독은 미리 마련해둔 어린 녹차나무를 심었다. 성오는 보기만 했다.

별이에요. 이름이.

경주가 또박또박 말했다. 성오가 헛기침을 한 번 하더니 하 늘을 보며 말했다.

이야, 날씨 참 좋구나.

정 감독이 따라서 하늘을 봤다. 경주는 주저앉아 녹차나무 묘목 주변을 손바닥으로 꼭꼭 눌렀다. 정 감독이 바닥에 붉은 고무를 입힌 목장갑으로 모종삽의 흙을 털어내고 나서, 형님, 식사하러 가시죠, 뭐, 라며 발을 뗐다. 어, 그래야지, 라며 성오가 뒤따랐다. 성오는 비탈길의 중간쯤에서 한번 돌아보곤 머뭇거림 없이 멀어졌다. 두 사람이 시야에서 사라지고도 경주는 선뜻 자리를 뜨지 못하고 다져진 흙을 또 다졌다. 앉은 자리에서 손이 닿는 곳까지의 흙을 긁어모아 묘목 주변을 봉긋하게 만들었다. 흙은 부드러웠고 비가 쏟아지기 직전 코끝을 파고들던 냄새를 풍겼다. 이 촉감, 이 흙내는 이제 별의 일부가 될 터였다. 별은 그것들의 일부가 될 것이고. 경주는 흙내를 한껏 들이마신 후 나지막하게 안녕, 별, 이라고 말하고 일어섰다. 잔뜩 흐려진 음성의 마지막 호명처럼 지금의 기억도 흐려지기를 바랐다. 언제든 비가 흙내를 몰고 오더라도 별을 소환하지는 않기를.

내려가는 길은 올라올 때보다 더 가팔라 보였다. 바로 아래가 평지였음에도 그곳은 아까와는 달리 아득하게 느껴졌다. 경주는 몇 발짝의 무거운 걸음 끝에 뒤돌아보았다. 보드라운 이파리 몇 개를 내민 어린 녹차나무는 주변의 잡초보다도 키가 작아 잘 보이지 않았다. 선 채로 주변을 한번 휘 둘러보았다. 우거진 솔숲 멀리 하늘에 구름이 아무렇게나 뭉쳐진 채로 흘렀다. 구름의 잔상은 비탈길에까지 따라왔다. 관목들 사이로 난 길의 아래쪽에서 구름 뭉치가 위쪽으로 떠오고 있었다. 여유와 자신감이 깃든 속도였다. 낯선 숨소리가 성큼 가까워지자 경주는 다급하게 비탈을 되올라 어린 녹차나무를 뽑아 던졌다. 흰 덩어리가 흔들리며 거리를 좁혀왔다. 거칠게 육박해오는 숨소리를 느끼며 경주는 맨손으로 흙을 파기 시작했다.

# 트랜스-사물들

## 심진경(문학평론가)

### 1

이경란의 소설은 사물들로 가득 차 있다. 「다정 모를 세계」를 보자. 소설에 등장하는 사물들의 목록은 현관문 앞에 덩그러니 놓인 택배 상자로 시작해서 청소기, 스피커, 소파, 김치찌개, 식탁 등을 거쳐 녹음 파일로 마무리된다. 이 각각의 사물들은 그 자체로 배우자의 불륜이나 행방불명조차 특별한 사건이 되지 못하는 권태로운 일상의 허무한 공백을 채워주면서 느리지만 착실하게 서사를 진전시킨다. 이 과정에서 사물들은 그 원래 용도에 한정되지 않은 채 등장인물과 부딪히거나 다른 사물들과 뒤얽히면서 불투명해지고 불명확해진다.

그래서일까. 이경란의 소설에서 사물들은 등장인물이 처한 상황에 능동적으로 개입하면서 인물의 다양한 감정과 욕망을 불러일으킨다. 그렇다고 해서 등장인물들의 감정을 대변하는 매개물 역할에만 머무르지도 않는다. 오히려 이때 사물은 인간의 행위에 의해 수동적으로 결정되는 존재가 아닌, 거꾸로 인간의 감정과 성격, 심지어 정체성까지 만들어나가는 능동적인 행위자처럼 보인다.

어쩌면 누군가는 이경란 소설 속의 사물들에 대한 이런 식의 해석과 평가가 지나치다고 생각할지도 모른다. 이 사물들은 그저 등장인물들의 정서를 대변하거나 보조하는 '객관적 상관물(objective correlative)'에 불과한 게 아니냐면서 말이다. 모더니스트 비평가인 T. S. 엘리엇은, 작가는 자기 정서의 지나친 노출을 삼가야 하기 때문에 자신이 드러내려는 정서를 대변할 수 있는 어떤 대상(때로는 상황이나 사건들)을 찾아야 한다고 주장한다. 서로 어긋나기 시작한 부부 관계를 조율되지 않은 피아노에 빗댐으로써 두 부부 사이의 감정과 정동을 피아노에 대한 이러저러한 사유와 지식을 통해 표현하는 방식이 그 한 사례다. 이 경우 피아노의 쓸모는 인물과 인물 사이의 단절 혹은 연대를 가능케 하는 역할에 한정되어 극적 재미를 위해 연출된 보조적 수단에 그친다. 그러나 인간의 감정과 정동은 피아노 조율 유무에 의해 표현되기에는 훨씬 더 복잡하고 다양한 면모를 갖지 않을까. 하물며 오랜 시간 이러저러한 조율을 통해 간신히 관계를 지속하고 있는 위태로운 부부임에랴. 그렇게 본다면 객관적 상관물로서의 사물은 오히려 인간의 감정을 '대신' 표현하는 데 실패할 수밖에 없다. 그리고 이 실패는 역설적이게도 인간의 감정을 대신 떠안은 사물을 인간의 관점이 아닌, 사물 그 자체의 입장에서 다시 보게 한다. 그것은 빌 브라운의 비유에 따르면, 등장인물로 하여금 "투명한 유리창을 통해서 보는 습관을 중지시켜 주인공이 불투명한 유리 그 자체를 바라보도록 하는 것"을 말한다. 그 순간 사물은 사물 그 자체로서의 자신의 존재감을 드러낸다.

이경란 소설 속의 사물이 바로 그렇다. 여기서 사물들은 더 이상 인간 사회를 들여다보는 매개물 역할에만 그치지 않는다. 작가는 사물이 가진 사물성이 최대한 발휘되도록 소설의 상황과 맥락을 만들어냄으로써, 언어화되기 어려운 정동을 사물을 통해 희미하게나마 드러낸다.


## 2


그런 작가의 사물 사용법이 가장 인상적으로 적용된 소설이 「다정 모를 세계」다. 이 소설에서 다양하게 배치되고 얽혀 있는 사물들은 언뜻 무관심과 권태의 늪에 빠진 부부의 현실적, 심리적 상태를 대변하는 것처럼 보인다. 문밖에 놓인 지 오래된 택배 상자, 청소기 소리가 시끄럽다는 이유로 남편 준우에 의해 전선이 잘려나간 유선 청소기, 소파 밑 먼지 뭉치조차 빨아들이지 못하는 무선 청소기, 남편만의 육억오천만 원짜리 스피커, 생활의 때가 타고 푹 꺼진 아이보리색 소파, 곰팡이가 핀 김치찌개, 부부가 마주 보고 앉기에는 광활한 식탁, 그리고 남편이 쩝쩝거리며 음식 씹는 소리를 녹음한 파일. 소설을 가득 채우는 이 고집 센, 낡은, 고장 난, 제대로 작동하지 않는, 썩은, 불쾌한 사물들은, 일차적으로 "우울과 권태"(17쪽)로 가득한 다정–준우 부부의 관계를 잘 보여주는 객관적 상관물처럼 보인다.

그러나 소설이 전개될수록 이들 사물은 단지 다정과 준우의 관계를 투영하는 매개체 역할에만 그치지 않는다. 부재하는 준우의 흔적은 "흡입구로 빨려 들어가지 않"는 "먼지 뭉치"(12쪽)가 되고, 준우의 무정함과 무심함으로 자신의 존재성을 상실한 다정은 점점 알갱이가 빠져나가는 "모래시계"(13쪽), 혹은 "집을 옮기기 전에는 자리를 이탈하지 못하는 육중한 장롱이나 투 매트 침대"와 같은 "물건"(17쪽)이 된다. 흥미로운 것은 소설 속 등장인물은 이렇게 비인간, 즉 사물이 되어야만 비로소 서로에게 접근과 이해가 가능한 대상이 된다는 점이다. 예컨대 다정은 남편 준우가 내는 불쾌한 생활소음 중에서 쩝쩝거리며 먹는 소리를 극도로 싫어하고 이는 그대로 준우에 대한 거부감으로 이어진다. 그러나 다정은 이 불쾌한 소리를 몰래 녹음하기 시작하면서 비로소 그 소리에 편안함을 느낀다. 왜냐하면 그 소리는 기계 속으로 흡수된 뒤 녹음 파일이라는 사물이 되었기 때문이다. 이렇듯 녹음 파일을 비롯한 소설 속 사물들은 다정에게 준우라는 대상을 직접 만나지 않도록 해줌으로써 대상에 대한 거부감을 누그러뜨리기도 한다. 준우의 생활 소음은 그렇게 사물이 되어서야 비로소 견딜 만해진 것이다.

이경란 소설에는 이렇게 대상의 일부를 흡수하면서도 대상 그 자체는 아닌 사물들로 가득하다. 특히 식탁이 그렇다.

별로 넓지도 않네. 다정이 중얼거린다. 준우와 마주 앉았을 때는 한없이 견고하고 광활한 식탁이었다. 얼마나 광활했냐면 맞은편의 준우가 아득히 멀어 영원히 닿을 수 없을 것 같았다. 식탁 상판에 섬세한 마블링이 번져 있다. 마블링은 볼 때마다 무늬가 달라진다. 어떤 때는 나뭇가지로 보이고 어떤 땐 구름, 또 어떤 때는 날갯짓하는 한 마리의 새로 보이기도 한다. 오늘의 마블링은 뭐랄까, 한 번도 가보지 못한 이국의 어느 숲 같기도 하다. 다정은 잠깐 호젓한 기분에 젖는다. 오솔길을 따라 숲의 가장 깊은 곳까지 다다르는 듯한 이 기분은 준우가 있었더라면 불가능할 일이다. 오솔길 어딘가에 찌개 국물이 얼룩져 있었을 테니까. 나뭇잎이 무성할 자리에는 휴지 조각이 던져져 있었을 테지. 다정

은 휴지 조각을 조용히 집어 들어 소파 옆 테이블에 가져다 두곤
했다. (……) 다정은 그림을 그리듯 대리석 식탁의 마블링을 손
끝으로 더듬어본다. 갑자기 모든 형태가 그저 얼룩에 불과해 보
인다. 도무지 알 수 없는 모양일 뿐이다. 애초에 특정한 무언가를
표상하지 않은 무늬일 뿐이므로 당연한 일이겠지만.(30~31쪽)

"견고하고 광활한 식탁"은 언뜻 상대방에 대한 무관심과
무시 때문에 점차 멀어진 부부 관계를 의미하는 듯하다. 그러
나 곧 다정은 식탁 상판의 마블링을 따라가면서 나뭇가지, 구
름, 새, 숲의 이미지가 자아내는 어떤 기분에 빠져든다. 그러
나 다시 이 식탁은 남편의 곰팡이 핀 김치찌개 국물이 묻고
남편이 아무렇게나 던져버린 휴지 조각이 나뒹굴며 '불결하
고 천박한' 쩝쩝 소리가 난무하는 곳이 된다. 그렇다면 이제
다정은 준우를 떠올리게 하는 이 사물들을 통해 그가 어떤 사
람인지 알게 되었을까. 그리하여 "준우의 마음을 알게 된"(31
쪽) 걸까. 그러나 다정은 곧바로 준우에 대한 이러한 해석이
그저 짐작에 불과하다는 것을 깨닫게 된다. 식탁이라는 사물
을 통해 준우를 이해해보려는 다정의 시도, 즉 식탁의 의미화
내지는 상징화는 결국 실패한다. 그 결과 이제 식탁은 갑자
기 언어로 표현하기 어려운 "그저 얼룩에 불과"한, "도무지
알 수 없는", "애초에 특정한 무언가를 표상하지 않"(31쪽)는
'사물' 그 자체가 되면서 낯설어진다.

우리에게 익숙한 상황과 사물이 돌연 낯설어지며 모든 것이 불가해지는 일은 「해(害)」에서도 반복된다. 이 소설은 쉴 새없이 쏟아지는 "압도적이고 전면적"(100쪽)인 폭우와 이로 인해 벌어지는 일련의 소동으로 주인공 '미우'가 경험하는 불가해한 감정을 그린다. 계속 쏟아지는 비로 인해 아파트 저층이 침수되자 일층에 사는 가족이 느닷없이 미우가 임시 거주하는 위층 아파트로 대피하면서 본격적인 이야기는 시작된다. 그렇게 이틀 동안 낯선 가족과 함께 지내면서 미우는 '여자'의 요구로 "자동으로 초를 갈아 끼우는 촛대"(111쪽)가 되기도 하고 낯선 '남자'와 어둠 속에서 평소에는 마시지도 않던 독주를 나눠 마시기도 한다. 도대체 미우는 왜 그런 걸까.

　　이 "빗방울의 파열음"(99쪽)이 불러일으킨 기이한 정동의 파장은 미우의 남자친구 경제를 둘러싼 소문(경제가 유린을 성폭행했다는 소문)과 그 밤의 사건에 관한 진실 공방을 떠올리게 한다. 정전과 침수라는 비상 상황에 어울리지 않는 미우와 남자의 술자리는 바로 미우가 떠난 뒤에도 이어졌던 경제와 유린의 그날 밤 술자리를 재연하고 있다. 처음에 미우는 아이들과 여자가 잠든 상황에서 그들의 아빠이자 남편인 남자와 술을 마시는 행위가 "부도덕하거나 부적절하지는 않은"(116쪽)지 고민한다. 그러나 술에 취하면서 이 모든 고민은 휘발되고 그 밤의 일은 '기억나지 않는 조각'이 된다. 경제와 유린도 그러지 않았을까. 모두가 술에 취한 그 밤에는 도대체 무슨 일이 있었던 걸까. 설령 무슨 일이 있었다고 한들 그 일을 피'해'와 가'해'라는 프레임으로 설명할 수 있을까. 제목 '해(害)'는 '해되다'일까, 아니면 '해하다'일까. 비가 그치고 가족이 떠난 뒤 미우가 거울 속에서 발견한 "목의 붉은 흔적" (126쪽)은 무엇일까. 성폭행 피해의 흔적일까, 아니면 쾌락의 흔적일까. 그도 아니면……

　식탁은 매개물인 동시에 차폐물인 거울처럼 기능했다. 그런 점에서 식탁의 너비는 충분했다. 다만 식탁이 유한한 길이를 갖고 있는 물건임을 미우가 알고 있듯 남자도 알고 있었다. 의자가 뒤로 밀리는 소리가 나고 검은 실루엣이 길게 일어섰다. 순간 미우는 남자의 눈에 빛이 반사되었다고 느꼈다. 그러나 어디로부터 온 빛이? 미우는 베란다 쪽으로 고개를 돌렸다. 창밖에는 빗줄기도 보이지 않는 컴컴한 허공뿐이었다.(123~124쪽)

여기서 남자의 눈에 반사된 빛은 어디에서 왔을까. "매개물인 동시에 차폐물인 거울처럼 기능"하는 "식탁"에서 온 걸까. 그런데 '거울처럼 기능'하는 식탁이란 도대체 무슨 의미인가. 소설의 결말에서 갑자기 전경화된 식탁의 사물성은 식탁을 원래의 용도에서 벗어난 낯선 것으로 만들고 이러한 식탁을 사이에 두고 남자와 마주 앉은 미우의 감정을 '표현될 수 없는 것'으로 만들어버린다. 사물에 대한 새로운 고찰은 필연적으로 인간(사회)에 대한 새로운 고찰을 수반한다. 그리하여 이제 이경란 소설 속의 사물들은 인간의 감정과 정체성에 대한 새로운 해석을 불러일으키면서 우리에게 친숙했던 세계를 돌연 낯설게 한다. 이경란의 소설을 순환하는 이 낯선 사물들의 이야기는 계속된다.

3

이렇듯 이경란 소설은 사물에 대한 의인화와 상징화를 넘어, 어떤 사물이 어떻게 주체와 세계의 관계 조정과 재형성에 참여하는지를 관찰함으로써 사물과 인간 사이의 긴밀성은 물론 주체의 주체성을 새롭게 발견하고자 한다. 특히 「크리놀린」과 「못 한 일」은 사물에 대한 새로운 발견이 주체 구성에 어떤 영향을 미치는지를 보여준다. 특히 이 두 소설은 우리 사회의 마이너한 존재들이 사물에 대한 기존의 고정관념을 벗어나 자신이 사물과 관계 맺는 방식을 재설정함으로써 새로운 삶과 성찰의 능력을 획득하게 되는 과정을 잘 보여준다. 먼저 「크리놀린」을 보자.

「크리놀린」의 '크리놀린(crinoline)'은 19세기 중반 유럽에서 유행한 스커트 버팀대의 명칭으로 스커트를 부풀리기 위해 고안된 것이다. 처음에는 말털과 마를 혼방해 만든 페티 코트를 입었지만 나중에는 철사나 고래수염을 옷감에 누벼 만든 새장형(cage) 크리놀린이 만들어져 대유행한다. 「크리놀린」의 주인공 '여인'은 소설이 진행되는 내내 스커트 안에 "강철 테를 연결시켜 만든 새장 모양의 구식 크리놀린"을 착용하고 있는데, 이 때문에 "여인의 몸집은 상대적으로 작아져 초라해 보이기조차"(48쪽) 한다. 소설에서는 크리놀린이 여성을 억압하고 가두는 족쇄라는 사실을 노골적으로 드러낸다. 예컨대 스커트를 들어서 옮기는 모습을 본 사내는 "꼭 새장에 갇힌 새 같군. 덩치가 좀 크지만 말야"(51쪽)라고 말하면서 새장형 크리놀린을 입은 여성을 새장에 갇힌 새에 비유하기도 한다. 소설은 부부로 보이는 '여인'과 '신사'가 모자의 소유권을 두고 실랑이하는 상황을 연극적으로 연출한다. 신사는 모자가 원래 여인의 것인 건 맞지만 이제 여인이 신사의 소유물이 되었으므로 여인의 모자 또한 자신의 것이라고 주장한다. 그러다가 여인은 크리놀린의 형태와 무게 때문에 넘어지자 갑자기 크리놀린을 벗어 던지고 신사를 떠난다.

긴 잠에서 깨어난 사람처럼 여인이 비틀거리며 일어났다. 신사는 모자를 쥔 채, 사내는 아무렇게나 앉은 채 여인을 측은하게 바라봤다. 여인은 스커트 속으로 손을 넣어 거친 몸짓으로 크리놀린을 벗었다. 왜 이런 걸…… 도대체 누가…… 분에 찬 혼잣말 끝에 여인은 그것을 팽개쳤다. 바닥에 나동그라진 크리놀린은 마치 화석처럼 보였다. 신사가 자리에서 벌떡 일어서고 사내의 입술이 벌어졌다. 여인은 천천히 발을 떼었다. 힘겨운 걸음이 거듭되면서 그것은 미미하나마 분명한 흐름을 띠었다. 여인의 얼굴은 점차 단단해져, 극장의 조각상만큼이나 견결해 보였고 걸음걸이는 어느새 곧은 자세의 병정 같았다.(65쪽)

여성 억압적 현실을 폭로하고 그런 현실을 깨닫게 된 여성이 자기 각성을 한다는 결론에서 짐작할 수 있듯이, 「크리놀린」은 계몽적, 정치적 소설이다. 작가는 여인과 신사 사이의 문답을 통해 그 당시 사회가 갖는 여성 인식의 한계를 명확하게 드러낸 뒤, 이러한 인식의 한계를 넘어서기 위해서는 여성에게 덧씌워진 억압의 족쇄를 여성 스스로 풀어버려야 한다고 주장한다. 그런 점에서 소설 속 '크리놀린'은 여성이 어떻게 가부장제적 사회 속에서 수동적이고 무기력한 가정의 천사로 구성되었는지, 그 종속적 주체 구성의 흔적을 보여주는 사물이라고 할 수 있다. 이렇듯 「크리놀린」은 탈-크리놀린한 여성의 각성을 통해 사물이 인간 주체를 어떻게 움직이거나 움직이지 못하게 하는지, 때로는 위협하거나 각성시키는지, 어떻게 다른 주체와의 관계를 촉진하거나 무화하는지를 잘 보여준다. 사물은 우리의 짐작보다 훨씬 더 우리 존재와 깊은 관계를 맺고 있다.

「못 한 일」에도 다양한 사물들이 등장한다. 미싱, 검정 레자 미니스커트, 그리고 죽은 새. 소설은 주인공 선아 씨가 새의 사체를 발견하면서 시작된다. 오토바이나 차에 깔린 것이 분명한 새의 사체는 옷 수선집을 하면서 간신히 살아가는 선아 씨의 고통스러운 현재는 물론 과거 함께 일했던 경자 언니의 죽음을 떠올리게 한다. 선아 씨는 열세 살 무렵 의류공장 시다로 함께 일했던 경자 언니가 수면 부족과 옷 먼지에 시달리면서 환기가 되지 않는 골방에서 잔업과 철야를 반복하다가 스무 살이 채 되기도 전에 각혈하며 죽은 일을 기억한다. 미싱사가 되어 자기 또래의 여자아이들처럼 가죽 미니스커트를 입고 싶었던 경자 언니는, 공장에서 쫓겨난 뒤 죽은 새처럼 버려지듯 죽는다.

그렇다고 살아남은 선아 씨의 사정이 그때보다 더 나아진 것은 아니다. 선아 씨는 폐병의 흔적으로 발작하듯 기침을 하면서도 옷먼지 속에서 아무런 의욕도, 의지도 없이 가족들의 생활비와 병원비, 등록금 등으로 없어져버릴 돈을 벌면서 죽은 듯이 산다. "몸체의 반은 이미 납작해져 있었지만, 나머지는 형체가 고스란히 남아 있"(131쪽)는 죽은 새는 산 것도 죽은 것도 아닌 선아 씨 그 자신에 다름 아니다. 그리고 동시에 죽은 경자 언니와 선아 씨의 병든 육체는 어린 여자아이들을 착취하며 이룬 한국 경제성장의 후유증을 증거하는 하나의 사물, 즉 증거물이다. 어린 여공을 둘러싸고 있는 사물들(먼지 나는 옷 무더기, 끊임없이 밟아야 하는 미싱)은 이들의 신체와 부딪히면서 이들을 물질적으로 변형시킨다. 그 결과 이들은 죽은 새와 같은 사물이 된다. 그런데 이때 사물(죽은 새)이 된다는 것은 어떤 의미인가. 사악한 세상에 착취당하고 짓밟히다가 인간으로서의 존엄을 상실하게 되었다는 의미인가? 그러나 죽은 새는 단순히 가혹한 노동에 내몰린 어린 여공의 죽거나 병든 육체에 대한 객관적 상관물이 아니다. 선아 씨가 며칠 동안 완전히 형체가 사라진 죽은 새를 바라보는 다음 구절은, 사물에 대한 관습적이고 안이한 시각이 어떻게 현실 인식의 한계로 이어지는지를 매우 분명하게 보여준다.

그것은 이미 새라고 부르기에 적절치 않은 형상이 되었다. 불과 며칠 만에 부리는 사라졌고, 양감이 남아 있던 반쪽마저 납작해져, 무심코 보면 누군가 검정색 손뜨개 장갑을 흘렸다고 오해할 수도 있을 것이다. 하지만 도대체 누가, 왜, 벌써, 털실 장갑을 끼고 다니다 흘렸단 말인가. 에어컨을 끈 지 얼마나 되었다고.
사람들은 그런 이치에 순응하는 듯하지만 실상은 아닌지도 모른다. 납작하게 반복해서 짓이겨진 새의 사체보다는 춥지도 않은 날씨의 털실 장갑 쪽이 한결 편안할 테니까. 보고 싶은 대로, 생각하고 싶은 대로, 자신이 덜 상처받는 쪽으로. 선아 씨는 그렇다. 그래왔고.(155쪽)

며칠 만에 형체를 완전히 잃은 새의 사체는, 현실의 문제를 제대로 살펴보지 않은 채 "보고 싶은 대로, 생각하고 싶은 대로, 자신이 덜 상처받는 쪽으로" 살아왔던 선아 씨에게 처음에는 "검정색 손뜨개 장갑"으로 대체된다. 그러나 선아 씨는 곧바로 이러한 죽은 새에 대한 관념적 의미화가 새의 죽음이라는 현실을 외면하는 것에 불과하다는 사실을 깨닫는다. 죽은 새는 죽은 새일 뿐 결코 다른 것으로 대체될 수 없다는 것, 그러니 어떤 관념에 속박되지 않으면서 죽은 새 그 자체의 본연의 모습을 봐야 한다는 것. 이것이 선아 씨의 깨달음이겠다. 선아 씨는 죽은 새를 통해 '하늘 높이 날아오르는 새'라는 이미지와 새에 덧씌워진 자유라는 관념에 사로잡히지 않으면서 비로소 새라는 존재의 객관적 실재성과 마주하게 된 것이다. 그리고 이는 곧 선아 씨 자신의 현실에 대한 깨달음으로 이어진다. 즉 가족의 생계에 보탬이 되고자 어린 나이에 최저임금에도 미치지 못하는 돈을 받으며 시다로 일하던 선아 씨는, 죽은 새가 그 어떤 미사여구나 의인화로도 덮어지지 않는 것처럼 자신의 병든 육체 또한 가족애와 효심이라는 관념으로 대체될 수 없는, 그 자체로 비참한 사물에 불과하다는 사실을 깨닫는다. 「못 한 일」이 암시하는 것은 사물에 부여된 관념에서 벗어나 사물 그 자체를 통찰할 때라야만 비로소 인간 존재에 대한 새로운 이해가 비로소 시작될 수 있다는 사실이다.

# 4

　"사물을 바라보는 독특하고 정확한 방식, 그리고 그런 관점을 표현하기 위해 정확한 문맥을 찾아내는 능력." 그것이 작가로서의 재능이라고 미국의 소설가 레이먼드 카버는 말했다. 이 말은 이경란에게도 그대로 적중한다. 이경란의 소설에서 사물은 인간과 어떻게 관계 맺고 인간에게 어떤 감정을 불러일으키는지에 따라 수치스럽고 외설적인 인간의 모습을 폭로하는 역할을 하기도 한다. 예컨대 「다섯 개의 예각」에서 거북이 '별'은 주인공 가족이 물질적, 정신적 여유가 있을 때는 지극한 돌봄과 배려의 대상이었지만 가족이 경제적 어려움을 겪으면서부터는 무관심과 불만의 대상이 된다. 별을 위해 멀리 떨어진 마트까지 가서 유기농 채소를 샀던 가족은 이제 싸구려 상추 한 장은커녕 별에게 눈길조차 주지 않는다. 결국 최소한의 배려만으로도 60년 넘게 장수하는 "하등동물" 별은 가족들의 무관심 속에서 죽는다. 소설의 제목 '다섯 개의 예각'은 '별'의 모양을 풀어서 쓴 표현으로, 이때 '예각'은 '별'에 덧붙여져 있는 익숙한 관념과 이미지가 감추고 있는 날카롭고 아픈 현실을 드러낼 뿐만 아니라, 자기희생 없는 배려와 돌봄이 어떤 맥락과 상황 속에서는 허위의식과 자기기만에 불과한 것일 수도 있음을 암시한다.

　특정한 시간적, 공간적 맥락에서 주체와 사물의 관계에 대해 살펴볼 때, 사물은 그저 상징으로 회귀될 수 없는 정동의 힘을 지니기도 한다. 「여행시절」은 이렇듯 역사적, 맥락적 위치를 갖는 사물과 그 사물이 불러일으키는 고유한 정동에 대해 다루고 있다. 소설의 줄거리는 다음과 같다. 번역가인 '나'는 중국 신진 소설가들이 아시아 각국의 여행을 모티프로 쓴 동명의 테마소설집을 번역하다가 한국편 소설이 자신에 관한 이야기임을 깨닫고 뒤늦게 그 시절을 추억한다. 그렇게 추억에 잠겨 소설을 읽다가 '나'는 그 당시 타이완 유학생 완이 남몰래 자신을 짝사랑하고 있었음을, 그리고 그런 그의 마음은 비로소 소설 속 소설에 등장하는 '딤섬 부케'를 통해 '나'에게 아주 오랜 시간에 걸쳐 느리게 전달되었음을 깨닫게 된다. '딤섬 부케'는 "사탕 부케의 사탕 대신 딤섬을 채워 만든 모형"(212쪽)으로, 이는 '나'가 축제 때 팔기 위해 밤새 만들었던 사탕 부케와 겹쳐지면서 젊은 시절 남몰래 들끓던 완의 마음이 실리는 사물이 된다. 그리고 이렇게 사물이 불러일으킨 감정과 정동은 뒤늦게나마 소설을 통해 '나'에게 전달됨으로써 사물의 내러티브는 재구성된다.

그리고 장소들. 이경란의 소설에는 종종 시간의 압력을 받지 않고 아예 시간이 고여 있는 듯한 장소가 등장한다. 그 장소들은 이를테면 현실 속의 비현실, 아니면 사이공간 혹은 '낀 곳'이라고도 할 수 있을 것이다. 「마을 밖에는 꽃과 노래」와 「성북동의 달 없는 밤」은 시간이 축적되지 않고 연속적 흐름이 끊긴 공간, 그래서 사물과 인간들에게서 시간의 흐름이 지워져버린 (공간 아닌) 공간을 담아내고 있다. 「마을 밖에는 꽃과 노래」의 주요 공간인 대숲은 자갈말(자갈마을)과 사막 사이를 이어주는 통로이자 이쪽 세계에서 저쪽 세계로 넘어가는 문지방 같은 장소로 설정되어 있다. 그곳은 외부인에게 열려 있지만 어느 누구도 머무르지 않는 그들(오래된 사물 같은 죽지 않는 노인과 사내아이를 낳아 기르지만 여전히 아이인 '아이')만의 폐쇄된 공간이기도 하다. 소설은 가게 앞 대나무 꼭대기에 걸린 붉은 천과 흰 천 조각을 통해 그곳이 사람들의 길흉화복을 점쳐주는 무속적 공간일 수도 있음을 암시하지만, 분명한 것은 소설 속 '대숲'은 우리가 세계를 경험하는 방식과는 다른 질서와 논리에 의해 작동하는 이질적 공간이라는 사실이다. 그런 점에서 이곳을 헤테로토피아(heterotopia)라고 불러도 좋을 것이다.

「성북동의 달 없는 밤」 또한 특정 시기에 시간이 멈추고 고여 있어 연속적 시간의 흐름을 왜곡시키는 헤테로토피아적 공간을 다룬다. 이 소설은 이태준의 단편소설 「달밤」을 '황수건'의 아내 시점으로 '다시 쓰기' 하고 있는데, 단순히 서술 시점과 중심인물을 이동하는 데 멈추지 않고 '토실', '광', '움', '아궁이'라고도 불리는 기이한 장소를 이야기 속에 배치함으로써 원본과는 다른 질감의 작품이 된다. 게다가 실제 이태준이 살았던 성북동 기와집을 배경으로 이태준 소설을 결합시켜 실제와 허구가 뒤섞인 기묘한 무드를 자아낸다. 착하기만 한 못난이 황씨 남자와 결혼했지만 동서(년)의 구박과 학대를 견디지 못하고 가출한 '나'는 뒤늦게 아이를 임신했다는 사실을 깨닫고 성안으로 들어가 온갖 허드렛일을 하면서 생계를 유지하다가 홀로 딸아이를 출산한다. '나'는 그 아이를 어리숙한 남편에게 참외 장사를 해보라며 돈 3원을 꿔준 적이 있는 성북동 양반의 기와집 앞에 업둥이로 들여보낸다. 그 후 '나'는 그 집의 드난으로 들어가 가까이서 자신의 딸을 돌보지만 모종의 정치적 사건으로 그 집 식구가 모두 철원으로 이사하는 바람에 홀로 그 집에 남겨져 아무도 모르는 '아궁이' 방에서 떠난 딸을 그리워한다. 그렇게 '나'는 홀로 남겨진 상황에서 이태준의 실제 삶과 그의 소설 사이를 오고 가며 죽음과 삶의 사이공간을 직조하면서 자기만의 또 다른 달밤의 노래를 부른다.

지금까지 살펴본 것처럼, 이경란 소설은 사물을 중심으로 인간 존재에 접근하는 사물 중심적 관점을 제시하고 사물과 세계에 대한 한 점 꾸밈없는 사실적 묘사를 통해 이 세계와 사물을, 그리고 인간 존재의 면면을 새롭게 드러낸다. 이경란 소설이 형식의 혁신이나 언어의 실험에 지나치게 몰두하지 않는데도 참신하고 새롭게 느껴지는 것은 이 때문이다. 인물들의 주관적 정서나 감정을 과장되게 드러내기보다는 오히려 사물에 대한 꼼꼼하고 성실한 기록을 통해 사물을 발견하고,

이를 통해 인간 존재의 감정과 정동을 천천히 희미하게 퍼뜨리는 이 거꾸로 된 소설 작법이야말로 이경란 소설의 새로움이라고 할 수 있다.

하고 싶은 말은 소설에서 다 했습니다. 제대로 했는지는 모르겠습니다. 못다 한 말이 생각나면 또 쓰겠습니다. 쓸 수 있는 만큼 썼습니다. '만큼'이란 말이 가리키는 것은 시간이기도 하고 능력이기도 합니다. 언젠가 조금 더 나아갈 수도 있겠지요. 지금은 여기까지입니다. 길을 밝혀주고 손잡아주신 분들에게 감사드립니다.

2024 여름
이경란

## 수록 작품 발표 지면

사막과 럭비

© 이경란

1판 1쇄 발행 | 2024년 9월 13일

지은이 | 이경란
펴낸이 | 정홍수
편집 | 김현숙 이명주
펴낸곳 | (주)도서출판 강
출판등록 | 2000년 8월 9일(제2000-185호)

주소 | 서울시 마포구 동교로17안길 21 (우 04002)
전화 | 02-325-9566
팩시밀리 | 02-325-8486
전자우편 | gangpub@hanmail.net

값 14,000원
ISBN 978-89-8218-349-2    03810